Verlag:
Zeilenfluss
Sonnenstraße 23
80331 München
Deutschland

———————

ISBN 978-3-96714-023-1

———————

Texte: Thomas Herzberg
Bildmaterialien: distruzione nazista © Giuseppe Porzani (fotolia.com)
Covergestaltung: Buchcoverdesign.de / Chris Gilcher –
http://buchcoverdesign.de;
Lektorat: Michael Lohmann (worttaten.de)
Satz: André Piotrowski

———————

ZWISCHEN SCHUTT UND ASCHE

HAMBURG IN TRÜMMERN 1

Kriminalroman

Thomas Herzberg

1

»Ich weiß nicht, was Sie erwartet haben, Herr Thiesen. Einen roten Teppich?«

»Was erwartet man als zukünftiger Leiter der Mordkommission? Nicht viel, aber zumindest ein Büro mit Fenster.«

Hans Maler konnte ein Schnaufen nicht unterdrücken. Vor einigen Wochen erst hatte man ihn – nach einem nicht enden wollenden Prozedere – zum neuen Chef der Hamburger Kriminalpolizei gemacht.

1946. Es war Mai. Der Zweite Weltkrieg, also die bedingungslose Kapitulation der deutschen Wehrmacht, lag gerade mal ein gutes Jahr zurück. Die alliierten Sieger wollten um jeden Preis verhindern, dass Überbleibsel der Naziherrschaft Schlüsselpositionen im neu zu errichtenden Deutschland einnahmen. Viele Posten waren bis heute unbesetzt, weil es schlichtweg zu wenig Männer mit halbwegs reiner Weste gab.

»Wenn es nach mir gegangen wäre, dann säße ein anderer auf Ihrem Stuhl«, sagte Hans Maler in gleichgültigem Ton.

»Der hat übrigens nur dreieinhalb Beine«, protestierte Hermann Thiesen kopfschüttelnd.

»Und selbst für den habe ich zwei Tage lang gekämpft! Für Ihren Schreibtisch und ein paar weitere, noch brauchbare Exemplare bin ich 'ne halbe Woche kreuz und quer durch Hamburg gefahren.«

»Dann verraten Sie mir am besten, warum ich es bin, der den Posten am Ende bekommen hat.« Thiesen hatte beschlossen, lieber das Thema zu wechseln. Dieses erste Gespräch mit seinem neuen Chef sollte zumindest angenehmer enden, als es angefangen hatte. »Ich habe vorher nie etwas mit Mord zu tun gehabt.«

»Können Sie mit der Wahrheit umgehen, Kollege?«

»Ob Sie's glauben oder nicht – aber mit der Wahrheit kann ich immer noch am besten umgehen.« Thiesen schaffte es sogar, ein halbwegs ehrliches Lächeln zu produzieren.

Hans Maler schnaufte und schaute zur Decke, als er von Neuem begann: »Die Anweisung kam von oben – von den Engländern.«

»Warum?«

»Das wollte ich eigentlich Sie fragen. Wenn Sie es auch nicht wissen, dann kommt mir die Sache noch komischer vor.«

Thiesen rutschte vorsichtig auf seinem Stuhl herum. Zuerst wollte er nicht mehr nachhaken, dann siegte aber doch seine Neugier über die Vernunft: »Gibt es noch andere Gründe, die in Ihren Augen gegen mich sprachen?«

»Allerdings! Ihre Akte ist blitzsauber, und das, obwohl Sie schon seit acht Jahren der Hamburger Polizei angehören.«

»Ich würde das eher als positives Vorzeichen werten. Zumindest habe ich mir nichts zu Schulden kommen lassen.«

»Waren Sie Mitglied in der Partei?«

»Natürlich! Sie etwa nicht?«

»Zeigen Sie mir mal einen Polizisten, der heute noch im Dienst oder auch nur am Leben ist, der nicht Teil dieser braunen Einheitssch...« Den Rest verschluckte Hans Maler gepflegt.

»Ich weiß nicht, worauf Sie hinauswollen.«

»Die meisten, von denen man nichts gehört hat, hatten Freunde in der Partei. Sie verstehen ...?«

»Immer noch nicht! Aber vielleicht sollten wir das lieber lassen.« Hermann Thiesen hatte sich erhoben und schob den klapprigen Stuhl vorsichtig mit dem Fuß ein Stück beiseite. »Wahrscheinlich wäre es empfehlenswert, wenn wir uns offiziell darauf einigen, dass Sie mir die Leitung der Mordkommission übertragen haben, weil Sie keinen Besseren für diesen Posten gefunden haben. Jede andere Variante würde zu Irritationen führen.«

Hans Maler nickte nur und griff nach seiner Kaffeetasse, deren Henkel abgebrochen war. Er nahm einen Schluck und verzog das Gesicht. »Zichorienkaffee, ich könnt kotzen«, presste er heraus. »Mittlerweile werden echte Kaffeebohnen fast mit Gold aufgewogen.«

»Wenn es nur Kaffee wäre! Ich habe das Gefühl, als ob es an allem mangelt, womit wir ein halbwegs komfortables Leben verbinden.« Thiesen stieß den Atem geräuschvoll aus. »Wenigstens ist der endlose Winter vorbei und damit auch ein großer Teil der schlimmsten Hungersnot.«

»Sei's drum ... noch Fragen?«

»Kann ich davon ausgehen, dass ich regelmäßig Bezugsscheine für die wichtigsten Dinge bekomme?« Thiesen setzte ein schräges Grinsen auf. »Mit Geld können Sie mich kaum bezahlen, solange man dafür nirgends etwas bekommt.«

»Das Einzige, wovon Sie ausgehen können, ist, dass ich alles versuchen werde, um meine Leute mit dem Nötigsten zu versorgen.« Hans Maler ließ seinen Kopf hängen und schüttelte ihn mechanisch. Plötzlich sah er wieder auf und musterte sein Gegenüber mit seltsamem Blick. »Sie wollten doch die Wahrheit, also bekommen Sie ein gutes Stück davon!« Der Kripochef lachte über seine Ankündigung und fuhr noch lauter fort: »Ich habe keine Ahnung, wie es überhaupt weitergehen soll. Aber wenn jemand in unserer Stadt herumlaufen und wahllos Menschen umbringen kann, dann brauchen wir wiederum einen anderen, der ihm auf die Finger klopft.«

»Klingt aufregend, wenn der Magen vor Hunger knurrt und die Beine weich wie Pudding sind.«

»Hören Sie auf, von Pudding zu reden! Da läuft mir sofort das Wasser im Munde zusammen.«

Eine weitere Sackgasse, musste Thiesen feststellen. Zeit für ein anderes Thema: »Aus wie vielen Männern wird die neue Mordkommission denn bestehen?« Sein Gesicht verriet, dass er die Antwort bereits kannte und nur eine Bestätigung seiner Vermutung einforderte.

»Sie bekommen einen Assistenten.« Hans Maler schob eine dünne Mappe über seinen Schreibtisch und nickte zufrieden, als Thiesen sofort danach griff und sie aufschlug.

»Johann Pfeiffer«, nuschelte der Oberkommissar vor sich hin. »Der Kerl ist gerade mal vierundzwanzig!«, entfuhr es ihm dann erstaunt, nachdem er die ersten Zeilen überflogen hatte. »Hat der Bursche überhaupt einen Schulabschluss?«

»Einen besseren als Sie, falls Sie's genau wissen wollen.«

»So genau wollte ich es eigentlich nicht wissen«, gab Thiesen leise zurück und blätterte weiter. »Ich sehe hier zwei Einträge. Er hat Schwarzmarktware an seine Kollegen verteilt.«

»Und Sie werden lange suchen müssen, um einen zu finden, in dessen Akte so etwas nicht steht.« Hans Maler lächelte gequält. »Natürlich abgesehen von Ihrem Musterexemplar.« Sein Ton verdeutlichte, was er, in schweren Zeiten wie diesen, über allzu gesetzestreue Polizisten dachte.

»Wo ist der Kollege?« Thiesen hielt es erneut für besser, das Thema zu wechseln. In absehbarer Zeit dürften sein neuer Chef und er vermutlich keine Freunde werden.

»Sollte bereits in Ihrem Büro auf Sie warten. Zumindest hat er die Anweisung.«

»Gut!« Thiesen nahm Haltung an und war im Begriff, sich zu verabschieden. »Gibt es sonst noch etwas?«

»Ihren ersten Fall. Die Akte liegt auf Ihrem Schreibtisch.«

»Worum geht's?«

»Sie werden es nicht glauben – um Mord!«

»Sehr witzig! Was ist passiert?«

»Soll ich Ihnen vielleicht auch gleich den Mörder auf einem Silbertablett servieren?« Hans Maler schüttelte den Kopf und gab ein leises Stöhnen von sich. »Sie sind der neue Chef der Mordkommission und es ist Ihre Aufgabe, einen Täter schnellstmöglich zu finden und ihn hinter Schloss und Riegel zu bringen. Haben Sie das verstanden?«

»Natürlich, Chef!« Thiesen zog die Mundwinkel hoch und nickte angedeutet. »Schönen Tag noch, Herr Maler.«

Auf dem Weg in sein fensterloses Büro begegnete der Oberkommissar auf den Fluren nur vereinzelt ein paar Kollegen, die es offensichtlich allesamt eilig hatten. Die wenigsten schauten überhaupt auf und nahmen Notiz von ihrer Umgebung oder möglichen Details. Wegschauen, das hatte dieses Volk gründlich gelernt. Und es schien so, als würde diese zweifelhafte Fähigkeit das Kriegsende noch viele Jahre überdauern. Die meisten hatten einfach nur Angst und hofften, dass man sie nicht mit irgendeinem Kriegsverbrecher verwechselte und womöglich kurzerhand an einem Laternenmast aufknüpfte. Wobei davon auszugehen war, dass es in der Hamburger Polizei unverändert von NS-Verbrechern nur so wimmelte. Manche hatten falsche Namen angenommen und sogar mühevoll ihr Äußeres verändert, um selbst einer Gegenüberstellung mit Überlebenden des Wahnsinns standzuhalten. Trotzdem flogen jede Woche ein bis zwei Kollegen auf, denen man – sei's zu Recht oder zu Unrecht – alle möglichen Gräueltaten vorwarf.

Hermann Thiesen musste seiner Bürotür einen kräftigen

Tritt verpassen, bevor die sich widerwillig vor ihm auftat. Erneut schlug ihm sofort der muffige Geruch von Akten entgegen, die sich bergeweise in verschimmelten Holzkisten an den Wänden und mitten im Raum auftürmten: Überreste aus über einem Jahrzehnt an Mordermittlungen im Nazideutschland. Vermutlich hätte man den ganzen Stapel in den Hof fahren und anzünden können, ohne dabei etwas Werthaltiges zu zerstören. Thiesen zweifelte daran, dass er eine dieser Akten jemals wieder in die Hand nehmen, geschweige denn darin blättern würde.

Das einzige Licht im Raum stammte von einer trüben Glühlampe, die am Ende eines uralten Kabels in einer Keramikfassung von der Decke baumelte. Dieses muffige Loch hatte absolut nichts von einem Büro, dafür umso mehr von einem Archiv, besser noch: einem Akten-Friedhof. Und auch dieser Pfeiffer hatte sich noch nicht wie erwartet eingefunden. Ein perfekter Anfang! Gleich am ersten Tag unpünktlich zu erscheinen, warf einen dunklen Schatten auf die künftige Zusammenarbeit.

Thiesen schob sich vorsichtig zwischen zwei Reihen Kisten hindurch und ließ sich am Ende ganz behutsam auf seinem dreieinhalbbeinigen Stuhl nieder. Den Höhenunterschied hatte er schon bei seiner ersten Inspektion mit ein paar dicken Büchern ausgeglichen. Trotzdem kippelte er fortwährend von einer Seite zur anderen. Das machte es schwer, sich auf etwas Sinnvolles zu konzentrieren.

Im Vergleich zum Vortag – Thiesen hatte nur einen kurzen Blick in sein zukünftiges Büro geworfen und es danach wieder fluchtartig verlassen – hatte sich jedoch eine Sache verändert. Mitten auf seinem verstaubten Schreibtisch lag eine Akte, die vorher noch nicht dort gelegen hatte. Da war er sich ganz sicher. Gerade als er die erste Seite aufschlug, klopfte es energisch. Einen Atemzug später steckte ein junger Mann den Kopf durch die Tür und presste ein viel zu lautes »Moin!« heraus. Ohne eine Aufforderung abzuwarten, schob sich der Kerl zwischen zwei anderen Stapeln hindurch und nahm auf einem davon Platz. »Pfeiffer, Johann!« Der Eindringling grinste und nickte dazu aufmunternd. »Schätze, wir müssen es in Zukunft miteinander aushalten.«

»Müssen wir?« Auch Thiesen war um ein Lächeln bemüht. Er wollte nicht gleich jede Chance auf ein freundliches Kennenlernen zunichtemachen. »Ist das so, ja?«

»So ist es, Chef!« Pfeiffer sprang auf und streckte seine riesige Pranke aus. Erst jetzt stellte Thiesen fest, dass es sich bei seinem zukünftigen Kollegen um einen wahren Riesen handelte. Von der Statur her könnte es dieser Bär in Menschengestalt vermutlich mit einem halben Dutzend ausgewachsener Raufbolde zugleich aufnehmen. Und das mit Sicherheit, ohne dabei selbst ernsthafte Blessuren davonzutragen.

»Wie groß sind Sie ... zwei Meter?« Für Thiesen, der es – gut gemeint – auf rund einen Meter siebzig brachte, dürfte diese Zusammenarbeit in erster Linie mit Nackenschmerzen vom ständigen Hochschauen verbunden sein.

»Ein bisschen mehr als zwei.«

»Eltern, Kinder?«

»Mein Vater ist tot, meine Mutter ...« Pfeiffer verschluckte den Rest. Für solche Informationen schien es ihm offenbar zu früh zu sein. »Und was Kinder betrifft: negativ, Kapitän.«

»Und wie sind Sie zur Polizei gekommen?« Hermann Thiesen deutete auf den Kartonstapel, was bedeutete, dass Pfeiffer sich wieder setzen sollte. »Erzählen Sie – was hat Sie in diesen Laden verschlagen?«

»Hab gehört, hier gibt es Arbeit und zumindest was zwischen die Zähne.«

»Das bekommen Sie als Dachdecker auch«, erwiderte Thiesen viel zu nüchtern. »Wahrscheinlich sogar noch besser, weil die meisten seit Kriegsende auf ein paar halbwegs unversehrte Dachziegel und trockene Füße hoffen.«

»Ist Ihr Dach auch kaputt, Chef?«

»Und wenn's so wäre?« Thiesen blieb misstrauisch.

»Mein Vetter Waldemar hat ganz gute Kontakte. Falls Sie irgendwann was brauchen, dann besorgt er's ...«

»Das habe ich schon gehört!«

»Was haben Sie gehört?«

»Die Sache mit der Schwarzmarkt-Ware.«

»Welche Schwarzmarkt-Ware?« Pfeiffer schaute möglichst empört und schüttelte den Kopf. »Sie wollen doch nicht etwa sagen, dass ich ...«

»Ich will gar nichts sagen!« Thiesen war aufgesprungen und beugte sich über seinen Schreibtisch. Die Platte ächzte bedrohlich unter seinen Händen. »Wir sind hier, um Hamburg sicherer zu machen ... Mörder zu finden.« Er zog die Mundwinkel hoch und fixierte Pfeiffers Augen mit eisigem Blick. »Es ist mir völlig egal, was Sie in Ihrer Freizeit treiben. Und wenn Sie der Schwarzmarkt-König vom Dammtor wären – solange Sie im Dienst sind, will ich davon nichts sehen und nichts hören.« Thiesen beugte sich noch ein weiteres Stück vor. Sein Schreibtisch war kurz davor zusammenzubrechen. »Haben wir uns verstanden, Kollege Pfeiffer?«

»Haben wir!« Der junge Kommissar hatte sich ebenfalls erhoben und klatschte in die Hände. Er deutete auf die Akte, die noch immer geöffnet vor Thiesen lag. »Ist das unser erster Mordfall?«

»Das ist mein erster Mordfall! Sie haben vorher etwas anderes zu tun.«

»Und das wäre?« Johann Pfeiffer schien regelrecht vor Energie und Schaffensdrang zu sprühen.

»Aufräumen! Sie können hier erst mal gründlich aufräumen, Kollege.«

2

»Das ist das letzte Teil von meiner Mutter.« Anna Thiesen hielt ihrem Mann die offene Hand entgegen, in der sich ein zierlicher Goldring befand. »Für ihre Kette habe ich heute kaum genug zu essen bekommen, um die Kinder und mich für den Rest der Woche sattzukriegen.«

Direkt nach Feierabend war Hermann Thiesen mit seinen Bezugsscheinen fast bis zum anderen Ende der Stadt gelaufen. Aber nirgends gab es mehr etwas. Selbst sein Dienstausweis und die Aussicht auf kleinere Vorteile hatten am Ende nicht geholfen. Die Geschäfte waren leergeräumt. Nicht mal mehr ein Brotkrümel, für den sich gefräßige Tauben gegenseitig umgebracht hätten, war irgendwo zu finden.

»Wie geht es Marie?«, erkundigte sich Thiesen mit vorsichtiger, fast zitternder Stimme. Deutlich war seine Angst herauszuhören, denn er konnte sich die Antwort bereits vorstellen. »Ist wenigstens das Fieber etwas heruntergegangen?«

»Ihr Kopf glüht noch mehr als gestern«, gab Anna ebenso leise zurück. Sie kämpfte mit Tränen. »Wenn wir nicht schnell irgendwo Penicillin auftreiben, dann bleiben uns nur noch die beiden Jungs.« Mit jedem Wort wurde ihre Stimme kraftloser. »Ich hab solche Angst, Hermann.« Mittlerweile liefen Sturzbäche über ihre Wangen und tropften auf den staubigen Boden zu ihren Füßen.

»Wenigstens hat es nicht geregnet, sonst würde wieder alles unter Wasser stehen.«

»Manchmal wünsche ich mir, dass eine der Bomben unser Haus getroffen hätte. Ein Volltreffer! Nur ein kleiner Moment Angst und man hat es hinter sich.«

»So was darfst du nicht sagen, Anna. Nicht mal denken!«

»Vielleicht kannst du mir verraten, welchen Sinn es hat, dass wir diesen ganzen Wahnsinn überlebt haben.« Anna schnaufte, sie klang verbittert. »Du hast immer gesagt, dass wir auf Gott vertrauen sollen, wenn es Bomben geregnet hat.« Sie funkelte ihren Mann wütend an. Ihre Angst und ihre Verzweiflung schienen ein Stück weit verflogen zu sein. »Auf Gott vertrauen! Und das, obwohl du nicht mal an ihn glaubst.« Sie deutete zur Zimmerdecke, durch die man nicht nur die oberen Stockwerke der Beinahe-Ruine, sondern an manchen Stellen sogar den Himmel sehen konnte. »Wo war dein Gott eigentlich, als die Engländer ihre Bomben geworfen haben?«

Thiesen keuchte und es war deutlich zu sehen, dass er seine Wut herunterschlucken musste, bevor er den Rest des Abends durch etwas Unüberlegtes zum Stummfilm degradierte. »Ich gehe jeden Tag dort raus und kämpfe dafür, dass diese Welt wieder besser wird. Eine bessere Welt und ein besseres Leben«, fuhr er noch ein Stück energischer fort. »Für unsere Kinder, für dich und am Ende vielleicht auch für mich.«

»Und was soll aus dieser Welt werden, wenn Marie stirbt? Hast du darüber mal nachgedacht?«, brüllte Anna. Ihre Spucke segelte quer durch den Raum. »Was ist, wenn sie es nicht schafft«, schluchzte sie, bis ihre Stimme zum ersten Mal kurz versagte. »Wo ist dann deine bessere Welt? Sag schon!«

»Ich mache mir in jeder Minute über nichts anderes Gedanken.« Auch Thiesen schien am Ende seiner Kräfte zu sein. »Vielleicht kann ich …«

»Was kannst du, Hermann? Was?« Anna zitterte vor Wut. »Und warum nur vielleicht?«

»Warte ab! Mir fällt schon was ein ...«

»Dann solltest du dich damit lieber beeilen. Viel Zeit bleibt uns nämlich nicht mehr.«

Den Rest des Abends hatten die beiden eng umschlungen auf dem winzigen Sofa gehockt. Die kleine Marie lag seit Stunden auf Thiesens Schoß und rührte sich kaum. Ihr Atem ging nur ganz flach, ihre Haut war kreidebleich. Nur ihr Kopf glühte und sah aus, als ob man ihn in rote Farbe getunkt hätte.

»Es ist eine Schande, dass wir nicht mal Medikamente für eine Lungenentzündung bekommen«, flüsterte Anna, die aufgestanden war und sich in der anderen Ecke des Zimmers auf einen Stuhl gesetzt hatte, um Socken zu stopfen. »Der Krieg hat alles kaputtgemacht, alles ...«

»Nicht uns, Anna! Er hat uns nicht geschafft.«

Thiesens Frau schüttelte müde den Kopf und lächelte ihn mitleidvoll an. »Noch nicht, Hermann ... noch nicht. Der nächste Winter kommt bestimmt, und wenn alles so bleibt, wie es ist, dann wird es spätestens im Dezember vorbei sein.«

Weil Hermann Thiesen darauf nichts zu antworten wusste, kraulte er weiter Maries Kopf. Gedankenversunken betrachtete er den winzigen Ofen, den er im vergangenen Winter einem alten Mann abgekauft hatte. Dafür waren die goldene Uhr von Annas Vater und sogar der Ehering ihrer Mutter draufgegangen. Danach hatte er tagelang altes Möbelholz in den Ruinen gesammelt, um es anschließend, mitten im Wohnzimmer, bis unter die Decke aufzuschichten. In seltenen Momenten – das Tauwasser lief ausnahmsweise nicht die Wände hinab – hatten sie es manches Mal fast ein bisschen kuschelig gehabt. Augenblicke des Glücks, in denen er unter der dicken Wolldecke seine Anna mal wieder richtig in den Arm genommen hatte – und weit mehr als das.

»Wie ist dein neuer Chef eigentlich?« Zum ersten Mal an diesem Abend sprach Anna über seine Arbeit. Ein Funken Normalität füllte ihre Stimme – jenseits von Maries Krankheit, Hunger und all den übrigen Problemen.

»Scheint ganz nett zu sein«, log Thiesen, ohne mit der Wimper zu zucken. Er wollte seine Frau keinesfalls noch weiter beunruhigen und damit womöglich eine zusätzliche Baustelle eröffnen, die ihr Sorgen bereitete. »Ich hab sogar mein eigenes Büro. Mit Aussicht in Richtung …«

»Hast du auch Mitarbeiter – Untergebene?«

»Einen!« Thiesen grinste breit. »Auch ein Johann, wie unser Kleiner. Nur dass der Kerl mindestens zwei Meter groß ist und aussieht, wie ein Kleiderschrank. Du brauchst dir also keine Sorgen zu machen, der Kollege kann bestens auf mich aufpassen.«

Anna lächelte vorsichtig. Schließlich wusste sie, dass ihr Mann sehr empfindlich reagierte, wenn es um seine schmächtige, geradezu knabenhafte Statur ging. »Johann also … und wie weiter?«

»Pfeiffer! Übrigens mit drei F … falls du fragen willst.« Jetzt lachten sie beide. »Und dazu ein ausgewachsenes Schlitzohr, wie's scheint. Gerade mal vierundzwanzig, aber …«

»Also genau zehn Jahre älter als du«, stellte Anna mit süffisantem Lächeln fest. »Ich weiß noch, wie du damals …«

»Du hast nächste Woche auch Geburtstag!«, unterbrach Thiesen sie etwas zu grob. Plötzlich wirkte sein Gesicht traurig. »Dann hast du mich wieder eingeholt! Aber ich überlege noch, ob ich dir in diesem Jahr ein Brillantcollier oder einen neuen Pelzmantel schenke.«

»Erwarten würde ich beides!«, prustete Anna heraus und nahm ihrem Mann damit gleichzeitig seine Schwermut. »Ich wäre schon zufrieden mit einem Paar warmer Socken.«

Thiesen nickte zuerst, schüttelte dann aber wieder den Kopf, um endlich die trüben Gedanken zu vertreiben.

»Und du bist tatsächlich Leiter der Mordkommission?« Auch Anna schien bemerkt zu haben, dass ein Themenwechsel anstand.

»So ist es, mein Schatz.« Thiesen flüsterte nur. Zum ersten Mal seit Stunden räkelte sich die kleine Marie zaghaft auf seinem Schoß. Er strich ihr sanft über das verschwitzte Haar und wickelte die Decke noch ein Stück fester um ihren dürren, völlig entkräfteten Leib.

»Hat das auch irgendwelche Vorteile, außer mehr Arbeit?« Anna war eine schlaue Frau. Sie hatte bis kurz vor Kriegsende an einem Gymnasium Deutsch und Mathematik unterrichtet. Als Lehrerin hatte sie ihre Freiheiten lange Zeit genutzt, um wie am Fließband Flugblätter für den Widerstand herzustellen. Irgendwann wurde die Sache zu heiß und sie musste Thiesen versprechen, sofort damit aufzuhören. In Sippenhaft hätte ihnen vermutlich nicht einmal mehr ein Schutzengel helfen können. Und das, während ihre Kinder in irgendeinem Heim verhungert oder als Flakhelfer verheizt worden wären.

»Was ist jetzt? Ist so ein Chefposten auch mit Vorteilen verbunden, oder nicht?«

Thiesen kannte seine Frau und wusste, dass er ihr nur selten etwas vormachen konnte. Außerdem ging sie mit der Wahrheit oft viel nüchterner um, als wenn sie ihn beim Lügen ertappte und danach zur Strafe völlig ignorierte.

»Ich kann es dir noch nicht sagen, Anna. Aber wenn nicht alles restlos kopfsteht, dann sollte doch mehr Verantwortung am Ende auch entsprechend belohnt werden. Ich hoffe es zumindest!« Thiesen war nicht mal selbst von dieser Vermutung überzeugt und auch das Gesicht seiner Frau wirkte eher skeptisch. »Ich denke, das Zauberwort lautet Geduld.«

»Geduld«, wiederholte Anna nachdenklich. Kurz darauf verriet ihre trotzige Miene, dass jeden Augenblick etwas Neues folgen würde: »Ich gehe morgen auf den Schwarzmarkt und versuche, den Ring meiner Mutter gegen Penicillin einzutauschen. Geduld ist ein Luxus, den wir uns nicht erlauben können, Hermann!«

»Das tust du nicht!«, erwiderte Thiesen viel zu laut und bereute es im nächsten Moment schon, weil die kleine Marie auf seinem Schoß leise protestierte. »Ich will nicht, dass du zwischen all diesen Banditen herumschleichst. Am Ende zieht dir womöglich noch einer was über den Schädel. Danach ist im günstigsten Fall nur der Ring passé ...«

»Dann nimm du ihn«, gab Anna flüsternd zurück. Mit wütender Miene und zitternden Fingern hielt sie ihrem Mann das winzige Schmuckstück entgegen. »Wenn du morgen Abend nicht mit Penicillin nach Hause kommst, dann gehe ich übermorgen los. Wer weiß, vielleicht bin ich sogar froh, wenn mir einer den Schädel einschlägt.«

»Wo sind unsere Jungs?«, fragte Thiesen eine Weile später. Manchmal war es besser, Dinge nicht bis zum Ende zu diskutieren. Insbesondere dann nicht, wenn das Ergebnis ohnehin feststand.

»Karl hat sich nach dem Essen Johann geschnappt. Sie wollten zu den Ruinen runter und Feuerholz sammeln. Der nächste Winter kommt bestimmt«, fügte Anna in verbittertem Ton hinzu.

»Ich will nicht, dass die beiden im Schutt rumklettern und ihr Leben für ein paar Bretter riskieren.«

»Das will ich auch nicht, Hermann, aber ich denke, wir sollten ihnen zumindest das Gefühl geben, etwas Wichtiges zu tun – ein Teil der Sache zu sein.« Anna schnaufte wie eine Dampflok. »Unser Großer wird nächsten Monat zwölf. Da wird es …«

»Mein Gott!« Jetzt keuchte auch Thiesen. »Die Jahre sind wie im Fluge vergangen.« Er rieb sich die hohe Stirn. Seit Kriegsende wollten auf seinem Kopf kaum mehr Haare wachsen. Er überlegte sogar schon, ob er nicht auch den Rest einfach mit seinem stumpfen Rasiermesser entfernen sollte. Ein gründlicher Abwasch, der ihm zumindest das morgendliche Kämmen ersparen würde. »Dann wird unser Johann im Dezember ja schon neun.«

»Zehn!« Anna lachte. »Und jetzt verstehst du vielleicht auch, warum die beiden eine Aufgabe brauchen. In den letzten Kriegsmonaten hat man Kinder an die Front geschickt, die jünger waren.« Sie schaute irgendwo ins Nichts, in ihren Augen schimmerten Tränen. »Die meisten davon sind nicht zurückgekommen.«

Thiesen schüttelte den Kopf und fluchte in sich hinein. Häufig stellte er sich die Frage, warum seine Frau am Ende immer recht behielt. Trotzdem fiel es ihm schwer, den Mund zu halten und sich die Niederlage einzugestehen. »Ich werde ab morgen jeden Abend selbst ein bisschen Holz mit nach Hause bringen. Vielleicht müssen sie dann wenigstens nicht jeden Tag in den Ruinen umhergeistern.«

Anna nickte nur. Kurz darauf hielt sie einen von Thiesens Socken empor. Durch das Loch am Hacken passten vier ihrer Finger, fast die ganze Hand. Zum ersten Mal an diesem Abend huschte ein Lächeln über ihr Gesicht, das ein wenig an frühere Tage erinnerte. An glückliche Momente, satte Momente, Zeiten, in denen sie sich damit beschäftigt hatten, ihre Zukunft zu planen. Heuer reichten solche Pläne bestenfalls bis zum nächsten Abend, weil man nicht wissen konnte, was einen tagsüber erwartete. »Ich war heute bei Doktor Fichte. Er unterrichtet ab nächste Woche wieder.«

»Du meinst deinen alten Rektor, von damals?«

»Genau! Bald eröffnet er ein neues Gymnasium, drüben, am Güterbahnhof.«

»Und was kann er dir bieten?« Diese Zeiten ruinierten wirklich jedes noch so edle Gemüt. Selbst Thiesen konnte sich dieser traurigen Entwicklung immer weniger widersetzen. Kaum jemand tat mehr etwas, ohne dafür eine konkrete Gegenleistung zu erwarten. »Er glaubt doch nicht etwa, dass du kostenlos unterrichtest, oder?«

»Ich habe alles mit ihm besprochen.« Plötzlich klang Annas Stimme ganz anders, regelrecht euphorisch. »Wenn ich ein paar seiner Stunden übernehme, dann können Karl und Johann jeden Tag mitkommen. Essen bekommen sie auch … vorausgesetzt, es ist was Essbares vorhanden.«

»Und du? Traust du dir das denn schon wieder zu?«

»Warum sollte ich nicht?« Anna musterte ihren Mann misstrauisch. Ihr Mund stand offen, was darauf hindeutete, dass sie noch nicht fertig war. Und weil Thiesen seine Frau viel zu gut kannte, traute er sich nicht einmal, zu antworten, sondern deutete nur mit Blicken auf Annas leeren Jackenärmel.

»Du meinst, weil ich nur einen Arm habe?« Sie schüttelte den Kopf, sah enttäuscht aus. Nur einen Atemzug später begann sie mit energischer Stimme aufs Neue: »Die englische Bombe hat mir vielleicht den Arm genommen, aber nicht meinen Mut.« Anna lächelte verhalten. »Wenn ich mit einer Hand deine Socken stopfen kann – sie schaute auf den Stopfpilz hinunter, der zwischen ihren Knien klemmte –, dann bin ich wohl auch in der Lage, Schüler zu unterrichten. Oder zweifelst du etwa daran?«

»Nein! Das war doch nur eine Frage«, rechtfertigte sich Thiesen vorsichtig. »Aber ich lasse mir nicht verbieten, dass ich mir Sorgen um dich mache. Ich bin schließlich immer noch dein Ehemann!«

3

Als Thiesen am nächsten Morgen das Büro der neuen Hamburger Mordkommission betrat, erwartete ihn ein gut gelaunter Johann Pfeiffer. Der junge Mann hatte regelrechte Wunder vollbracht, wobei die Frage im Raum stand, wo er all die Kisten mit Akten wohl gelassen haben könnte. Vielleicht hatte er tatsächlich zur finalen Lösung gegriffen und den ganzen Krempel verbrannt. Sei's drum!

»Guten Morgen!« Thiesen platzierte seine Aktentasche, in der sich nichts anderes als zwei trockene Scheiben Brot und ein kleines Stück Käse befanden, auf seinem Schreibtisch. »Sieht ja schon ganz manierlich aus«, quittierte er die Arbeiten und lächelte dazu gequält.

»Moin, Chef!« Johann Pfeiffer hielt ihm die Hand entgegen. Mit der anderen wischte er sich den Schweiß von der Stirn. »Ganz schöne Schufterei, aber ich denke, dass es sich gelohnt hat.« Er ließ seinen Blick durch den Raum kreisen und deutete gelegentlich auf eine Stelle, an der sich besonders viel verändert hatte.

»Dann sollten wir uns an die Arbeit machen«, stellte Thiesen mit müder Stimme fest. Er versprühte alles – nur keinen übertriebenen Arbeitseifer.

»Was ist los? Geht's Ihnen gut?«

»Eher nicht, wenn Sie's genau wissen wollen.«

»Kann ich irgendwie helfen?« Johann Pfeiffer schob einen letzten Stapel Kisten mit dem Fuß beiseite und baute sich direkt vor seinem Chef auf, als ob er für den sofort zu kämpfen bereit wäre.

»Ihr Vetter, dieser Waldemar, kommt der auch an Penicillin heran?« Bereits auf dem Weg ins Präsidium hatte Thiesen eine Entscheidung getroffen. Und zwar eine von der Sorte, die ihm seit jeher besonders schwerfiel. Schon als Anna ihm einen Kuss zum Abschied gab und ihm danach den Ring ihrer Mutter in die Hand drückte, spürte er, wie letzte Bedenken in ihm zusammenbrachen.

»Meine Tochter ist krank. Todkrank ... verstehen Sie, was ich meine?«

»Natürlich, Chef!« Johann Pfeiffer machte zum ersten Mal an diesem Morgen ein ernstes Gesicht. »Wie viel brauchen Sie denn?«

»Ich hab keine Ahnung. So viel wie möglich.«

»Haben Sie was Vernünftiges zum Tauschen?«

Thiesen zog den Ring mit trauriger Miene aus der Tasche und hielt ihn seinem Kollegen entgegen. »Das ist alles, was wir noch haben. Sollte mehr erforderlich sein, dann weiß ich auch nicht weiter.«

Pfeiffer griff mit spitzen Fingern nach dem Ring und hielt ihn gegen das Licht der trüben Glühlampe, um den kleinen Brillanten besser taxieren zu können. Sein nachdenkliches Gesicht verhieß zunächst nichts Gutes. Thiesen glaubte schon, dass auch dieser Vorstoß wieder nur in einer Sackgasse enden würde. Und das, obwohl er nie zuvor so weit über seinen eigenen Schatten gesprungen war.

»Das Teil ist viel zu wertvoll«, stellte Johann Pfeiffer völlig unerwartet fest. »Wenn man den Gerüchten trauen darf, dann wird es in den nächsten Monaten noch schlimmer.«

»Das kann man sich kaum vorstellen. Ich sehe da keinen Spielraum mehr nach oben.«

»Heben Sie das Teil lieber auf – man kann nie wissen.«

»Und wie, gottverdammt, soll ich jetzt an das Penicillin herankommen?« Thiesens Gesicht leuchtete rot vor Verzweiflung. »Sie haben mich anscheinend nicht verstanden, es geht höchstens um Tage, vielleicht nur um Stunden. Danach ist meine Kleine …«

»Das lassen Sie mal schön meine Sorge sein«, unterbrach Pfeiffer seinen Chef. »Heute Abend hat Ihre Tochter ihr Penicillin – das ist ein Versprechen!«

Thiesen wollte diese Illusion nicht mit weiteren Fragen torpedieren und zog es deshalb vor, dienstlich zu werden. »Unser Büro ist komplett …« Er nickte anerkennend einmal durch den ganzen Raum, konnte sich jedoch ein Lachen nicht verkneifen. »… vielleicht sollten wir uns dem aktuellen Fall widmen.«

Johann Pfeiffer ließ sich auf einem der Kartons nieder und klatschte mit erwartungsfroher Miene in die Hände. »Worum geht's denn?«

»Wir haben drei tote Frauen, alle in Altona. Das ist Ihre alte Heimat, oder nicht?«

Pfeiffer nickte widerwillig. Auf weitere Erklärungen schien er zunächst verzichten zu wollen. »Wie alt?«

»Die älteste ist schätzungsweise Mitte dreißig. Die zweite hat der Pathologe auf etwa zwanzig geschätzt.« Der Oberkommissar machte eine Pause und schluckte schwer. »Die letzte war fast noch ein Kind.«

»In Altona liegt doch kaum mehr ein Stein auf dem anderen«, stellte Pfeiffer mit freudlosem Lachen fest. »Wo hat man die Leichen denn gefunden … und wann?«

Thiesen schlug die Akte auf und studierte den Bericht ein weiteres Mal. »Alle im selben Keller, in der Nähe von St. Petri. Ist mir gestern gar nicht aufgefallen«, sinnierte er vor sich hin. »Passiert ist es vor über einer Woche – wird Zeit, dass wir der Sache auf den Grund gehen, bevor …«

»St. Petri ist eine der wenigen Kirchen, die die ›Operation

Gomorrha‹ unversehrt überstanden haben«, unterbrach Pfeiffer seinen Chef. »Meine Mutter hat von einem Wunder gesprochen und meinte, dass die Bomben so gut wie alles zerstört hätten, aber nicht den Glauben an Gott. Den nicht! Nein, nein …«

»Und wie erklärt sich Ihre werte Frau Mutter dann, dass fast alle anderen Kirchen nur noch Trümmerhaufen sind?«

»Das müssen Sie sie lieber selbst fragen. Bei solchen Dingen kann sie schnell ungemütlich werden.« Pfeiffer musste lachen. »Sie wissen doch, wie Mütter sind.« Als er feststellte, dass Thiesen nur müde den Kopf schüttelte, ruderte er zurück: »Ist Ihre Mutter etwa …?«

»25. Juli 1943 … sie hat die amerikanischen Bomben nicht überlebt. Aber vielleicht war's auch eine englische.«

»Das spielt am Ende auch keine Rolle.« Johann Pfeiffer wich Thiesens Blick aus und klopfte mit der Faust auf eine der letzten Kisten. »Es hat so viele erwischt – ich kenne eigentlich niemanden, der nicht einen seiner Lieben verloren hat.«

»Meine Mutter war todkrank, lag im Sterben«, stellte Thiesen nüchtern fest, für diese Tatsache viel zu fröhlich. »Die Bombe ist durchs Dach eingeschlagen und hat das komplette Haus pulverisiert. Ein schneller und gütiger Tod, wie ihn sich die meisten wünschen.«

»Wissen Sie, welcher Engländer für Altona zuständig ist?« Pfeiffer schien das Thema wechseln zu wollen. Vermutlich war es auch besser so.

»Das finden wir schnell heraus. Aber solange keine Tommys betroffen sind, hält der Rest ohnehin gepflegt die Füße still.« Thiesen verzog das Gesicht zu einem Grinsen. »Denen ist es völlig egal, ob wir Deutschen uns hier gegenseitig die Schädel einschlagen oder nicht.«

»Und wie wollen wir vorgehen?« Pfeiffer stand wieder direkt vor seinem Chef, die Hände in die Hüften gestemmt.

Unbändiger Tatendrang strömte aus jeder seiner Poren. »Wo fängt man denn an, wenn man es mit Mord zu tun hat?«

»Vermutlich am Tatort, ich hab doch selbst keine Ahnung.« Thiesen schaute in das erstaunte Gesicht seines Kollegen. »Erzählen Sie's nicht weiter – ich habe mir diesen Job nicht ausgesucht, ich hatte es vorher nie mit etwas anderem als Eigentumsdelikten zu tun.«

»Zwei Ahnungslose und ein Mord – 'tschuldigung – drei Morde.« Pfeiffer lachte schallend und klopfte seinem Chef auf die Schulter. »Das riecht für mich nach 'ner aufregenden Geschichte.«

»Maul halten! Wir rücken ab.«

Wenig später marschierten die Kommissare schon den Holstenwall in Richtung Landungsbrücken hinunter. An dieser Stelle Hamburgs waren die Aufräumarbeiten – insbesondere die der Engländer, mit schwerem Gerät – bereits weit vorangeschritten. Manch eine Ecke versprühte fast schon wieder so etwas wie Normalität, wenn man von der Vielzahl der rundherum emporragenden Ruinen mal absah. Die beiden Männer passierten mit langen Schritten den Millerntordamm und bogen kurz darauf in die Helgoländer Allee ein. Die einzigen Fahrzeuge, die in unregelmäßigen Abständen vorbeifuhren, waren englische Militärjeeps. Einige Soldaten musterten die Einheimischen grimmig und hätten vermutlich am liebsten auf den einen oder anderen angelegt. Andere Uniformierte winkten spielenden Kindern oder jungen Frauen fröhlich zu und warfen Kaugummis oder Zigaretten in die Menge. Thiesen dachte häufig darüber nach, wie sich wohl deutsche Soldaten in einem besetzten London verhalten hätten. Er kannte ein paar der Gerüchte aus Polen, Frankreich und anderen Ländern, in denen die deutsche Wehrmacht im Laufe eines nicht enden wollenden

Weltkriegs gewütet hatte. Von Kaugummis oder Zigaretten war dort nie die Rede gewesen.

»Vielleicht halten wir einen der Jeeps an und fragen, ob uns die Tommys wenigstens bis zum Fischmarkt mitnehmen können. Schließlich sind wir Polizisten, fast so etwas wie Kollegen.« Pfeiffer wartete keine Antwort ab, sondern winkte einem der Soldaten, der mit seinem Jeep in langsamer Fahrt auf sie zusteuerte. Eilig holte er seinen Dienstausweis heraus und wedelte damit herum.

»Sprechen Sie etwa Englisch?«, erkundigte sich Thiesen in skeptischem Ton.

»Natürlich!«, gab Pfeiffer fröhlich zurück und lief auf den Soldaten zu, der mit seinem Jeep stehengeblieben war und ihn argwöhnisch musterte. Danach hörte Thiesen nur noch ein paar Worte und konnte es kaum glauben, als Pfeiffer ihn zu sich rief. »Er nimmt uns mit. Außerdem meint er, dass die Durchfahrt vielleicht sogar bis zum Bahnhof Altona frei ist.«

»Nicht schlecht«, flüsterte Thiesen anerkennend, nachdem auch er auf der Rückbank des Jeeps Platz gefunden hatte. »Ich hab zuerst gedacht, dass es schwer werden könnte, mit so einem Jungspund wie Ihnen ...«

»Das wird es noch früh genug, Chef! Warten Sie ab.« Pfeiffer lachte röhrend und deutete kurze Zeit später auf zwei junge Frauen, die mit hohen Schuhen und Seidenstrümpfen auf dem Bürgersteig flanierten. »Das Leben ist nicht vorbei!«, brüllte er gegen den Lärm des Motors an. »Warten Sie ab, es kann wieder schön werden«, fügte er augenzwinkernd hinzu, während er den beiden Frauen zuwinkte, die stehengeblieben waren und sich umgedreht hatten. »Es ist nicht vorbei, Chef! Noch nicht ...«

4

Der Jeep rumpelte kurze Zeit später die Palmaille der Elbe entlang, Richtung Altona herunter. Die Kommissare waren fast an ihrem Ziel angekommen. Von Zeit zu Zeit konnte man zwischen den Ruinen einen Blick aufs Wasser erhaschen. Ein riesiger Frachter glitt vorbei, vermutlich auf dem Weg gen Nordsee. Aus seinen Schornsteinen quollen schwarze Rauchwolken, die eine leichte Brise zu den Docks hinübertrug.

Der Hamburger Hafen, das Tor zur Welt.

Blieb nur die Frage, wie lange es dauern würde, bis dieses Tor wieder in beide Richtungen passierbar wäre. Heuer waren es im besten Falle Almosen, die auf dem Wasserweg die einst so prächtige Hansestadt erreichten. Vom ehemaligen Handel in alle Welt war so gut wie nichts mehr übrig.

Pfeiffer klopfte dem Beifahrer auf die Schulter und bat ihn darum anzuhalten. Kurz darauf stapften er und Thiesen die Mathildenstraße hinauf. Eilig passierten sie den Friedhof und bogen dahinter in Richtung St. Petri ab.

»Sie haben recht, die Kirche hat tatsächlich so gut wie nichts abbekommen«, stellte Thiesen nüchtern fest. »Wäre für manch einen deutlich besser gewesen, als in einem Luftschutzbunker zu ersticken.«

»Bei uns um die Ecke haben sie nach der zweiten großen Welle von Bombern über neunhundert Menschen aus einem

Keller gezogen. Von einer Handvoll alter Männer abgesehen, nur Frauen und Kinder.«

»Alle tot?«

»Natürlich! Was denn sonst?«

Ein ohrenbetäubender Knall unterbrach diesen Austausch von Horrorgeschichten. Kurz darauf stieg, höchstens einen halben Kilometer entfernt, eine riesige Staubwolke auf.

»Blindgänger! Das passt ja.«

Thiesen reckte sich und erklomm sofort eine weitestgehend intakte Bank, um einen besseren Blick zu erlangen. »Das muss irgendwo hinterm Bahnhof gewesen sein, vielleicht Stresemannstraße«, murmelte er nachdenklich. »Spätestens morgen früh wissen wir's.«

»Wahrscheinlich ein englischer Wohnblockknacker ... zweitausend Pfund, würde ich schätzen.« Pfeiffer lachte verbittert. »Von den Dingern liegen noch Tausende im Schutt und warten darauf, dass sie ein paar Trümmerfrauen oder Kinder, die an den Zündern herumspielen, in den Tod reißen können.«

»Das wird uns noch viele Jahre begleiten – vielleicht sogar Jahrzehnte.« Auch Thiesen fiel in das freudlose Lachen ein. »Dieser Krieg wird ganz Deutschland lange Zeit in Atem halten. Wer weiß, ob wir diesen schwarzen Fleck in unserer Vergangenheit jemals loswerden.«

»Da drüben scheint es gewesen zu sein, da hängen noch die Planen, mit denen man den Tatort abgesperrt hat.« Johann Pfeiffer deutete auf die andere Straßenseite hinüber. Dort ragte eine Ruine empor, deren Erdgeschoss allerdings relativ intakt erschien. Vermutlich eines der wenigen Häuser, die nicht direkt von einer Bombe getroffen, sondern nur indirekt in Mitleidenschaft gezogen wurden.

Thiesen marschierte mit langen Schritten über die Straße. Auf der anderen Seite musste er ein paar Kindern ausweichen, die Verstecken oder Fangen spielten. So genau war das nicht zu erkennen. Pfeiffer folgte ihm ebenso eilig und sah seinen Chef nur noch von hinten; der stieg die steinernen Stufen in den Keller hinab.

»Das sieht nicht gut aus«, stellte der junge Kommissar fest, nachdem er durch den halb eingestürzten Kellerschacht bis zum Himmel hinaufsehen konnte. »Würde mich nicht wundern, wenn uns der ganze Mist über den Köpfen zusammenstürzt.«

»Warum sollte das ausgerechnet jetzt passieren?«, erkundigte sich Thiesen mürrisch. »Es sei denn, Sie reden es noch herbei.«

»Weil es immer irgendwann passiert, Chef! Jeden Tag, wenn man den Zeitungen glauben darf.«

»Ich wusste nicht, dass Sie auch Zeitung lesen.«

»›Die Zeit‹, falls Sie's genau wissen wollen.«

»Die wird doch von den Engländern kontrolliert. Auf der Titelseite können wir die neuesten Wunder des Wiederaufbaus bestaunen und auf der letzten Seite teilt man uns mit, dass noch immer haufenweise Kinder in den Randbezirken verhungern. Aber bis dahin lesen anscheinend die wenigsten.«

»Sie können auch alles schlechtreden, Chef.«

»Hier haben die Frauen gelegen.« Thiesen deutete nach unten, auf ein paar Kreidestriche, die allmählich wieder zu verblassen schienen. Den letzten Kommentar seines jungen Kollegen ignorierte er damit vollständig. »Alle nebeneinander, so wie's aussieht.«

»Ich frage mich nur, warum niemand Fotos gemacht hat«, überlegte Pfeiffer laut und blieb kopfschüttelnd stehen, um den Kellerraum näher zu inspizieren.

»Wer sollte die denn machen? Solche Sachen werden in Zukunft wohl an uns hängenbleiben. Besser gesagt: an Ihnen.« Thiesen musste lachen und versuchte Pfeiffers wütendem Blick auszuweichen. »Ich glaube ohnehin nicht, dass uns der Fundort weiterhelfen wird.«

»Warum nicht?«

»Die rechtsmedizinische Untersuchung wurde bei den Engländern gemacht, aber einer unserer Leute war auch dabei.« Thiesen überlegte einen kurzen Moment. »Ein Doktor Schacht, glaube ich.«

Statt weitere Fragen zu stellen, schaute Pfeiffer seinen Chef nur erwartungsfroh an, bis der fortfuhr: »Ach so, die waren sich alle einig darüber, dass der Fundort der Leichen keinesfalls mit dem Tatort übereinstimmt.«

»Warum sind die sich da so sicher?«

»Mein Gott! Sie können einem aber auch Löcher in den Bauch fragen«, knurrte Thiesen, während er sich auf den Boden des Gemäuers konzentrierte. »Ich hab doch bis jetzt noch nicht mal selbst den Bericht gelesen.«

Pfeiffer schlurfte durch den Staub und schob gelegentlich einen Stein zur Seite, als wollte er damit den Fundort der Frauen von störendem Unrat befreien. Dann kniete er sich hin und wischte vorsichtig mit der Hand über den glatten Steinboden. Als das nicht reichen wollte, senkte er den Kopf noch weiter, um Sand und Staub beiseite zu pusten. »Das kann nicht sein!«, stellte er jetzt in energischem Ton fest.

»Was kann nicht sein?«, erkundigte sich Thiesen und ließ ein genervtes Stöhnen folgen. »Hören Sie auf, immer nur solche Halbsätze herauszuquetschen.«

»Mindestens eine hat entweder noch gelebt oder kann erst ein paar Minuten tot gewesen sein«, gab Pfeiffer völlig unbeeindruckt zurück. »Hier ist alles voll Blut, wo soll das denn sonst bitte herkommen?«

Thiesen ging neben seinem Kollegen ebenfalls in die Knie, auch auf die Gefahr hin, seine einzige intakte Hose zu ruinieren. Kurz darauf wischte er mit den Fingern vorsichtig über die Stelle, auf die Pfeiffer immer wieder deutete. »Sie haben recht, die Sache ist eindeutig.«

»Und ändert vielleicht etwas an dem Blickwinkel, mit dem wir diesen Ort betrachten sollten.«

»Inwiefern?«

»Keine Ahnung! Sie sind der Chef.«

»Ich hab doch gesagt, Sie sollen mit Ihren Andeutungen aufhören, wenn hinterher nur heiße Luft folgt.«

»Aye, aye, Sir! Werde mich nicht mehr melden, bevor ich nicht alles lückenlos beweisen kann.«

»So war das auch nicht gemeint! Sind Sie etwa eine Mimose?«

»Nicht dass ich wüsste, aber vielleicht schaffen Sie es ja, eine aus mir zu machen.«

Eine ganze Weile durchforsteten die Kommissare schweigend den Kellerraum, ohne dabei auf weitere Spuren zu stoßen. Irgendwann griff Thiesen in seine Manteltasche und förderte ein Wunderwerk der Technik zutage.

»Ist das etwa eine Kamera?«, erkundigte sich Pfeiffer in basserstauntem Ton.

»Na, wie ein Toaster sieht es wohl nicht aus, oder?«

»Wo haben Sie die denn her?«

»Ist meine eigene«, presste Thiesen heraus und streichelte das wertvolle Utensil vorsichtig. »Im letzten Monat wollte ich sie gegen zwei Laib Brot und eine Salami tauschen. Aber ich hab's einfach nicht übers Herz gebracht.«

»Ich würde vielleicht noch einen halben Schinken obendrauf legen«, bot Pfeiffer lachend an.

»Und ich würde sie dann lieber in die Elbe werfen, bevor sie Ihnen in die Hände fällt. Wer weiß denn, was Sie damit vorhaben?«

»Soll ich die Kreidelinien noch ein bisschen freilegen – für ein vernünftiges Foto?«

»Ist nicht nötig, mir geht es im Moment nur darum, den Gesamteindruck aufzufangen. Ich weiß nicht, wofür. Aber vielleicht kann uns das irgendwann helfen.«

»Wer hat eigentlich die Leichen gefunden?«, wollte Pfeiffer wissen. Seine Rechte verschwand in seiner Hosentasche und kehrte mit zwei Streifen Kaugummi zurück. »Wollen Sie eins, Chef?«

Thiesen schaute seinen Kollegen verwundert an und griff wortlos nach dem Kaugummi, das er eilig auswickelte und in seinem Mund verschwinden ließ. »Ein paar Kinder haben einen Schupo hergeführt. Keine Ahnung, ob die auch die ersten hier am Fundort waren.«

»Haben wir eine Adresse?«

»Wollen Sie mich verarschen, Pfeiffer? Welches der Trümmer-Kinder hat denn eine Adresse?«

»Meine ja nur. Ich kenne schon ein paar, die …«

»… dann fragen Sie die doch!«, unterbrach Thiesen seinen Kollegen mit gespielter Fröhlichkeit.

Auf der Straße blieben die Kommissare zunächst stehen, um staubfreie Luft in ihre Lungen zu saugen. Pfeiffer spuckte mehrfach aus und musste sich die strafenden Blicke zweier Frauen gefallen lassen, die ihn naserümpfend umrundeten. Auf der anderen Straßenseite marschierte eine ganze Horde von Kindern vorbei, etwa fünfzig an der Zahl. Ein Stück weiter bogen sie nach links ab, Richtung Elbe. Vorneweg und genauso am Ende der Gruppe versuchten jeweils zwei Lehrerinnen, die Meute einigermaßen unter Kontrolle zu halten. Eine einzelne, ältere Lehrkraft, die an der Spitze lief, bemühte sich, ein gemeinsames Lied anzustimmen, scheiterte mit ihren Versuchen jedoch kläglich und ließ es schließlich bleiben.

»Die sind vermutlich auf dem Weg zur Schulspeisung«, bemerkte Pfeiffer lachend, während er den Kindern immer noch hinterherschaute. »Langsam wird es besser, seit Februar haben wir sogar wieder eine Bürgerschaft.«

»Die von den Engländern ernannt wurde«, erwiderte Thiesen gequält. »Eine tolle Regierung, die uns von unseren Besatzern vor die Nase gesetzt wird.«

»Im Herbst sollen freie Wahlen stattfinden.« Johann Pfeiffer schien sich seine Euphorie nicht nehmen lassen zu wollen. »Die ersten demokratischen Wahlen seit 1933 ... keine Ahnung, was Sie eigentlich erwarten.«

»Zunächst habe ich vor, einen Mörder zu finden. Von Politik habe ich die Nase nämlich gestrichen voll.« Thiesen deutete zur Kirche und dem angeschlossenen Pfarrhaus hinüber. »Wenn Sie mich fragen, dann sollten wir dort anfangen, wo sich die Leute versammeln.«

»In den Kneipen?«

»Nein!«

»Auf dem Schwarzmarkt?«

»Nein! In der Kirche, Sie Dummkopf.«

5

Die Kommissare betraten die Kirche ganz bewusst durch den Haupteingang. Sie hatten erst ein paar Schritte zwischen den dicht beieinanderstehenden Bänken gemacht, da erklang aus fast allen Richtungen hektisches Rascheln. Hier und dort klimperte eine Dose. Nur ein Stück entfernt ließ eine ältere Frau ausgerechnet ein Glas fallen, das lautstark auf dem Steinboden zerbarst. Sie fluchte leise und schaute die beiden hinzugekommenen Störenfriede nur mit traurigen Blicken an.

»Sind wir so leicht als Polizisten auszumachen?«, erkundigte sich Pfeiffer flüsternd, während er der Frau freundlich zunickte, um sie zu beruhigen. »Das ist ja fast so, als hätten wir unseren Dienstausweis am Eingang gezückt.«

»Vermutlich schon«, gab Thiesen ebenso leise zurück, ein Lachen unterdrückend. »Es wird doch nirgendwo mehr gehandelt als in Kirchen«, stellte er dazu nüchtern fest und ließ seine Blicke über die – trotz Mittagszeit – gut gefüllten Bankreihen wandern. »Oder glauben Sie vielleicht, dass die ganzen Leute wegen dem Kerl gekommen sind?« Er deutete auf das riesige Kreuz, von dem aus Jesus auf seine Schäfchen hinabsah. »Die Leute sind nicht auf Trost, sondern auf etwas Essbares aus.«

»Hat Bert Brecht schon gesagt. ›Erst kommt das Fressen, dann kommt die Moral.‹ Aber das grenzt auch schon an Blasphemie!«, protestierte Pfeiffer viel zu laut und zog damit die Blicke einiger Männer auf sich, von denen sich jetzt die ersten erhoben, um eilig das Weite zu suchen. »Vielleicht sollten wir lieber den Pastor finden und ihm ein paar Fragen stellen. Sonst stehen wir gleich in einer leeren Kirche und …«

Der junge Kommissar war plötzlich verstummt und fixierte einen winzigen, ungepflegten Kerl, der sich in diesem Moment an ihm vorbeischieben und in Richtung Ausgang davonmachen wollte. »Bleib stehen, Hubert!«, fauchte Pfeiffer und packte den Mann fest am Ärmel.

Der Winzling schaute angsterfüllt zu ihm empor und versuchte, sich – wenn das überhaupt möglich war – noch kleiner zu machen. Pfeiffer schob den Kerl ein paar Meter vor sich her, um am Ende dieser kurzen Reise in einer dunklen Nische stehenzubleiben. Thiesen konnte erkennen, dass die beiden heftig miteinander diskutierten. Sollte es eskalieren, würde er sofort eingreifen, auch wenn die Kirche danach mit Sicherheit menschenleer wäre.

Als alles gesagt zu sein schien, griff der Zwerg zuerst in zwei der äußeren Taschen seines Mantels, schließlich begann er damit, auch die inneren zu durchwühlen. Offensichtlich suchte er etwas. Und Pfeiffer, der mit offener Hand vor ihm stand, wartete augenscheinlich genau darauf. Am Ende wechselte eine kleine Schachtel den Besitzer, die der junge Kommissar eilig in seine Jackentasche stopfte. Zum Abschluss donnerte er dem Winzling mit der flachen Hand auf die Schulter und ließ ihn danach einfach ziehen.

»Was war das denn?«, flüsterte Thiesen, als sein Kollege endlich in den Mittelgang der Kirche zurückgekehrt war.

Pfeiffer sprach kein Wort, sondern langte in die Tasche seiner Jacke. Kurz darauf schob er seine Hand in Thiesens Manteltasche und zwinkerte seinem Chef zu. »Kein Wort!«, zischte er und setzte bereits den ersten Schritt in Richtung Altar.

Thiesen wackelte ihm hinterher und musterte skeptisch die wenigen Verbliebenen, die zwischen den engen Bankreihen kauerten und alles rundherum argwöhnisch in Augenschein nahmen. Vermutlich handelte es sich bei den meisten tatsächlich um Gläubige oder um besonders skrupellose Schwarzmarkthändler, denen nicht einmal eine drohende Razzia Angst einjagen konnte. Egal! Deshalb waren sie schließlich nicht hergekommen. Aber woher sollten die Händler das wissen?

Vor dem Altar stand der Pastor der Gemeinde. Pfeiffer nickte ihm kurz zu und forderte ihn mit vorsichtiger Geste dazu auf, ihm und seinem Chef zu folgen. Kaum hatten die Männer einen kleinen Nebenraum erreicht, zückten beide Kommissare zeitgleich ihre Dienstausweise, um Missverständnissen vorzubeugen.

Der Geistliche musterte die Ausweise ein wenig zu lange und begann dann mit seltsam melodischer Stimme: »Herr Pfeiffer und Herr Thiesen ... Sie kommen vermutlich wegen der toten Frauen, richtig?«

Die Kommissare nickten synchron.

»Es ist fürchterlich – ich kann gar nicht glauben, dass in Zeiten wie diesen, wo doch eigentlich alle zusammenrücken müssten, solche Dinge passieren.«

»Haben Sie eine der Frauen gekannt, Herr ...?« Thiesen hatte sich spontan für einen Frontalangriff entschieden. Wozu lange um den heißen Brei herumreden?

»Hoffmann, Pastor Hoffmann.« Der Gemeindevater schüttelte den Kopf, wobei seine Miene verriet, dass diese erste Reaktion nur die halbe Wahrheit darstellte. Immer wieder wischten seine Finger nervös über seinen Talar, obgleich der, zumindest beim ersten Hinsehen, frisch gewaschen und gestärkt wirkte.

»Sind Sie sich sicher?«, erkundigte sich Pfeiffer skeptisch. Anscheinend war auch ihm der Widerspruch in dieser spontanen Antwort des Geistlichen aufgefallen. »Keine der drei?«

»Das ist es ja«, flüsterte der, obwohl dafür eigentlich kein Grund bestand. »Am Ende sieht hier ein Gesicht wie das andere aus. Die meisten sind von Kummer und Knochenarbeit gezeichnet. Es gibt viele verirrte Schäfchen, die schon lange nicht mehr den Ruf ihres Schäfers hören, oder …«

»Wir suchen einen Mörder, Herr Hoffmann«, unterbrach Thiesen mit ungnädiger Stimme. Wen wunderte es, pflegte er doch seit jeher ein absonderliches Verhältnis zu vermeintlichen Gottesdienern. »Es wäre schön, wenn Sie vielleicht etwas konkreter werden könnten.« Aus dem Augenwinkel sah er, dass Pfeiffer ihn mit einem Nicken bestätigte.

»Ich habe keine Ahnung, wie ich Ihnen helfen könnte. Wir sind eine der letzten intakten Kirchen in Hamburg. Hier gehen täglich Tausende ein und aus.«

Die Kommissare wechselten Blicke. Die Ernüchterung war beiden deutlich anzusehen. Zumindest auf einen Hinweis oder eine noch so lauwarme Spur hatten sie gehofft. Stattdessen würden sie die Kirche wohl verlassen, wie sie gekommen waren: mit leeren Händen und ohne Ergebnisse.

»Wenn dann nichts weiter wäre, würde ich mich gerne wieder um meine Gemeinde kümmern. Sie haben nie zuvor mehr Trost gebraucht als heute.«

»Wir benötigen eine Liste von allen, die für Ihre Kirchengemeinde arbeiten.« Thiesens Stimme klang nicht, als ob es sich dabei um eine Bitte handelte. »Vermutlich kommen wir schon morgen wieder, um die Liste abzuholen. Ist das in Ordnung für Sie?«

»Gerne!«, gab der Pastor zurück, obwohl sein Gesicht das genaue Gegenteil von spontaner Begeisterung widerspiegelte.

Pfeiffer schüttelte dem Gemeindevater noch zum Abschied die Hand, während Thiesen darauf verzichtete und einfach mit langen Schritten vorwegmarschierte. Vor der Kirche angekommen, wurde dann auch schnell klar, wohin sich der Großteil der zutiefst Gottesfürchtigen verkrümelt hatte. Rundherum standen Männer und Frauen in kleineren Grüppchen, zweifelsohne jederzeit zum Sprung bereit. Die meisten hielten Pakete unter ihren Armen und schauten viel zu offensichtlich weg. Die Kommissare hingegen würdigten sie keines Blickes.

»Ich hätte nicht übel Lust, ein paar von den Kerlen auf den Kopf zu stellen und zu schauen, was herausfällt«, moserte Thiesen, während sie die halbhohe Friedhofsmauer passierten. »Irgendwas mache ich doch verkehrt.«

»Wieso?« Pfeiffer grinste vorsichtig und ließ seine Hände in den Hosentaschen verschwinden.

»Weil ich Kohldampf schiebe und die meisten der Typen aussehen, als ob sie zum Mittag einen halben Braten mit Rotkohl vertilgt hätten.«

»Also wollen Sie was essen?«

»Was denn sonst? Ich habe seit Tagen nichts Vernünftiges in den Bauch bekommen, von trockenem Brot und ranzigem Käse mal abgesehen. Ich bin drauf und dran, mir ein paar von meinen Essensmarken in den Mund zu schieben.«

Pfeiffer griff in seine ausgebeulte Jackentasche und zog drei Schachteln amerikanischer Zigaretten heraus. Danach steckte er zwei davon eilig zurück und nickte zufrieden. »Eine sollte wohl reichen!«, stellte er nüchtern fest und bog hinter dem Friedhof nach rechts in Richtung Bahnhof ab.

»Wo wollen Sie denn hin«, protestierte Thiesen atemlos, nachdem er seinen Kollegen eingeholt hatte.

»Sie haben Hunger und ich sorge dafür, dass wir was zwischen die Zähne bekommen«, erwiderte Pfeiffer nüchtern. »Ist doch keine schlechte Idee, oder?«, schickte er lachend hinterher.

Ein paar Schritte weiter erinnerte sich Thiesen an die kleine Schachtel, die sein Kollege ihm mitten in der Kirche in die Tasche gestopft hatte. Vorsichtig zog er sie heraus und betrachtete die dünne Pappe rundherum. »Was ist das eigentlich?«, fragte er, obwohl er schon eine Vermutung – nein, eine Hoffnung! – hatte.

»Penicillin! Wollten Sie doch haben.«

»Wie haben Sie das denn angestellt?«, erkundigte sich Thiesen keuchend. Seine Lungen taten weh, seine Beine waren derart weich und kraftlos, dass es ihn nicht gewundert hätte, wenn sie im nächsten Moment ihren Dienst verweigert hätten. »Was haben Sie dem Kerl dafür gegeben?«

»Nichts ... nur einen Gefallen eingelöst.«

»Und was soll ich Ihnen dafür geben?«

»Jetzt schulden Sie mir einen Gefallen, Chef.«

6

»Mein Gott! So satt war ich zum letzten Mal zu Beginn des Russlandfeldzugs.« Thiesen rieb sich den Bauch und schob den Teller vor sich ein Stück über den Tisch. »Ich hab keine Ahnung, wie Sie es anstellen – aber Sie scheinen für jede Gelegenheit die passende Adresse zu kennen.«

»In dieser Zeit muss man nehmen, was man kriegt. Wer sich hinten anstellt, bleibt auf der Strecke und verhungert womöglich am Ende.« Pfeiffer lachte vorsichtig. »Wir bekommen Sie schon noch auf den richtigen Weg.«

»Und ausgerechnet Sie meinen zu wissen, wie dieser Weg aussieht, ja? Sie müssen auch denken, dass ich ...« Thiesen verstummte abrupt. Einen Moment zuvor hatten zwei weitere Männer die kleine Küche betreten, die sich im Hinterzimmer eines Schusters befand. Vermutlich alte Reflexe, denn die Mäntel der Kerle sahen genauso aus wie die der Gestapo, der Geheimen Staatspolizei, die bis in die letzten Kriegstage überall in Deutschland Angst und Schrecken verbreitet hatte. Wobei die Exemplare dieser beiden – vermeintlich Heimatlosen – eher wie Lumpen wirkten. Sie waren mit Löchern und Rissen geradezu übersät und standen vor Dreck.

»Ich halte auch nichts von Korruption«, stellte Pfeiffer leise fest.

»Haha, das ist gut. Ausgerechnet Sie!« Thiesen klopfte sich auf die Schenkel, schien sich herzhaft zu amüsieren.

Trotzdem ließ er die beiden kurz vorher eingetroffenen Männer nicht aus den Augen. »In einem Lexikon würde ich neben dem Begriff ›Korruption‹ seit heute ein Foto von Ihnen erwarten.«

»Das ist nicht fair, Chef! Sie sollten lieber an Ihre Tochter denken. Der wird es hoffentlich helfen, dass wir die Regeln ein bisschen … strapazieren.«

»Trotzdem darf es nicht alltäglich werden, das Gesetz zu brechen. Schließlich müssen gerade wir dafür einstehen.« Thiesens energisches Gesicht zeigte deutlich, dass er sich in seinem Element befand. »Wenn solche Machenschaften zur Regel verkommen, dann übertritt man sehr schnell eine Linie – und danach gibt es irgendwann kein Zurück mehr, falls Sie verstehen.«

»Vielleicht einigen wir uns auf ein Unentschieden«, schlug Pfeiffer vor.

Mittlerweile hatte auch er die seltsamen Männer bemerkt und deutete mit Blicken zum Koch hinüber, der sich mit den beiden unterhielt. Von Wort zu Wort nahm die Unterhaltung an Lautstärke zu; schnell standen sich die Kontrahenten mit erhobenen Fäusten gegenüber. Als der Koch dann zu einem seiner Messer griff, hielt Thiesen nichts mehr auf seinem Stuhl. »Polizei … die Pfoten hoch!«, brüllte er, während er mit seiner Waffe den größeren der beiden Störenfriede anvisierte. »Schön hoch, ich will eure Hände sehen!«

Pfeiffer hatte sich einstweilen den Kleineren geschnappt und ihm den Arm auf den Rücken verdreht. Zuerst protestierte der Wicht noch relativ energisch, gab dann jedoch auf, nachdem er sich ein Bild von seinem hünenhaften Gegner gemacht hatte. Der Größere hatte inzwischen vom Koch abgelassen und schlurfte mit erhobenen Händen durch die Küche. Sein schmutziges Gesicht wirkte keineswegs angsterfüllt, sondern eher verzweifelt – und todtraurig.

»Was wollt ihr?«, fragte Thiesen in rüdem Ton. Dabei

fuchtelte er mit seiner Pistole herum, um sein Gegenüber zum Stehenbleiben aufzufordern.

»Na, was wohl? Essen«, presste der Kerl mit kraftloser Stimme heraus und ließ sich auf den Stuhl fallen, auf dem zuvor Pfeiffer gesessen hatte. Er vergrub sein Gesicht in den Händen und schnaubte nur noch.

»Können Sie den beiden etwas geben ... irgendwas?«, fragte Thiesen den Koch, der an seiner Seite angekommen war und erleichtert die Luft aus seinen Lungen entließ.

»Die Kerle sind gekommen, um mich zu erpressen«, protestierte der Mann halbherzig. Danach wischte er sich die Hände an seiner ohnehin schmutzigen Schürze ab. »Meinen Laden wollten sie nachts anzünden, wenn ich ihnen nichts gebe. Wie kommen Sie darauf, dass ich ...?«

»Dann sollten Sie ihnen erst recht etwas geben!«, stellte Thiesen nüchtern fest. Ein Nicken hieß Pfeiffer, auch den zweiten Mann endlich loszulassen. Eine wirkliche Gefahr ging von keinem der beiden mehr aus.

»Wir hätten die Typen verhaften können, besser gesagt: sollen!« Pfeiffer klang noch immer aufgeregt, nachdem die Kommissare wieder auf der Straße angekommen waren. »So viel zum Thema Regeln.«

»Die Kerle hatten nur Hunger – genau wie wir.« Thiesen war stehen geblieben und schaute seinen Kollegen mit einer Mischung aus Wut und Verzweiflung an; am Ende war auch eine Spur von Hohn deutlich zu erkennen. »Nur, dass die beiden offensichtlich keine amerikanischen Zigaretten in ihren Taschen hatten, wie Sie. Und jetzt erzählen Sie mir doch mal, was es gebracht hätte, die armen Gestalten zu verhaften.«

Pfeiffer überlegte einen kurzen Moment lang und zuckte danach nur mit den Schultern. »Keine Ahnung! Vielleicht ein paar Tage Ruhe ...«

»Bis die nächsten Hungrigen vor der Tür stehen und womöglich gleich zündeln, bevor sie fragen. Da wird der Nachschub so schnell nicht abreißen, fürchte ich.« Thiesen deutete auf eine endlose Schlange von Menschen, hauptsächlich Frauen und Kinder, die vor einem Lebensmittelgeschäft auf der anderen Straßenseite Stellung bezogen hatten. Es kam selten vor, aber manchmal gab es für die Bezugsscheine sogar etwas wie einen Gegenwert. Oft genug waren sie jedoch nichts als wertloses Papier, mit dem man seine Schuhe auslegen und Löcher verstopfen konnte.

»Was haben wir als Nächstes vor?«, fragte Pfeiffer, weil sein Chef weitere Debatten offensichtlich für überflüssig hielt. »Verbrecher jagen macht Spaß, daran könnte ich mich gewöhnen.«

»Ich wohne nicht weit von hier, Kleine Mühlenstraße …«

»Wollen wir auf einen Sprung bei Ihnen vorbeischauen?«, unterbrach Pfeiffer ihn und deutete auf Thiesens Jackentasche. »Wegen der Kleinen, meine ich?«

»Es wäre eine Lüge, wenn ich sagen würde, dass ich nicht daran gedacht hätte. Und bevor Sie es mir wieder auf die Stulle schmieren – in dieser Hinsicht pfeif ich auf die Regeln.«

Mit langen Schritten marschierten die beiden Kommissare durch einige Seitenstraßen, in denen das Chaos noch immer allgegenwärtig war. Weitestgehend befreit von Trümmern und Schutt hatte man bisher nur die Hauptstraßen und größere Plätze, die man regelmäßig in der ›Wochenschau‹ sah, wenn sich die Alliierten ihrer sagenhaften Fortschritte rühmten. Bog man hingegen in eine Nebenstraße oder eine kleine Gasse ab, dann sah es hier häufig so aus, als wären die Bomben erst vor ein paar Tagen oder Wochen gefallen und nicht Jahre zuvor. Schutt lag bergeweise herum, aus den Ruinen ragten die Dachbalken wie stumme Zeugen, die sich darüber beklagten, dass man sie noch immer nicht befreit hatte.

»Sie wohnen nur zwei Steinwürfe vom Tatort entfernt, Chef. Das könnte vielleicht von Vorteil sein.«

»Inwiefern? Soll ich mich nachts auf die Lauer legen und warten, bis der Täter sein nächstes Opfer in den Keller schleppt?« Thiesen schnaufte angestrengt. Er hatte Mühe, mit seinem Kollegen Schritt zu halten. »Der Pfaffe hatte schon recht – wir suchen nach der berühmten Nadel im Heuhaufen. Das wird nicht einfach.«

»Und am Ende interessiert sich ohnehin niemand dafür, ob wir den Mörder finden oder nicht«, fügte Johann Pfeiffer verbittert hinzu. »Außer vielleicht, die öffentliche Ruhe würde gestört und die Engländer müssten sich Sorgen machen, dass einer kommt und mit Steinen wirft.«

»Fangen Sie jetzt auch noch mit der Schwarzmalerei an?« Thiesen lachte höhnisch. Er versuchte, seinem Kollegen spaßeshalber gegen die Schulter zu boxen, geriet dabei jedoch selbst aus dem Gleichgewicht und wäre am Ende fast auf seinem Hinterteil gelandet. »Wir sollten bei der Rollenverteilung bleiben. Sie sind der Optimist und ich ...«

»... auch bald!«, nahm ihm Pfeiffer grinsend vorweg. »Warten Sie's ab, es wird alles besser.«

Als die beiden Kommissare wenig später in die Kleine Mühlenstraße einbogen, mussten sie zunächst einen Moment lang ausharren, um einen Lkw passieren zu lassen. Die verbeulte Stahlmulde ächzte lautstark unter dem aufgeladenen Geröll. Es war sogar zu befürchten, dass sie irgendwann, vermutlich schon bald, einfach bersten und ihren Inhalt auf irgendeiner Straßenkreuzung ausspucken würde. Danach wäre das Chaos komplett.

»Wird auch Zeit, dass sie endlich vor unserer Haustür anfangen«, kommentierte Thiesen das Geschehen und deutete auf die andere Seite hinüber. »Aus der Ruine da drüben haben sie letzte Woche einen Cookie geholt, viertausend Pfund, zwei Zünder waren noch scharf. Wenn der hochgegangen wäre, dann hätten Sie heute einen anderen Chef.«

»Machen Sie mir die Sache nicht schmackhaft«, gab Pfeiffer lachend zurück. »Aber irgendwie schon verrückt, dass die Engländer jeden Tag ihr Leben riskieren, um ihre eigenen Bomben zu bergen.«

»Das ganze Leben ist verrückt! Warum also sollte es in diesem Fall anders sein?«

Das aufgeregte Geschrei einiger Kinder unterbrach die beiden Kommissare. Sie wirbelten herum und sahen einen spindeldürren Jungen, der mit blutüberströmtem Gesicht auf sie zuraste.

»Sieht finster für den Bengel aus«, stellte Pfeiffer noch relativ unbekümmert fest. »Das schafft er nicht. Niemals!«

»Sollte er aber«, keuchte Thiesen mit letzter Kraft. »Insbesondere, weil es mein Sohn ist!«

7

Karl schlug zwei Haken, um damit die Distanz zu seinen Verfolgern zu vergrößern. Aber die anderen Jungen waren deutlich älter und schneller als er. Es würde vermutlich nur noch ein paar Augenblicke dauern, bis sie ihn endgültig eingeholt und zu Boden geworfen hätten.

»Karl!«, brüllte Thiesen seinen Sohn an. Damit schien es ihm tatsächlich gelungen zu sein, ihn, zumindest ein Stück weit, aus seiner Panik zu befreien. Keuchend kam der Junge neben seinem Vater an; er wäre sicher zusammengebrochen, hätte der ihn nicht im letzten Moment festgehalten.

Karls Verfolger hingegen waren abrupt stehen geblieben, um aus sicherer Entfernung die Geschehnisse zu beäugen. Bettelarm sahen die Gestalten aus. Ihre Gesichter waren vom Kohlenstaub verschmiert. Ihre Kleider: Nichts als Lumpen, die meisten trugen nicht einmal Schuhe.

»Seht zu, dass ihr wegkommt!«, brüllte Pfeiffer der seltsamen Truppe entgegen und machte zwei Schritte nach vorne. »Macht euch davon, sonst setzt's was!«

Thiesen stellte zufrieden fest, dass allein diese Drohungen schon ausreichten, damit sich die Meute eilig in alle Himmelsrichtungen zerstreute. Karl hing an seinem Arm. Blut und Rotz liefen ihm aus der Nase und tropften auf die staubige Straße. Thiesen zog sein Stofftaschentuch heraus und drückte es ihm in die Hand. Ein paar Atemzüge später durchfuhr ihn gleich der nächste, zugegeben noch größere

Schock. »Wo ist Johann?«, fragte er mit erstickter Stimme, während die grausamsten Szenarien in seinem Kopf Gestalt annahmen. »Wo ist dein kleiner Bruder?«

Karl war noch nicht in der Lage zu sprechen. Deshalb deutete er ein Stück die Straße hinunter auf eine lange Häuserzeile, die es in den Bombennächten besonders schlimm erwischt hatte. Dort ragte eine völlig verfallene Ruine neben der nächsten heraus.

»Ist er Holz sammeln?«, brüllte Thiesen seinen Sohn an. Er merkte nicht mal, dass er ihn mittlerweile sogar heftig durchschüttelte.

Karl versuchte, sich aus der Umklammerung seines Vaters zu lösen und nickte zuerst nur. Nachdem er sich das Gesicht mit dem Taschentuch abgewischt hatte, öffneten sich seine blutverschmierten Lippen und gaben damit die nächste Katastrophe preis.

»Beide oberen Schneidezähne«, stellte Thiesen mit einer Mischung aus Wut und Verzweiflung fest. »Sie haben dir beide Zähne ausgeschlagen, verdammt!«

»Johann hat sich verkrochen«, lispelte sein Sohn, während er sich einer weiteren Flut von Tränen nicht erwehren konnte. »Dort hinten. Er ist in einen Kellerschacht geschlüpft, in den die anderen nicht reinpassten. Aber sie wollten ihn … ich konnte nichts machen, Papa. Es waren einfach zu viele.«

Thiesen folgte Karls Blick, der an einer der Ruinen klebte. Der besorgte Vater war noch immer wie vor Schock erstarrt, als Pfeiffer ihn grob am Arm packte und sofort hinter sich her zog. »Wir holen Ihren Sohn, Chef! Vorwärts … bevor ihn sich die Scheißer krallen.«

Kurz darauf stiegen die beiden Kommissare durch ein breites Loch in der Außenfassade in die Ruine des mehrstöckigen Wohnhauses, in dem sich, Karls Angaben zufolge, sein kleiner Bruder irgendwo verschanzt hatte. Schon ein paar Schritte weiter waren wütende Stimmen zu hören, wobei schwer einzuordnen war, von wo genau die kamen.

»Ich gehe rechts herum, Sie nach links«, flüsterte Pfeiffer, um sich sofort zwischen zwei Mauerresten hindurchzuschlängeln.

Thiesen bog nach links ab und benutzte – irrwitzigerweise – eine offenstehende Tür, anstatt einfach an ihr vorbeizulaufen, denn das Mauerwerk des nächsten Raumes war fast vollständig eingestürzt. Linker Hand stand die Hälfte eines Klaviers, die andere hatte ein herunterfallendes Trümmerteil sauber abgeschnitten und es komplett unter sich begraben. Deutlich war zu erkennen, dass die Plünderer hier ganze Arbeit geleistet hatten. Schuttteile standen sorgsam aufgereiht an Mauerresten, nirgendwo war etwas zu finden, das auch nur im Entferntesten einen Wert darstellte.

Seltsam nur, dass sie das halbe Klavier bisher verschont hatten.

Thiesen schlüpfte zwischen zwei Trümmerteilen hindurch und erreichte den nächsten Raum. Die Stimmen nahmen an Lautstärke zu. Deutlich waren die Schreie zweier Jungen zu auszumachen, die sich um irgendetwas stritten. Als der Oberkommissar einen Moment später nach rechts abbog, wurde auch sofort klar, worum sich diese Auseinandersetzung drehte: Einer von ihnen, ein untersetzter etwa Fünfzehnjähriger, hielt Johann im Schwitzkasten und schien im Begriff zu sein, Thiesens kleineren Sohn in ein großes Loch zu werfen, das sich inmitten der Ruine auftat. Offensichtlich der Krater einer zweiten Bombe, die der ersten unmittelbar gefolgt war. Ein anderer Junge – größer als der erste, dafür aber spindeldürr – versuchte, Johann immer wieder zu packen. Vermutlich, weil er ihn selbst in das Loch werfen und die Anerkennung seiner Kumpane einheimsen wollte.

»Lasst die Finger von ihm!«, brüllte Thiesen, ohne lange zu überlegen. Sein Verstand berechnete blitzschnell, wie viele Schritte es waren, um den Rand der Grube zu erreichen und das Schlimmste noch zu verhindern. »Lasst ihn sofort los!«

Die beiden Jungen erstarrten in ihren Bewegungen. Zwei weitere Taugenichtse, die bis dahin das Geschehen nur lachend verfolgt hatten, stemmten sich von einem Mauervorsprung hoch. Jetzt machten sie ein paar Schritte auf Thiesen zu und versperrten ihm damit den Weg in Richtung Grube. Nur von Worten schien sich diese Bande nicht beeindrucken zu lassen. Hinzu kam Thiesens Statur, die einem Gerippe ähnelte, dem ein paar Lausbuben einen mindestens zwei Nummern zu großen Mantel übergestülpt hatten. Eine Erscheinung, die eher zum Lachen animierte, statt Respekt einzuflößen.

Während sich die beiden Jungen, die sich lautstark um Johann stritten, immer weiter der Grube näherten, beschleunigten die anderen ihre Schritte. Sie waren fast auf Thiesens Höhe angekommen, als der seine Pistole aus dem Halfter zog. Augenblicklich spannte er den Hahn, hielt die Waffe aber zunächst noch in die Luft, um, falls nötig, einen Warnschuss abzugeben.

Die Jungen blieben wie angewurzelt stehen und starrten diesen Störenfried – der die Machtverhältnisse abrupt zu seinen Gunsten verschoben hatte – aus dunklen Augenhöhlen an. Während der eine zwei vorsichtige Schritte nach hinten setzte, blieb der andere stehen und grinste sogar breit. »Du knallst uns doch ohnehin nicht ab«, posaunte er heraus und suchte die bewundernden Blicke seiner Kameraden. »Wir sind Kinder.«

Thiesen fuchtelte noch immer mit seiner Waffe herum, merkte jedoch, dass diese Drohung allein von Sekunde zu Sekunde an Wirkung nachließ. Er war kurz davor, einen

Warnschuss in die Luft abzugeben, als er aus dem Augenwinkel Pfeiffer erkannte. Der näherte sich von hinten den beiden anderen Jungen, die Thiesens Sohn Stück für Stück weiter in Richtung Grube zerrten. Sie hatten den Rand fast erreicht und würden vermutlich nicht lange zögern, ihr Opfer in die Tiefe zu stoßen. So viel stand fest!

Den ersten Taugenichts, der bis dahin den kleinen Johann unaufhörlich mit Ohrfeigen traktiert hatte, schickte Pfeiffer mit einem kräftigen Fausthieb ins Reich der Träume. Dessen Kompagnon wich panisch zurück und wäre fast selbst in die Grube gefallen, wenn er vorher nicht über einen Haufen Steine gestolpert und am Ende auf seinem Allerwertesten gelandet wäre.

»Hört mit dem Mist auf und lasst uns einfach gehen!«, hallte Thiesens Stimme durch die Ruine. Seine Pistole hatte er auf den vorlauten Jungen gerichtet, der noch immer nicht aufgeben wollte. »Wir suchen keinen Streit«, fügte der Oberkommissar leise hinzu, während er einen vorsichtigen Schritt nach dem anderen in Johanns Richtung machte. Sein Sohn stand zitternd vor der Grube; er hatte sich, deutlich sichtbar, vor Angst in die Hose gemacht.

»Schluss jetzt!«, schickte Pfeiffer hinterher. Bei seiner Statur hätte sich ohnehin keiner der Burschen getraut, eine offene Auseinandersetzung zu riskieren.

»Raus, Chef! Ich halte Ihnen den Rücken frei.«

8

Auf der Straße keuchten die beiden Kommissare und der kleine Johann zunächst eine Weile um die Wette. Die Aufregung war allen dreien anzusehen; es war keineswegs übertrieben, von Rettung in letzter Sekunde zu sprechen. Als Thiesen seine Stimme endlich wiederfand, folgte der erste Akt einer vorhersehbaren Moralpredigt: »Ich will nicht, dass ihr weiterhin in den Ruinen umherschleicht! Ist das klar, Johann?«

Der Junge weinte und zitterte am ganzen Leib. Am Ende zwang er sich aber doch zu einem zaghaften Nicken. Deshalb beließ es der besorgte Vater zunächst dabei und nahm seinen Sohn – auch wenn das bei einem Neunjährigen einem ungeahnten Kraftakt gleichkam – ohne ein weiteres Wort auf den Arm. Kurz darauf überquerten sie die Straße und standen vor dem Hauseingang.

»Die ersten beiden Stockwerke sehen ja noch relativ manierlich aus«, stellte Pfeiffer in sorglosem Ton fest. »Da haben Sie Glück gehabt, Chef.«

»Die vier Familien weiter oben hatten weniger Glück«, erwiderte Thiesen mit müder Stimme. »Es war nur ein indirekter Treffer, aber der hat schon gereicht, um alles über uns in Trümmer zu legen.«

Pfeiffers wortlose Nachfrage beantwortete er nur mit einem Kopfschütteln. Aus den oberen Stockwerken hatte man, nach einer besonders schlimmen Bombennacht, nur noch Leichen geborgen. Seitdem war das Haus – vom Hochparterre abgesehen, in dem nur Thiesen und seine Familie hausten – unbewohnbar.

»Lassen Sie uns reingehen, damit Ihre Tochter endlich das Penicillin bekommt.« Der junge Kommissar verstand mehr und mehr, dass es einige Themen gab, die man besser unberührt ließ. Ansonsten landete man in einer Sackgasse und schlussendlich bei weiteren überflüssigen Diskussionen, die zu keinem Ergebnis führten.

Thiesen hatte einen Schritt nach vorne gemacht und öffnete zwei schwere Riegel, welche die Eingangstür zumindest vor Kinderhänden sicherten. In dieser Zeit waren Einbrüche an der Tagesordnung. Man konnte es den hungrigen und heimatlosen Kriegsgeschädigten nicht mal verübeln, dass sie eine Tür nach der anderen auftraten, bis sie endlich etwas Essbares oder einen halbwegs trockenen Platz zum Schlafen auftaten.

Über eine Handvoll bröckelnder Steinstufen ging es ins Reich der Familie Thiesen. Der Oberkommissar entriegelte eilig die Wohnungstür. Kurz darauf standen die zwei Kommissare mitten im Wohnzimmer. Anna saß auf dem Sofa. Während Karl weinend an ihrer Seite klebte, lag Marie auf ihrem Schoß und gab keinen einzigen Laut von sich. Als Johann seinen Kopf zwischen den beiden Männern hindurchsteckte, trieb die grenzenlose Erleichterung Anna sofort Tränen in die Augen. Vorsichtig schob sie ihren großen Sohn ein Stück beiseite und legte Marie ebenso zaghaft auf der verschlissenen Sofalehne ab. Danach erhob sie sich eilig und drückte mit ihrem verbliebenen Arm Johann so fest an sich, dass dem kurz darauf die Luft wegblieb.

»Danke«, flüsterte sie und zwang sich zu einem Lächeln, dass sie den Männern schenkte. »Einfach nur danke.«

Statt etwas zu sagen, griff Thiesen in seine Manteltasche und zog die kleine Pappschachtel hervor. Anna brauchte einen Moment, um zu verstehen, worum es sich bei dem Inhalt der Schachtel handelte. Viel zu abrupt ließ sie plötzlich ihren Johann los und baute sich vor Pfeiffer auf, der sie um gute zweieinhalb Köpfe überragte und lächelnd zu ihr hinunterschaute.

»Haben wir das Ihnen zu verdanken?«, erkundigte sie sich mit dünner Stimme, während die Tränen noch ungezügelter über ihr Gesicht liefen.

»Kollege Pfeiffer hat offenbar ein paar ganz hilfreiche Kontakte«, erklärte Thiesen – auch, um damit die bleierne Stille zu durchbrechen. »Mach am besten Tee … sie soll so schnell wie möglich die erste Tablette bekommen.«

Anna ignorierte ihren Mann völlig und zog sich stattdessen an Pfeiffer empor. Ein seltsames Schauspiel, aber sie wollte ihm unbedingt einen Kuss verpassen, direkt auf den Mund übrigens, gewollt oder ungewollt. Danach folgten zwei weitere.

»Lasst euch bitte von mir nicht stören«, presste Thiesen halb lachend, halb wütend heraus. »Ich kann ja mit den Kindern nach nebenan gehen, damit ihr …«

»Wenn einer so etwas tut, dann braucht er dafür auch eine Belohnung«, gab Anna unbekümmert zurück. Sie löste die Umklammerung abrupt und machte sich auf den Weg zum Ofen, um Wasser zu erwärmen.

»Da wäre noch was«, stoppte Pfeiffer sie. Er ließ die Hände in seinen ausgebeulten Jackentaschen verschwinden. Kurz darauf kehrten sie mit allerlei Dosen und kleinen Päckchen zurück.

Anna breitete ihre Schürze aus und bewunderte mit immer größeren Augen all die Dinge, die Pfeiffer hineinplumpsen ließ. »Ist das Rindfleisch? Richtiges Rindfleisch?«, entfuhr es ihr, als ob ihr der Heiland persönlich gegenüberstünde.

»Nur aus der Dose, aber trotzdem besser als kein Rindfleisch«, erwiderte Pfeiffer und ließ zum Abschluss noch ein paar Päckchen Zigaretten in die Schürze fallen. »Wenn Sie eisern handeln, dann bekommen Sie für zwei Lucky Strike am Dammtor mindestens ein halbes Brot.«

»Reden Sie ihr noch ein, dass sie sich auf dem Schwarzmarkt rumtreiben soll!«, protestierte Thiesen und boxte seinem Kollegen sogar gegen die Schulter. »Ich kann es nicht gebrauchen, dass meine Frau am Ende bei einer Razzia verhaftet wird.«

»Hab dich nicht so, Hermann!« Anna strafte ihren Mann mit Blicken, um im nächsten Moment wieder Pfeiffer anzuhimmeln. »Sie sind ein feiner Kerl. Danke!«

»Noch einen Kuss mehr, und ich packe meinen Koffer!« Thiesen relativierte seine Ansage mit einem Lächeln. »Setzen Sie sich hin, Kollege.« Er deutete auf seinen Sessel. »Der Tee schmeckt ganz passabel. Kein Wunder, schließlich sind wir von Engländern besetzt.«

»Machen Sie ihr eine Schüssel mit kochendem Wasser und Pfefferminzblättern. Aber erst, wenn es besser geworden ist.« Johann Pfeiffer schaute ernsthaft besorgt auf Mutter und Kind, während Anna bemüht war, dem Mädchen in winzigen Schlucken Tee einzuflößen. Kurz zuvor hatte die kleine Marie, nach anfänglichen stillen Protesten, endlich die erste Penicillin-Tablette heruntergeschluckt.

»Wenn die helfen, dann sind Sie ab jetzt mein Held.« Anna sah zu Thiesen hinüber und schenkte ihm ebenfalls ein Lächeln. »Du natürlich auch, Hermann! Also schau nicht wie ein geschlagener Hund.«

»Ihr Mann hat mir geholfen«, versicherte Pfeiffer mehr oder weniger überzeugend. »Schließlich hat er mich in die Kirche geführt. Der Rest waren Zufall und ein paar stichhaltige Argumente.«

»Sie haben heute das Urteil im zweiten Dachau-Prozess verkündet«, bemerkte Anna eine Weile später. »Die Leute auf der Straße sagen, dass nur drei lebenslänglich bekommen haben. Der Rest endet am Strang.«

»Und das ist gut so!« Thiesen schaute zu Pfeiffer hinüber, um sich eine stumme Bestätigung abzuholen. Gemeinsames Nicken der Männer deutete dann darauf hin, dass sie sich in dieser Hinsicht vorbehaltlos einig waren. »Es wird noch Jahre dauern, bis wir die Verantwortlichen alle zur Rechenschaft gezogen haben. Manch einen wird man vermutlich nie finden.«

»Einer der Angeklagten soll in einem Steinbruch Hunderte mit eigenen Händen erschlagen haben«, presste Anna mühevoll heraus. »Ich weiß nicht, wer so etwas übers Herz bringt.«

»Dann ist der Strang noch viel zu harmlos, würde ich sagen.« Pfeiffer verzog das Gesicht zu einer seltsamen Grimasse. »Aber wir sollten es dabei belassen, schließlich sind Kinder anwesend.«

»Wie geht's weiter, Chef?« Pfeiffer stand in der offenen Tür und war im Begriff, sich zu verabschieden. »Für heute ist wohl Feierabend, oder?«

Thiesen nickte bestätigend. Es war Nachmittag, was sollten sie da noch ausrichten? »Die Leichen der Frauen wurden im Militär-Hospital der Engländer obduziert. Ich denke, wir sollten mit dem verantwortlichen Rechtsmediziner sprechen.«

»Meinen Sie tatsächlich, dass der uns etwas Hilfreiches sagen kann?«

»Ich hab keine Ahnung, Pfeiffer. Wenn Sie eine bessere Idee haben, dann gerne raus damit.«

»Ist schon in Ordnung. Treffen wir uns im Präsidium oder direkt bei den Engländern?«

»Direkt! Dann kann ich morgen früh noch helfen, falls Marie ihre Tablette nicht schlucken will.«

»Recht so, Chef! Sie lernen langsam dazu.«

»Du hast wirklich Glück, Hermann. Dein Kollege scheint ein herzensguter Mensch zu sein.«

Thiesen und seine Frau saßen eng aneinander gekuschelt auf dem winzigen Sofa und unterhielten sich seit über einer Stunde. Karl und Johann schliefen im Zimmer nebenan, das nach ein paar regenfreien Tagen wieder bewohnbar war. Die kleine Marie lag gegenüber im Sessel, in eine Wolldecke gehüllt und schnarchte leise vor sich hin.

»Glaubst du, dass wir es riskieren könnten«, flüsterte Thiesen und setzte ein schelmisches Grinsen auf. »Ich meine ja nur – das letzte Mal ist Ewigkeiten her.«

»Dabei mangelt es nicht an Lust, Hermann, sondern nur an Gelegenheiten«, gab Anna sanft zurück und drückte ihrem Mann einen Kuss auf die Lippen. »Du bist mein Held! Und das bleibst du, ganz egal, was du tust.«

9

An diesem Morgen fand das Familien-Frühstück in ungewohnt heiterer Atmosphäre statt. Regelrecht ineinander
verschlungen waren Anna und Hermann Thiesen am Ende
des Abends direkt auf dem Sofa eingeschlafen; sie hatten
es nicht mal mehr in ihr Bett geschafft.

»Wir müssen los, Mama.« Karl war aufgestanden und
zog Johann am Hemdsärmel, damit der ihm folgte. Als er
kurz darauf den Mund öffnete, gab er den Blick auf die
beiden fehlenden Schneidezähne frei.

»Tut es sehr weh?« Anna schaute mitleidvoll und strich
ihrem Sohn über den Kopf.

»Es geht«, log Karl ohne zu zögern. Beim Frühstück hatte
sich sein Gesicht regelmäßig unter Schmerzen verzogen.
Schließlich waren seine Lippen an mindestens drei Stellen aufgeplatzt, auch das blaue Auge war nicht zu übersehen.

»Gott sei Dank waren es noch Milchzähne. Aber ihr geht
diesen anderen Jungen zukünftig aus dem Weg, damit das
klar ist!« Thiesen drohte seinen Söhnen mit erhobenem
Zeigefinger, sein Mitleid hielt sich – zumindest in diesem
Moment – offensichtlich in Grenzen. Und auch sein Gesicht ließ keinen Spielraum für Interpretationen. »Wenn
diese Taugenichtse hier gehen, dann geht ihr dort!« Er
fuchtelte zur Erklärung mit den Armen herum. »Und wenn
sie ...«

»Ist gut, Papa! Wir haben es verstanden.« Die Jungen nickten synchron. Blieb nur zu hoffen, dass die zwei auch entsprechend handelten, wenn es erneut hart auf hart käme.

»Du musst den beiden mehr vertrauen, Hermann.« Nachdem ihre Söhne verschwunden waren, fühlte sich Anna anscheinend berufen, für sie in die Bresche zu springen. »Karl ist fast schon ein Mann, das bringt die Zeit wohl mit sich.«

»Jaja, und Johann fängt nächste Woche damit an, sich zu rasieren«, gab Thiesen in verbittertem Ton zurück. »Du hast nicht mal eine Ahnung, wie knapp das gestern war. Sie hätten ihn beinahe …«

Anna gebot ihm mit einer Handbewegung Einhalt. »Das will ich gar nicht wissen!« Ihre Miene verfinsterte sich. Thiesen bereute es schnell, dieses Thema überhaupt angeschnitten zu haben. »Ich würde für jedes unserer Kinder sterben.«

»Glaubst du vielleicht, ich nicht?«, blaffte Thiesen zurück. Seine Wangen schienen zu glühen, während er seine Frau wütend anfunkelte »Die drei sind doch alles, was uns geblieben ist.«

»Und genau deshalb müssen wir ihnen ihre Freiheiten lassen, Hermann. Ansonsten werden sie nicht stark genug, um das alles zu überstehen. Das Leben ist eine harte Schule und nur wer die erfolgreich durchläuft, ist hoffentlich ausreichend gerüstet.«

»Schöne Worte!« Thiesen hatte es geschafft, sich innerlich ein Stück herunterzufahren. »Du hast ja auch recht, zumindest teilweise, mein kleiner Schmetterling.«

»Ich weiß!« Anna stockte. »So hast du mich übrigens schon lange nicht mehr genannt.«

»Ich weiß.«

»Ein toller Schmetterling ist das, der nur einen Flügel hat.« Sie wedelte mit ihrem verbliebenen Arm und lachte.

»Und trotzdem genauso schön ist wie eh und je. Nein ... noch schöner!«

Ein paar Minuten später rüstete sich Thiesen zum Aufbruch. Nachdem er Anna einen dicken Abschiedskuss verpasst hatte, schaute er ein weiteres Mal nach Marie, die im Sessel lag und vor sich hin gluckste. »Du kannst mir sagen, was du willst – aber sie sieht tatsächlich schon besser aus.«

»Das tut sie, Hermann. Es ist fast ein Wunder.«

Thiesen wagte es kaum sich umzudrehen, denn Annas Stimme klang dünn und deutete auf neue Tränen hin. »Ich hab 'ne Menge Arbeit«, bölkte er, um damit die trübe Stimmung zu durchbrechen. »Glaube nicht, dass ich heute früher nach Hause komme.« Noch immer hatte er Anna nicht angeschaut, obwohl er schon auf dem Weg Richtung Tür war.

»Grüß mir Pfeiffer«, rief sie mit aufgesetzter Fröhlichkeit. »Und sag ihm noch mal ganz lieben Dank.«

Thiesen blieb vor seinem Haus einen kurzen Moment lang stehen und schaute zu der Ruine hinüber, aus der sie am Tag zuvor Johann aus höchster Not befreit hatten. Es war schon eine seltsame Zeit! Immer wenn man glaubte, das Schlimmste sei überstanden, kam es gleich noch dicker. Oft genug – wenn die Sorgen ihm Zeit dafür ließen – gönnte sogar ein Mann wie er sich ein paar Augenblicke im Land der Träume. In dieser Fantasiewelt wohnten Anna, die Kinder und er selbst in einem kleinen Häuschen, am besten ein Stück außerhalb von Hamburg und möglichst in Elbnähe. Sie hatten einen großen Garten, mit Obstbäumen, Rasen, auf dem die Kinder Fußball spielen konnten, und sogar ein paar Gemüsebeete. Er selbst hätte einen Schuppen, in dem er nach Feierabend typischen Männer-Hobbys nachgehen könnte. Tischlerarbeiten – schließlich hatte er den Beruf des Tischlers mal erlernt. Vielleicht würde er auch einige alte Radios zerlegen und wieder zusammenbauen, bis eines davon funktionierte. In dieser beschaulichen Welt gab es keinen Mord, keine Plünderungen und niemanden, der einem das letzte kleine Bisschen nehmen wollte, das einem geblieben war. Und es mangelte ebenso wenig an Kleidung, festem Schuhwerk oder banalen Dingen wie Seife oder Strümpfen.

Wenn er allerdings von solchen Ausflügen in die nüchterne Realität aus Schmutz, Hunger, Gewalt und Krankheiten zurückkehrte, hätte er weinen können. Weinen, bis keine Träne mehr vorhanden wäre. Aber das konnte er nicht – er durfte es nicht! Für seine Lieben hatte er der Fels in der Brandung zu sein. Stark! Unverwundbar! Ein Mann eben, den nichts so leicht umwarf … selbst wenn der eher wie ein Halbwüchsiger, statt wie ein richtiger Kerl aussah.

»Sie sind spät dran, Chef! Ich warte seit 'ner halben Stunde.« Pfeiffer hielt Thiesen seine riesige rechte Pranke entgegen. »Gut geschlafen? Wie geht es Ihrer Tochter?«

»Lassen Sie's gut sein. Haben Sie schon herausgefunden, ob uns jemand helfen kann?«

»Jawohl, Sir! Habe mir erlaubt, mit dem diensthabenden Offizier ein Schwätzchen zu halten.« Pfeiffer übte sich im Strammstehen und salutierte gar vor Thiesen.

»Und was ist dabei herausgekommen, Kommissar Übermut?«

»Die Obduktion hat ein englischer Militärarzt vorgenommen, aber es war auch ein deutscher Kollege dabei. Sie hatten recht … ein gewisser Doktor Schacht.«

»Und will man uns die ausführlichen Unterlagen zur Verfügung stellen?«

Pfeiffer zögerte und verzog das Gesicht. »Ich fürchte, das wird Ihnen nicht gefallen, Chef.«

»Was wird mir nicht gefallen? Reden Sie, na los!«

»Der Engländer meinte, dass wir sämtliche Unterlagen schon hätten«, presste Pfeiffer in gequältem Ton heraus. »Ein Bote hätte letzte Woche extra alles ins Präsidium gebracht.«

»Das waren gerade mal zwei Seiten, auf denen so gut wie nichts stand«, empörte sich Thiesen. »Ist dieser Doktor Schacht auch zugegen?«

»Ist er, Sir!«

»Hören Sie bloß mit diesem militärischen Tamtam auf. Davon habe ich für die nächsten fünfzig Jahre die Nase voll.«

»Aye, aye, Sir!«

Ein paar Minuten später saßen die beiden Kommissare in einem winzigen Büro, in dem einige aufeinandergestapelte Kisten als Schreibtisch fungierten. Der Stuhl, auf dem Thiesen saß, erschien ihm derart klapprig, dass es ihn nicht gewundert hätte, wenn der, selbst unter seinem Fliegengewicht, einfach zusammengebrochen wäre. Pfeiffer saß neben ihm auf zwei übereinandergestapelten Säcken und war in eine Zeitung vertieft, die er auf dem provisorischen Schreibtisch gefunden hatte. »Hier heißt es, dass wir spätestens Ende des Jahres eine Programmzeitschrift bekommen sollen«, berichtete der junge Kommissar aufgeregt. »›Hör Zu‹ soll die heißen«, schickte er in skeptischem Ton hinterher.

»Was hilft einem denn solch eine Programmzeitschrift, wenn man weder ein Radio noch einen Fernseher hat? Das ist genauso, als hätte man Messer und Gabel, aber nichts zum Essen.«

»Ich warte auf den Tag, an dem Sie sich über irgendetwas freuen können, Chef.«

»Vielleicht wird das der Tag sein, an dem sich die Engländer auf Nimmerwiedersehen verabschieden und uns die Gelegenheit geben, aus eigener Kraft wieder auf die Füße zu kommen.«

»Das wird aber noch lange dauern, fürchte ich. Außerdem möchte ich nicht wissen, wo wir ohne die Tommys wären.«

»Dann hat das mit dem Freuen ja ein bisschen Zeit.«

Bevor diese Debatte eskalieren konnte, stapfte ein winziger Mann durch die Tür und ließ sich, ohne vorher eine Begrüßung loszuwerden, schnaufend in seinen Drehstuhl fallen. Dieser seltsame Kauz mochte fünfzig, genauso gut schon sechzig sein, dachte Thiesen. Sein Kittel war dunkelgrau und fast völlig zerschlissen. An ein paar Stellen, unter den Armen und an der Innenseite des Kragens, ließ sich seine ursprüngliche weiße Farbe zumindest noch erahnen.

»Sie kommen wegen der toten Frauen, hat man mir gesagt.«

Immer noch keine Begrüßung. Mit Freundlichkeit schien dieser Mann seine Zeit nicht verschwenden zu wollen. Um einen Gegenpol zu bilden, erhob sich Thiesen von seinem Stuhl und hielt dem Mediziner seine Hand entgegen. »Zunächst guten Morgen!« Er mühte sich um ein Lächeln. »Wir ermitteln in diesen Mordfällen und könnten Ihre Hilfe gebrauchen.«

»Hilfe?«, wiederholte Dr. Schacht kopfschüttelnd. »Bin gespannt, wie diese Hilfe aussehen soll.«

»Sie und ein englischer Kollege haben doch die Obduktion an den Frauen vorgenommen«, setzte Pfeiffer in energischem Ton ein. Geduld oder Taktieren gehörte nicht zu seinen Tugenden. In dieser Hinsicht hatte er noch zu lernen. »Oder etwa nicht?«

»Ich glaube nicht, dass der Begriff ›Obduktion‹ zu dem passt, was wir hier tun«, erwiderte der Mediziner und ließ ein freudloses Lachen folgen. »Ich würde es eher eine Fleischbeschau nennen. Das trifft es deutlich besser.«

»Können Sie uns das vielleicht näher erklären?« Thiesen hatte Pfeiffer zuvor mit einem Blick zu verstehen gegeben, dass er fortfahren wollte. »Was hat denn die Öffnung der Leichen ergeben?«

»Öffnung?« Dr. Schacht schien es nicht leid zu werden, unpassende Begriffe zu reflektieren und ad absurdum zu führen. Er fuhr erst fort, nachdem er die Kommissare durch mehrmaliges Schnaufen über seinen Unmut informiert hatte: »Ich werde Ihnen jetzt mal erklären, was wir mit den Leichen gemacht haben.« Schacht zog zwei einzelne Blätter aus einer Mappe und überflog die kurz. »Ach ja! Man hat die Frauen hergebracht, und der englische Kollege hat mich schon vor der Obduktion darüber in Kenntnis gesetzt, dass wir – im Höchstfall – eine Stunde Zeit für alle hätten.«

»Eine Stunde?«, wiederholte Thiesen und kam sich dabei albern vor, weil er diese Art der Empörung nicht leiden konnte. »Sie meinen eine Stunde für alle zusammen?«

»Es gibt Tage, da bekommen wir über hundert neue Leichen rein«, fuhr der Doktor etwas sanfter als zuvor fort. »Hauptsächlich Kinder und Alte – Hungertote. Dazu haufenweise Obdachlose, über denen die Trümmer irgendeiner Ruine eingestürzt sind. Aber es werden auch immer mehr Schwerverletzte oder Krüppel aus dem Krieg, um die sich keiner kümmern will. Wenn Sie nach der heilen Welt aus den englischen Wochenschauen Ausschau halten, dann müssen Sie hier bei uns lange danach suchen.«

Thiesen wusste nur zu gut, wovon der Arzt sprach. Wer in diesen schweren Zeiten niemanden hatte, der einem im Falle eines Falles zur Seite stand, der hatte auf ganzer Linie verloren und verhungerte nicht selten oder starb an einer banalen Infektion. Die viel gerühmte Hilfsbereitschaft endete für die meisten schon direkt vor der eigenen Haustür.

»Gibt es irgendetwas, das nicht in diesem Bericht steht?«
Thiesen deutete auf die beiden Blätter. »Vielleicht ein winziges Detail, selbst wenn es Ihnen noch so unbedeutend erscheinen mag?«

»Wir haben in der wenigen Zeit, die uns zur Verfügung stand, nur herausgefunden, dass die Frauen allesamt erschlagen wurden. Kurz und – ich danke dem lieben Gott dafür – anscheinend auch weitestgehend schmerzlos. Jeder einzelne Schlag für sich wäre schon tödlich gewesen. In solchen Fällen geht es meist ganz schnell.«

»Ansonsten Spuren ... Vergewaltigung?«

»Genau kann ich es nicht sagen – die knappe Zeit, Sie erinnern sich!« Doktor Schacht lächelte zum ersten Mal entschuldigend und zögerte jetzt einen kurzen Moment lang.

»Noch etwas?« Selbst Thiesen versuchte, sein freundlichstes Gesicht aufzusetzen.

»Die Frauen sahen allesamt erstaunlich gut genährt aus, wenn man bedenkt, dass sie vermutlich obdachlos waren.«

»Vielleicht waren sie nur aufgebläht«, gab Pfeiffer zu bedenken.

»Ob Sie's glauben oder nicht, junger Mann – ich kann zwischen Leichengasen und strammen Schenkeln noch ganz gut unterscheiden, selbst wenn ich wenig Zeit habe.«

Obwohl Doktor Schacht grimmig dreinschaute, wollte Thiesen nicht lockerlassen. Wenn es überhaupt eine Möglichkeit gab, hier mit einer Information hinauszumarschieren, dann bot sich die nur in diesem Moment. »Können Sie uns etwas über die Tatwaffe sagen?«

»Der englische Kollege wusch sich bereits die Hände, da habe ich mir die Kopfwunden noch mal genauer angesehen«, fuhr der Arzt in geheimnisvollem Ton fort.

»Und was ist dabei herausgekommen?«, wollte Pfeiffer

wissen. Offensichtlich dachte er, dass der Maulkorb-Erlass seines Chefs mittlerweile der Vergangenheit angehörte.

»In einem Fall – ich kann nicht sagen, bei welcher der Frauen – war es ein Sandstein. Winzige Reste davon steckten in der Kopfwunde. Bei den anderen beiden könnte es alles gewesen sein. Dort habe ich auf den ersten Blick nichts gefunden.«

»Glauben Sie, dass es sich lohnen würde, die Leichen zu exhumieren, um eine weitere Untersuchung durchzuführen?« Wahrscheinlich die letzte Frage, die Thiesen noch loswerden konnte. Also setzte er alles auf eine Karte.

»Ich vermute nicht. Aber das müssten sie zunächst ohnehin mit Pastor Hoffmann von St. Petri besprechen. Die Pfarrgemeinde hat die Frauen abholen lassen und für ihre Beisetzung gesorgt. Wer weiß, wo sie sonst gelandet wären.« Doktor Schacht gab ein finales Seufzen von sich.

»Wenn das dann alles wäre, würde ich gerne wieder an meine Arbeit gehen. Auf mich warten vier tote Kinder, die versucht haben, eine Panzermine auszugraben und zu entschärfen. Und das nur, weil es für den Kontakt-Zünder auf dem Schwarzmarkt eine halbe Stange Zigaretten gibt.«

»Anscheinend erfolglos?«

»So ist es, leider!«

10

»Das bringt uns auch nicht wirklich weiter, Chef.«

»Was Sie nicht sagen, Sie Schlauberger.«

Die Kommissare saßen vor einem Zeitungskiosk, der ein paar Wochen zuvor am Gänsemarkt neu geöffnet hatte. Rundherum herrschte buntes Treiben. Männer mit kleinen Paketen rasten in die eine, Frauen, die sich an ihren – vermutlich leeren – Handtaschen festklammerten, in die andere Richtung. Jeder schien es eilig zu haben, als wartete hinter der nächsten Ecke das große Glück und nicht nur ein gieriger Schwarzmarkthändler, der jedem zweiten seiner Kunden das Fell über die Ohren zog.

»Haben Sie eine Idee, wie es weitergehen soll, Chef?« Pfeiffer schaute einer jungen Frau hinterher, die für Nachkriegsverhältnisse überaus elegant gekleidet war. Ihre Schuhe glänzten in der Sonne, ihre Seidenstrümpfe schienen – das hatte Seltenheitswert – völlig unversehrt zu sein. Womöglich waren sie neu und nicht hundert Mal ausgewaschen, wie sonst üblich.

»Wir müssen uns weiter umhören«, stellte Thiesen nüchtern fest. Seine Stimme klang, als glaubte er selbst nicht an den Erfolg einer solchen Befragung. »Dieser Pastor Hoffmann scheint auch mehr zu wissen. Würde mich nicht wundern, wenn ...«

»Warum hat der Kerl uns eigentlich nicht erzählt, dass

die Frauen auf seinem Kirchhof liegen?« Pfeiffers Stirn lag in Falten.

Thiesen schien wegen dieser Unterbrechung nicht ernsthaft böse zu sein, ganz im Gegenteil. »Alles, was wir haben, sind drei tote Frauen. Und es scheint nur eine Sache zu geben, die feststeht.«

»Und die wäre, Chef?«

»Niemand vermisst sie! Es gibt keine Anzeige, keine Suchmeldung, keine Flugblätter – nichts.«

»Also waren es drei Frauen, die schon vor ihrem Tod alles verloren hatten«, resümierte Pfeiffer nachdenklich. »Aber wie soll uns das weiterhelfen?«

»Das kann ich noch nicht sagen. Aber wir haben jetzt auch Fotos, die hatten wir vorher noch nicht.« Thiesen gab seinem Kollegen die Bilder, die ihnen Doktor Schacht zum Abschluss mit hochwichtiger Miene überreicht hatte. Von jeder der Frauen hatte der Arzt zwei Bilder gemacht, deren Qualität natürlich zu wünschen übrig ließ.

»Auf jeden Fall waren sie alle relativ hübsch«, stellte Pfeiffer vorsichtig fest, um nicht irgendwie seltsam zu wirken. »Außerdem ...« Er deutete nacheinander auf die Fotos. »... waren sie tatsächlich nicht unterernährt. Das ist ungewöhnlich für Heimatlose.«

»Und vielleicht ist gerade das der Punkt, an dem wir ansetzen müssen.« Thiesen nahm Pfeiffer die Bilder aus der Hand und verstaute sie in seiner Innentasche. Sein Gesicht sagte, dass er allein sich berufen fühlte, diesen ersten Hinweis, einen unerwarteten Schatz, sicher zu verwahren. »Wir schlagen uns wieder nach Altona durch und fangen einfach an. Setzen die Schwarzmarkthändler unter Druck, die Krämer ...«

»Zeitungsjungen!«, fügte Pfeiffer hinzu.

»Richtig ... die bekommen auch 'ne Menge mit.« Thiesen nickte anerkennend.

»Was ist mit den Huren?«

»Dafür ist es mir noch zu früh am Tag.«

Pfeiffer schüttelte sich vor Lachen. Es dauerte eine ganze Weile, bis er wieder einigermaßen Luft bekam. »Ich hätte gar nicht gedacht, dass Sie Humor haben, Chef.«

»Ich auch nicht, wenn ich ehrlich bin.«

Vom Gänsemarkt aus waren die Kommissare in Richtung Gorch-Fock-Wall marschiert. Am Stephansplatz bogen sie nach links und konnten kurz darauf einen großen Teil des Parks ›Planten und Blomen‹ überblicken.

»Das grüne Herz einer zerbombten Stadt«, stellte Thiesen in gewohnt verbittertem Ton fest.

»Am 1. Mai haben sich hier über siebzigtausend Arbeiter versammelt ...«

»... die in Ehrfurcht den Worten eines Engländers gelauscht haben«, vervollständigte der Oberkommissar unverändert bissig. »Ich hab die Fotos gesehen! Fragt sich nur, warum keiner die Trümmerfrauen vor die Linse bekommen hat. Man verkauft uns die heile Welt und in den Hamburger Randbezirken verrecken die Menschen noch immer reihenweise.«

»Ich weiß nicht, was Sie erwartet haben. Schließlich haben wir den Krieg verloren!«

»Dann versuchen Sie lieber mal, einen der glorreichen Sieger anzuhalten.« Thiesen deutete auf einen englischen Jeep, der in langsamer Fahrt auf sie zurumpelte. »Ich habe nämlich wenig Lust, bis Altona zu laufen.«

An der Kreuzung Bahnhofsallee Ecke Lessingstraße hielt der Jeep an, um die Kommissare aussteigen zu lassen. Pfeiffer machte ein paar Witze mit dem Beifahrer, der ihm zum Abschied noch zwei Päckchen Zigaretten in die Hand drückte. Kurz darauf setzte sich der Jeep wieder in Bewegung und hinterließ nur noch eine Staubwolke.

»Nehmen Sie eine!« Pfeiffer hielt Thiesen eine der Zigarettenschachteln entgegen. »Stecken Sie sie ein, Ihre Frau wird sich freuen.«

Nach anfänglichem Zögern nahm der Oberkommissar das Päckchen an sich und ließ es eilig in seiner Manteltasche verschwinden.

»Na also! Geht doch.«

»Halten Sie bloß die Klappe, Pfeiffer! Ich kenne mich langsam selbst nicht mehr.«

»Und mir werden Sie von Stunde zu Stunde sympathischer, Chef.«

Ein Stück weiter blieb Thiesen stehen und schaute sich eine Weile um. »Wir teilen uns auf.« Er schien diese Unterhaltung nicht weiter vertiefen zu wollen. »Sie übernehmen die Schwarzmarkthändler – da sind Sie goldrichtig aufgehoben –, und ich kümmere mich um alle, die ein weitestgehend offizielles Geschäft betreiben.«

»Was ist mit den Huren?«

»Die überlasse ich Ihnen, aber ...« Thiesen kniff die Augen zusammen und musterte seinen jungen Kollegen mit seltsamem Blick.

»Was glauben Sie denn von mir, Chef?«

»Wollen Sie wirklich eine Antwort darauf?«

»Verzichte!« Pfeiffer hatte sich bereits umgedreht und war im Begriff davonzumarschieren.

»Zum Mittag treffen wir uns am besten ...«

»Sie brauchen nichts zu sagen, Chef. Ich laufe einfach Ihrem knurrenden Magen hinterher.«

Thiesen schaute Pfeiffer noch eine Weile nach. Auch wenn sie sich in vielen Punkten nicht einig waren, so erschien ihm sein neuer Kollege doch wie ein Geschenk des

Himmels. Und solange man nur in seinen Träumen auf ein unbeschwertes Leben hoffen durfte, musste man in der Realität seine wenige Zeit dafür nutzen, ans nackte Überleben zu denken.

Pfeiffer war schon lange im Gewühl der Leute verschwunden, als auch Thiesen sich langsam in Bewegung setzte. An der nächsten Kreuzung hatten sich vor einem Lebensmittelgeschäft Hunderte von Menschen versammelt. Die meisten wedelten mit ihren Bezugsscheinen herum. Sie fluchten oder bepöbelten sich gegenseitig, ohne dass dies zu irgendeinem Ergebnis geführt hätte. Wenn es kein Dosenfleisch mehr gab und auch das letzte Gemüse vergriffen war, half kein Fluchen und auch kein Weinen. Am Ende musste man den Gürtel noch ein Loch enger schnallen und darauf hoffen, dass es am nächsten Tag wieder etwas gab, für das es sich anzustehen lohnte.

Thiesen zog die Fotos der toten Frauen aus seiner Jackentasche und entschied sich für ein Exemplar, das am wenigsten grauenvolle Details wiedergab. Auf den ersten Blick hätte man denken können, dass es sich nur um eine blasse Frau handelte, die auf einem Metalltisch lag und eingeschlafen war. Mit dem Bild in der einen und seinem Dienstausweis in der anderen Hand marschierte der Kommissar wenig später durch die Reihen der Wartenden. »Haben Sie diese Frau schon mal gesehen?«, erkundigte er sich hier. »Kennen Sie diese Frau?«, fragte er den Nächsten. »Schon mal gesehen ...?«

Ein ums andere Mal wiederholte er seine Fragen, erntete jedoch nur Kopfschütteln. Die meisten schauten sich das Bild nicht einmal richtig an. Viel zu tief saßen die Wunden, die ein nicht enden wollender Krieg hinterlassen hatte. Wer konnte es den Menschen angesichts solcher Tatsachen verübeln, dass sie genug von Tod, Elend und all dem

Schrecken hatten, der die gesamte Welt in ihren Grundfesten erschüttert hatte.

Als Thiesen einige Zeit später seinen Weg in Richtung Bahnhof Altona fortsetzte, nagte die Ernüchterung bereits an seinem Tatendrang. Hinzu kam Hunger, denn viel gefrühstückt hatte er nicht. Stattdessen hatte er Karl und Johann den Vortritt gelassen und es genossen, die beiden beim Essen zu beobachten. Schließlich durfte er darauf hoffen, dass er zum Mittag wieder die Gelegenheit bekäme, sich den Bauch vollzuschlagen. Hoffentlich genug, um bis zum nächsten Morgen auszuhalten.

Nachdem er ein paar Zeitungsjungen mit Fragen gelöchert hatte – die Ergebnisse hinterließen auch nichts anderes als Frustration –, beschloss Thiesen, erneut der Pfarrgemeinde einen Besuch abzustatten. Er wollte wissen, wo man die Frauen beerdigt hatte und ob Pfarrer Hoffmann, zumindest theoretisch, damit einverstanden wäre, falls man die Leichen exhumieren wollte. Außerdem hatte ihm der Pfaffe noch einiges zu erklären und dieses Mal würde er sich nicht mit halbherzigen Antworten abspeisen lassen.

Von diesem Entschluss nachhaltig angespornt, überquerte der Kommissar mit langen Schritten die Straße und bog kurz darauf in Richtung St. Petri ab. Es wurde Zeit, mit den Ermittlungen voranzukommen. Schließlich erwartete man vom Chef der Mordkommission Ergebnisse. Ansonsten dürfte es vermutlich nicht lange dauern, bis er sich selbst auf der Straße wiederfand und den Lebensunterhalt für seine Familie in den Ruinen zusammensammeln müsste.

11

Statt erneut den Haupteingang zu benutzen, hatte Thiesen an die Seitentür des Pfarrhauses geklopft. Als nichts passierte, umrundete er den kleinen Backsteinbau mit langen Schritten. Plötzlich ertönte hinter ihm eine raue, unfreundliche Stimme. »Hey … was wollen Sie hier?«

Thiesen war sofort herumgewirbelt. Anfangs musste er sogar seinen Reflex zur Dienstwaffe zu greifen, unterdrücken. Nur ein paar Meter entfernt hatte ein seltsamer Kauz Stellung bezogen. Sein Gesicht wurde so gut wie vollständig von einem dunklen Vollbart verdeckt. Unter buschigen Augenbrauen – jede einzelne davon hätte es mit einem Handfeger aufnehmen können – stachen zwei winzige, stechende Augen hervor, die alles rundherum aufmerksam musterten.

»Können Sie nicht lesen? Hier haben nur die Arbeiter der Pfarrgemeinde Zutritt.«

Thiesen zog seinen Dienstausweis aus der Jackentasche und stapfte dem Mann mit vorsichtigen Schritten entgegen. Immer noch in Habachtstellung, denn auf eine körperliche Auseinandersetzung wollte er es keinesfalls ankommen lassen. Insbesondere, weil der Kerl Arme wie King Kong hatte. »Beruhigen Sie sich!« Er machte zwei weitere Schritte und stand direkt vor dem Mann. Danach musste er seinen Ausweis noch ein Stück höher halten, denn sein Gegenüber schien kurzsichtig zu sein.

»Polizei?«, grunzte der bärtige Riese erstaunt.

»Richtig!« Thiesen lachte in sich hinein. Was das geistige Vermögen anging, schien der arme Kerl nicht allzu üppig ausgestattet zu sein. »Wie ist Ihr Name?«

»Ferdinand ... oder Ferdi. So nennen mich alle hier.«

»Und was machen Sie den ganzen Tag?«

»Arbeiten.«

»Das hab ich mir gedacht!« Thiesen schüttelte den Kopf und konnte sich eines Lachens nicht erwehren. »Was ist Ihre Aufgabe?«

»Garten, Gräber ... alles, was so anliegt.« Passend zu dieser Information kratzte sich Ferdi mit seinen schmutzigen, aufgesprungenen Fingern das Kinn. Es sah so aus, als hübe er die Gruben nicht mit einer Schaufel, sondern mit den Händen aus.

»Auch Beerdigungen?«

Ferdi nickte nur. Mit Worten, oder gar langen Erklärungen hatte er es offensichtlich nicht so.

»Was ist mit diesen Frauen?« Thiesen zog die Fotos aus der Tasche und drückte sie dem vermeintlich Kurzsichtigen vor die Nase. Der Kommissar hielt in diesem Fall jegliche Rücksicht, was Details betraf, für überflüssig. »Haben Sie eine davon schon mal gesehen?«

Der Riese schaute auf die Bilder und verzog das Gesicht zu einer seltsamen Grimasse. Kurz darauf lächelte er, als handelte es sich um Schnappschüsse eines Ausflugs am Sonntagnachmittag. Zunächst wirkte das allerdings nicht verdächtig, denn solche Zeitgenossen mussten – schon zum Selbstschutz – über kurz oder lang ein möglichst nüchternes Verhältnis zum Tod entwickeln. »Die liegen alle da hinten, unter der großen Eiche«, stellte der Gärtner nach einigem Überlegen fest und deutete auf einen riesigen Baum, der vermutlich seit über zweihundert Jahren dort stand.

»Können Sie mir die genaue Stelle zeigen?« Thiesen wollte nicht auf eine Antwort warten, sondern stapfte mit langen Schritten voraus. »Kommen Sie! Ich will wissen, wo Sie die Frauen begraben haben.«

Zwischen hüfthohen Hecken und schnurgerade verlaufenden Buchsbaumreihen wanderten die beiden Männer wortlos den Kiesweg entlang. Als Ferdi abrupt stehenblieb, musste auch Thiesen sofort stoppen, um dem riesigen Gärtner nicht in den Rücken zu krachen.

»Hier ist es!« Ferdi umrundete mit seinem Finger immer wieder ein breites Beet, etwa vier mal vier Meter. »Da liegen sie, alle.«

»Haben Sie die Veilchen gepflanzt?«, wollte Thiesen wissen. »Die sind hübsch.«

Erneut nur ein Nicken.

»Warum ist das Grab so groß?« Der Oberkommissar nahm Maß und musste feststellen, dass er mit seiner ersten Schätzung vermutlich sogar etwas zu vorsichtig gewesen war. »So ein riesiges Grab, für drei Frauen?«

Ferdi stieg immer nervöser von einem Bein aufs andere. Er schaute sich ständig in sämtliche Richtungen um. Seiner gequälten Miene war anzusehen, wie schwer es ihm fiel, mit weiteren Fakten herauszurücken. Erst als Thiesen erneut ansetzen wollte, begann der Mann mit zitternder Stimme: »Da liegen nicht nur die Frauen.«

»Sondern?«

»Mindestens fünfzehn, vielleicht zwanzig ... weiß nicht genau.«

Thiesen brauchte einen kurzen Moment, um die Information zu verdauen. Eine ganze Weile starrte er wortlos über das sauber geharkte Erdreich, auf dem hier und dort ein Veilchen ums Überleben kämpfte. »Wo ist Pastor Hoffmann?«, presste er gefühlte Ewigkeiten später mühevoll heraus. »Ich will sofort mit ihm reden!«

»Was haben Sie denn geglaubt, wo die ganzen Leichen bleiben?«, erkundigte sich der Gemeindevater in verbittertem Ton, nachdem Thiesen ihn in der Sakristei gefunden hatte. »Ich wünschte auch, wir könnten jedem Toten die letzte Ehre erweisen und ihm ein prachtvolles Einzelgrab mit einem schönen Stein bieten. Aber dies ist das richtige Leben, und es ist nicht so, wie Sie es sich vorstellen, Herr Kommissar.«

Thiesen hielt dem wütenden Blick des Pastors eisern stand. Anstatt auf die Erklärungen des Geistlichen einzugehen, beschloss er, seine eigene Offensive noch ein Stück weiter voranzutreiben: »Haben Sie wenigstens eine Liste der Menschen, die in diesem …« Er zögerte ganz bewusst einen kurzen Moment lang, denn mit dem Begriff, der ihm im Kopf herumschwirrte, ging man seit Kriegsende deutlich vorsichtiger um. »… Massengrab liegen?«

»Natürlich! Zumindest von denjenigen, deren Namen uns bekannt waren.« Pastor Hoffmann hatte sich abgewandt und blätterte bereits in einem dicken Buch. »Sie können sich die Namen gerne abschreiben«, bot er in überheblichem Ton an, nachdem er die richtige Seite gefunden hatte. »Ich weiß nur nicht, wie Ihnen das weiterhelfen soll. Die drei Frauen kannte niemand und …«

»… sie haben eine Nummer bekommen«, stellte Thiesen nüchtern fest. Auch er hatte einen kurzen Blick in das Buch werfen könne.

»Was sollen wir denn sonst tun, Herr Kommissar? Uns vielleicht einen Namen für jede dieser armen Kreaturen ausdenken? Das wären Hunderte jeden Monat und wem hilft es am Ende?«

»Es könnte sein, dass wir die Leichen exhumieren müssen. Hätten Sie ein Problem damit?«

»Warum sollte ich? Auch wenn ich keine Ahnung habe, inwiefern Ihnen das helfen soll.« Pastor Hoffmann schüttelte mit angeekelter Miene den Kopf. »Dort liegen mindestens zwanzig Leichen, ein paar davon waren Kinder. Das könnte ziemlich ... vielleicht überlegen Sie es sich lieber.«

Zurück auf der Straße blieb Thiesen noch einen Moment lang stehen. Nachdenklich schaute er den Glockenturm von Sankt Petri empor, der wie ein Mahnmal der Unzerstörbarkeit über Hamburg-Altona thronte. Rundherum herrschte ein Chaos, für das man noch Jahre bräuchte, womöglich Jahrzehnte, um es endgültig zu beseitigen. Und hier, im gepflegten Kirchgarten, wartete ein Stück Normalität auf jedermann. Zwei Straßen weiter hungerte eine Frau mit ihren Kindern, während sich, nur einen Steinwurf entfernt, der Friedhofsgärtner um seine Veilchen sorgte.

Plötzlich zuckte Thiesen zusammen. Er schaute die lange Friedhofsmauer entlang und erinnerte sich an die Worte von Dr. Schacht. Der Rechtsmediziner hatte ihnen erklärt, dass er Reste von Sandstein in einer der tödlichen Kopfwunden gefunden hätte. Thiesen schüttelte den Kopf, um Ordnung in seine Gedanken zu bringen. Er machte ein paar Schritte nach vorne und betrachtete das Mauerwerk vor sich mit nachdenklicher Miene.

»Haben Sie was verloren?« Johann Pfeiffer hatte sich von hinten angeschlichen und klopfte seinem Chef zur Begrüßung kräftig auf die Schulter, was den erschrocken zusammenzucken ließ. »Oder sind Sie etwa eingeschlafen?«

Thiesen war herumgewirbelt und schaute wütend zu Pfeiffer empor. Der junge Kommissar grinste wie ein Honigkuchenpferd und machte den Eindruck, als wollten die Neuigkeiten gleich aus ihm herausplatzen.

»Na los! Tun Sie uns den Gefallen ...« Thiesen stöhnte genervt und ließ sich auf einem Mauervorsprung nieder. »Lassen Sie mich an Ihrem sagenhaften Wissen teilhaben.«

»Wenn wir Kellers Worten trauen können, dann reicht die Sache bis ganz nach oben.«

»Wer ist Keller?«

»Sie wissen nicht, wer Horst Keller ist?«, erkundigte sich Pfeiffer mit gerunzelter Stirn. »Ehrlich nicht?«

»Würde ich sonst fragen?« Thiesen stöhnte genervt und zog das Päckchen Zigaretten aus seiner Manteltasche. Kurz darauf steckte er sich einen der Glimmstängel in den Mund und zündete ihn mit einem Streichholz an. Danach blies er den Qualm direkt in Pfeiffers Gesicht.

»Ich wusste gar nicht, dass Sie rauchen, Chef.«

»Bevor Sie weiterreden …« Thiesen nahm einen weiteren Zug und inhalierte den genüsslich. »Ich habe auch etwas herausgefunden.«

»Hat es mit unserem Fall zu tun?«

»Nein! Es dreht sich um unser Mittagessen – vielleicht nehme ich heute eine Prise Salz extra.«

Pfeiffer schaute verwirrt, aber schien verstanden zu haben. Deshalb zuckte der junge Kommissar mit den Schultern und wartete geduldig, bis sein Chef fortfuhr.

»Schauen Sie sich mal diese Mauer hier an.« Thiesen erhob sich von dem Vorsprung und deutete ein Stück hinunter. »Klingelt da etwas bei Ihnen?«

»Sandstein«, stellte Pfeiffer nach einigem Überlegen in nachdenklichem Ton fest. »Sie denken vermutlich an eine der Toten, richtig?«

Thiesen nickte nur. Eine Antwort war überflüssig.

»Da ist nur ein Problem, Chef.«

»Und das wäre?«

»Hier in Altona ist fast jede zweite Mauer aus Sandstein. In der Ruine, wo wir die Frauen gefunden haben, war der größte Teil auch daraus.«

Thiesen setzte sich wieder auf den Vorsprung und schnaufte kopfschüttelnd. »Na gut! Dann sagen Sie schon … wer ist dieser Keller?« Er betonte jedes einzelne Wort. »Raus mit der Sprache, Kollege, sonst …«

»Horst Keller kontrolliert den Schwarzmarkt, vom Bahnhof Altona bis runter zu den Landungsbrücken. Wie weit genau, weiß ich auch nicht.«

»Und Sie kennen den Typen natürlich. Wie sollte es auch anders sein?«

»Kennen wäre zu viel gesagt.« Pfeiffer übte sich in unschuldigem Lächeln. »Man läuft sich gelegentlich mal über den Weg und ...«

»Das reicht mir, danke! Was hat er gesagt?«

»Ich fürchte, das wird Ihnen nicht gefallen, Chef.«

»Vielleicht entscheide ich das lieber selbst, wenn Sie mir endlich sagen, was Sache ist.«

»Bei dieser Geschichte sind alle im Spiel!«

»Was heißt das, alle?«

»Alle eben, alle!«

12

»Wie geht es Pfeiffer?« Anna hatte kaum die Tür entriegelt, da platzte auch schon die erste Frage aus ihr heraus.

»Interessiert es dich auch, wie's mir geht oder möchtest du lieber ...«

»Sei nicht albern, Hermann!« Anna lachte und holte zu einer Ohrfeige aus. Kurz darauf deutete sie zu Marie hinüber, die auf dem Sofa mit zwei kleinen Puppen spielte. »Es geht ihr schon viel besser«, flüsterte sie. Erneut füllten Tränen ihre Augen. »Viel, viel besser!«

»Wo sind die Jungs?«, erkundigte sich Thiesen ein wenig zu barsch, vermutlich, weil er Angst vor der Antwort hatte. »Die beiden krabbeln doch nicht wieder in irgendwelchen ...?«

»Sie helfen einem Krämer in der Carolinenstraße beim Stapeln leerer Kisten«, unterbrach Anna ihren Mann lachend. Der Grund für ihre gute Laune saß ein paar Meter entfernt auf dem Sofa und flüsterte gerade einer ihrer Puppen etwas ins Ohr. »Wenn die Jungs ihre Sache gut machen, dann bekommen Sie zwei Mal in der Woche Obst mit nach Hause.«

»Hoffentlich zieht dieser Krämer ihnen nicht das Fell über die Ohren und lässt sie für einen feuchten Händedruck schuften«, erwiderte Thiesen mürrisch, während er sich vorsichtig Marie näherte, deren volle Aufmerksamkeit ihren Spielzeugen gehörte. Er setzte sich auf das Sofa neben sie und betrachtete sie wortlos. Immer wieder plapperte das kleine Mädchen vor sich hin, wobei eigentlich nur ein gelegentliches Mama oder Papa deutlich herauszuhören war. Thiesen musterte die beiden Puppen. Der einen fehlten sämtliche Gliedmaßen, der anderen waren zumindest ein halber Arm und ein komplettes Bein geblieben. Vorsichtig schaute er ein weiteres Mal zu Anna hinüber. Sein Blick blieb am leeren Ärmel ihrer Strickjacke kleben. Schwermut übermannte ihn sofort und er spürte sogar, dass sich Tränen meldeten, die auf Auslass drängten.

Nein ... er musste stark bleiben! Um alles in der Welt, einfach nur stark bleiben.

»Wie war dein Tag?«, erkundigte sich Anna und half ihm damit auch, seine trüben Gedanken zu vertreiben. »Habt ihr schon einen Fall?«

»Ich rede niemals über meine Arbeit, das weißt du, mein Schatz.« Thiesen versuchte, ein Lächeln zu produzieren, scheiterte jedoch kläglich. »Daran hat sich nichts geändert!«

»Dann schluck deinen ganzen Kram einfach weiter runter, bis du daran erstickst«, protestierte Anna mit künstlicher Entrüstung. In den vergangenen Jahren, selbst zum Kriegsende, als überall das blanke Chaos herrschte, hatten sie es geschafft, Thiesens Arbeit nicht in ihren Alltag zu lassen. Je näher der Untergang des von den Nazis so hochgelobten Tausendjährigen Reichs rückte, desto mehr griffen Anarchie und Willkür um sich. Am Ende konnte sich jeder überaus glücklich schätzen, der allein mit dem nackten Leben davongekommen war.

»Wir sind heute ein gutes Stück weitergekommen«, sagte Thiesen plötzlich. Danach blickte er wieder zu seiner kleinen Marie und schüttelte vorsichtig den Kopf.

Anna schaute ihren Mann fragend an. Dieses Informations-Häppchen weckte Neugier; es versperrte den Weg, schnellstmöglich wieder zur Tagesordnung überzugehen. »Willst du doch darüber reden?«

»Nein! Ich hab nur Angst.«

»Angst wovor, Hermann?« Annas Gesicht hatte sich plötzlich verfinstert. »Ist es gefährlich?«

»Wenn wir weiterbohren, dann könnten wir damit womöglich eine Bestie wecken.«

»Was heißt das? Entweder du redest oder du schweigst einfach darüber, wie sonst auch.«

Thiesen atmete schwer. Ihm war anzusehen, dass er mit sich rang und überlegte, wie viel er preisgeben wollte. Vielleicht wäre es tatsächlich am besten, einfach zu schweigen, wie sonst auch.

»Mach es nicht so spannend, Hermann! Geht es um die Geschichte mit den toten Frauen, über die alle sprechen?«

Thiesen nickte zuerst nur widerwillig. Dann begann er doch leise: »Pfeiffer hat mit einem Mann gesprochen, der wohl etwas auf dem Schwarzmarkt in dieser Ecke zu sagen hat. Er ...«

»Du meinst Horst Keller?«, unterbrach Anna ihren Mann.

»Wieso kennst du diesen Namen?«

»Man munkelt hier und dort was. Ich kenne ihn nicht, hab nur mal von ihm gehört.«

»Dann solltest du vielleicht deine kleinen Öhrchen in Zukunft lieber schließen, wenn es um solche Dinge geht.« Thiesen hockte kopfschüttelnd auf dem Sofa und sah wieder seiner Tochter beim Puppenspiel zu. Kurz darauf fuhr er ihr mit den Fingern durchs Haar und gab ihr am Ende noch einen Kuss auf die Stirn. »Sie ist nicht mehr warm.«

»Sag ich doch!«, gab Anna mürrisch zurück. »Was ist jetzt mit dieser ... Bestie, die ihr lieber nicht aufwecken solltet?«

»Lass uns bitte über was anderes reden. Ich möchte die Arbeit gerne auf der Straße lassen, wo sie hingehört.«

Bevor Anna antworten konnte, bollerte es von außen gegen die Wohnungstür. Kurz darauf erkannten sie die aufgeregten Stimmen von Karl und Johann. Am Ende ein tiefes Bellen, das von einem riesigen Hund stammen musste.

Thiesen raste zur Tür hinüber und war auf fast alles gefasst, als er hektisch den letzten Riegel öffnete. Anders als erwartet, schienen sich seine Söhne nicht in akuter Notlage zu befinden. Stattdessen schnatterten sie um die Wette und deuteten immer wieder auf ein zotteliges Ungetüm, das zwischen den beiden saß und aufgeregt hechelte.

»Was soll das? Seid ihr völlig verrückt geworden?« Thiesen war außer sich vor Wut. »Was ist das für ein Hund und warum …?«

Karl und Johann ignorierten ihren Vater weitestgehend und schoben sich an ihm vorbei in die Wohnung hinein. Der monströse Hund folgte ihnen in gebücktem Gang und schaute sich immer wieder vorsichtig um, als hätte er Angst vor Verfolgern.

»Könnt ihr mir bitte mal erklären, was das zu bedeuten hat?« Thiesen deutete auf das haarige Ungetüm, das mittlerweile an Annas Seite klebte. Kein Wunder, denn sie hatte längst damit begonnen, ihm den Kopf zu kraulen.

»Er hat Johann gerettet!«, stieß Karl aufgeregt hervor.

»Die Jungs waren hinter uns her und er hat sie vertrieben«, fügte der Kleine ebenso aufgekratzt hinzu.

Thiesen schaute zu Anna hinüber und schenkte ihr einen giftigen Blick, weil sie noch immer an dem Hund herumkraulte, statt ihn von sich zu schieben. Beide Söhne starrten ihren Vater mit großen, traurigen Augen an. Vermutlich wussten sie schon genau, was nun folgen würde.

»Wir haben nicht mal genug für uns, nicht mal ansatzweise. Wie sollen wir da einen Hund ernähren? Ganz gleich, ob er euch gerettet hat oder nicht.«

»Er ist völlig abgemagert, Hermann – aber ansonsten

scheint er gesund zu sein.« Annas erste Worte schafften es, einen Hoffnungsschimmer in die Gesichter der Kinder zu zaubern. »Ein Wachhund kann dieser Tage ganz nützlich sein. Am Ende vielleicht sogar sinnvoller als eine Pistole.«

»Ihr wollt mich doch für dumm verkaufen«, pöbelte Thiesen unverändert wütend. »Wovon sollen wir solch ein hungriges Ungetüm denn ernähren?«

»Er kann sich doch Kaninchen jagen, Papa«, warf Karl ein. »Unten am Sandberg laufen immer welche herum.«

»Das können höchstens ein paar vereinzelte sein, die noch nicht in den Kochtöpfen der Obdachlosen gelandet sind.« Thiesens Wut war Verzweiflung gewichen. »Ich hab keine Ahnung, wie ihr euch das vorstellt.« Er ließ sich in seinen Sessel fallen und musterte den Hund erneut skeptisch. »Er ist riesig!«

»Und ein Rüde, Hermann«, fügte Anna lächelnd hinzu.

»Das ist nicht zu übersehen, du verräterisches Weib.«

»Heißt das, wir dürfen ihn behalten, Papa?« Es war Karl, der die Stimmung zwischen seinen Eltern schon relativ gut deuten konnte.

»Das habe ich nicht gesagt!« Thiesen funkelte seine Söhne abwechselnd wütend an, hielt jedoch nicht lange stand, weil sie ihm ihr schönstes Lächeln schenkten. »Hat er Johann wirklich gerettet?«

»Hat er, Papa! Ich schwör's dir ... bei meinem Leben.« Johann nickte bestätigend, während er tapfer mit Tränen kämpfte.

»Wenn es noch schlimmer wird, dann müssen wir ihn wieder weggeben!« Thiesen forderte mit Blicken die Zustimmung seiner Söhne ein und fand sie – zumindest ansatzweise. »Wenn wir nichts mehr haben – überhaupt nichts mehr –, dann könnte es sogar noch viel schlimmer werden.«

Was er damit meinte, wollte er den Kindern keinesfalls erklären. Aber sollte seiner Familie irgendwann der Hungertod drohen, dann würde er sich Gedanken darüber machen müssen, ob der Hund seine letzte Bestimmung im Kochtopf der Familie finden müsse. Vielerorts kursierten weit grauenvollere Geschichten, über die er nicht einmal nachdenken wollte.

»Also behalten wir ihn, Hermann?« Anna versuchte, ihr Lächeln zu unterdrücken, scheiterte jedoch kläglich. »Zumindest erst mal«, betonte sie, ohne ihren Mann dabei direkt anzuschauen.

Karl und Jakob tanzten um ihren Vater herum, als wären Weihnachten und Ostern auf einen Tag gefallen. »Wir behalten ihn ... wir behalten ihn«, sangen sie im Chor.

»Ich hab doch ohnehin keine Chance gegen euch.« Thiesen schaute erneut zu dem Hund hinüber, der seinem Blick ebenfalls auszuweichen schien. »Wie soll der Kerl denn heißen?«

13

Als Thiesen am nächsten Morgen das Büro der Mordkommission betrat, erwartete ihn Johann Pfeiffer schon. Der junge Kommissar schien die Zeit genutzt zu haben, um weiter für Ordnung zu sorgen. Über dem einzigen Schreibtisch hing sogar ein Bild, das die Hamburger Außenalster vor Kriegsbeginn zeigte. Schmerzhafte Erinnerungen, denn bis dieses Idyll wiederhergestellt wäre, dürften vermutlich einige Jahrzehnte vergehen.

»Moin, Chef!« Pfeiffer schob sich an einem kleinen Beistelltisch vorbei, der ebenfalls neu war. »Gut geschlafen?«

»Wollen Sie mich das jetzt jeden Morgen fragen?«

»Nur so lange, bis Sie mich darum bitten, damit aufzuhören.«

»Dann betrachten Sie das als Bitte!«

»Gerne, Chef!« Pfeiffer stand vor Thiesen und schaute ihn erwartungsfroh an. Weil der anscheinend nichts sagen wollte, fuhr der junge Kommissar einfach fort: »Was ist? Wie machen wir weiter?«

»Ich denke, wir sollten uns an den Dienstweg halten.«

»Und was bedeutet das, Chef?«

»Wir reden mit Maler. Der muss am Ende sowieso den Kopf dafür hinhalten, wenn wir den Falschen auf die Füße treten.«

»Glauben Sie, er lässt sich drauf ein?« Pfeiffer verzog das Gesicht zu einer gequälten Grimasse. »Immerhin müssen wir uns vermutlich mit einem ganzen Haufen Leute anlegen. Die Sache wird am Ende auch bei den Engländern 'ne Menge Staub aufwirbeln. Was meinen Sie, wie Maler reagiert?«

»Ich bin nicht hier, um mich im Rätselraten zu üben«, erwiderte Thiesen mit grimmiger Stimme. Bis zu diesem Moment hatte der Oberkommissar in einer Akte geblättert, die er gerade erst auf seinem Schreibtisch gefunden hatte. Jetzt schaute er auf und seinem Kollegen direkt ins Gesicht. »Am besten gehen wir einfach zu ihm und legen die Tatsachen auf den Tisch. Entscheiden muss am Ende ohnehin er.« Thiesen grinste. »Das ist übrigens einer der wenigen Vorteile, wenn man einen Chef hat. Im Falle eines Falles darf immer der den Allerwertesten hinhalten.«

Pfeiffer nickte eifrig und hielt Thiesen in diesem Moment die Tür auf. »Wie viel wollen wir ihm denn sagen? Auch unsere Vermutungen?«, flüsterte er, denn die Kommissare marschierten schon den Flur entlang, an dessen Ende sich das Büro von Kripo-Chef Hans Maler befand.

»Überlassen Sie das Reden lieber mir. Manchmal ist es besser, wenn man solche Entscheidungen spontan trifft.« Thiesen klopfte etwas zu heftig und drückte die Klinke hinunter, nachdem von drinnen ein leises »Herein« zu hören war.

»Was kann ich für Sie tun, meine Herren?« Hans Maler saß hinter seinem Schreibtisch, mit einem Gesicht, wie sieben Tage Regenwetter. »Wie kommen Sie denn mit Ihrem ersten Mordfall voran?«, erkundigte er sich mit einer Stimme, die kaum Interesse an einer Antwort widerspiegelte.

Die beiden Kommissare ließen sich vorsichtig auf den Stühlen nieder. Danach wartete Thiesen einen kurzen Moment, bis Hans Maler wenigstens aufschaute. »Die Sache scheint größere Ausmaße zu haben«, begann er in vielsagendem Ton und nahm zufrieden zur Kenntnis, dass ein

Funken Neugier in den Augen seines Chefs aufleuchtete. »Kollege Pfeiffer hat einen Informanten gefunden, der ...«

»Wen?«, unterbrach Maler energisch und schaute den jungen Kommissar durchdringend an.

»Horst Keller!«, posaunte Pfeiffer wie aus der Pistole geschossen heraus. »Keller meint, dass ...«

Thiesen gebot seinem Kollegen mit einer Handbewegung Einhalt. Zufrieden registrierte er das Erstaunen in Hans Malers Gesicht. So viel Autorität hatte sein Chef ihm vermutlich nicht zugetraut.

»Es scheint so, als ob die Frauen allesamt in einem stadtbekannten, aber illegalen Bordell gearbeitet haben.« Thiesen machte eine kurze Pause, um Maler Zeit für eine erste Reaktion zu lassen. Weil die ausblieb, fuhr er noch ein Stück energischer fort: »Anscheinend verkaufen dort haufenweise obdachlose Frauen ihren Körper. Die meisten nur für etwas Essen oder ein paar Zigaretten, die man auf dem Schwarzmarkt tauschen kann.«

»Und was erwarten Sie von mir?« Hans Maler saß kopfschüttelnd hinter seinem Schreibtisch und schaute jetzt wieder zu Pfeiffer hinüber. Am Ende grinsten die beiden Männer vorsichtig. »Ich kenne Ecken in unserer Stadt, da laufen Huren herum, die für 'ne halbe Lucky Strike die Beine breitmachen ...«

»... manchmal reicht auch ein Stück Schokolade«, fügte Pfeiffer mit gequälter Stimme hinzu, um diesen offensichtlichen Irrsinn zu untermauern. Als Thiesen ihn giftig anschaute, ruderte der junge Kommissar ein Stück zurück: »Das bedeutet nicht, dass ich solche Dienste nutze.«

»Natürlich nicht! Wahrscheinlich findet man niemanden, der so etwas tut.« Thiesen schaute beide Männer abwechselnd an und schüttelte am Ende nur den Kopf.

»Spielen Sie sich hier doch nicht als Moralapostel auf!« Hans Maler hatte sich erhoben und donnerte nur deshalb nicht mit der Faust auf seinen Schreibtisch, weil der vermutlich sofort zusammengebrochen wäre. »Ich weiß nicht, in welcher Traumwelt Sie leben ... in der Realität ist es eben so, wie es ist.« Maler fiel auf seinen Stuhl und fluchte nur noch leise vor sich hin.

»Haben Sie sich mal Gedanken darüber gemacht, vielleicht etwas daran zu ändern?«, gab Thiesen in leisem, aber nicht minder giftigem Ton zurück. »Ich meine ja nur ...«

»Daran werde ich nichts ändern, Sie nicht und unser lieber Kollege Pfeiffer ebenso wenig. Da könnten wir auch gleich versuchen, die Sonne am Auf- oder Untergehen zu hindern.« Maler war wieder aufgestanden und um seinen Schreibtisch herumgewandert. In diesem Moment stand er zwischen den beiden Kommissaren. »Sie sollen Morde aufklären und nicht die Welt verändern. Ich dachte, das wäre klar.«

»Keller meint, die Frauen seien womöglich schwanger gewesen – alle!«, warf Pfeiffer ein. Vermutlich auch, um dieser leidigen Debatte damit ein Ende zu bereiten. Er fuhr nur deshalb nicht fort, weil er sich schon den nächsten strafenden Blick von Thiesen einfing.

»Welch ein Wunder! Frauen verkaufen ihren Körper und werden schwanger.« Hans Maler ließ ein freudloses Lachen folgen. »Ich wusste gar nicht, dass so etwas dabei herauskommen kann.«

»Wir vermuten, dass diese ungewollten Schwangerschaften der Grund für ihren Tod sein könnten«, erklärte Thiesen und wagte es, seinen Chef mit einem Kopfschütteln leicht zu tadeln. »Zumindest wäre es ein gutes Motiv, falls die Frauen aussteigen wollten.«

»Hätte man diese Schwangerschaften nicht bei der Obduktion feststellen müssen?« Zum ersten Mal schwangen in Hans Malers Worten ein wenig Interesse und sogar

Professionalität mit. »Wenn Leichen geöffnet werden, dann wird doch ...«

»Doktor Schacht hatte nur eine Stunde Zeit«, unterbrach Thiesen seinen Chef, in einem Ton, als sei der für diese Umstände verantwortlich. »Eine Stunde – für alle!«

Hans Maler war längst wieder hinter seinem Schreibtisch verschwunden und schaute die beiden Kommissare abwechselnd mit gleichgültiger Miene an. »Sonst noch was?«

»Wir brauchen Ihr Einverständnis zum Weitergraben«, antwortete Thiesen in geheimnisvollem Ton. Pfeiffer nickte bestätigend, was Malers möglichen Protest im Keim erstickte.

»Graben Sie, Herr Thiesen! Aber nicht zu tief. Ich habe keine Lust darauf, dass uns hier der ganze Mist um die Ohren fliegt. Nur, weil Sie nicht mal in Ihrer ersten Woche die Füße stillhalten können.«

»Wollen Sie die Mörder finden oder sind wir nur Teil eines Theaterspiels?« Thiesen hatte sich hochgestemmt und stützte sich in diesem Moment auf Malers bedrohlich wackelndem Schreibtisch ab. »Wir können auch wegschauen, das haben wir schließlich jahrelang geübt.«

»Kommen Sie mir bloß nicht mit diesen Geschichten, Kollege! Sie gehen jetzt besser ...« Maler deutete Pfeiffer mit einer Handbewegung, dass der bleiben sollte. »... aber sorgen Sie wenigstens dafür, dass Ihre Ermittlungen nicht in einem Massaker enden. Und ich muss den ganzen Mist hinterher auch noch den Engländern erklären.«

»Sehr wohl, Chef! Und danke für Ihre freundliche Unterstützung.« Bevor Hans Maler etwas hätte erwidern können, war Thiesen durch seine Tür hinausgeschlüpft. Mit winzigen Schritten schlurfte er über den Flur, bis er hinter sich ein weiteres Mal die Tür hörte. Kurz darauf hatte Pfeiffer ihn eingeholt und heftete sich an seine Seite.

»Was wollte er denn noch von Ihnen?«

»Wollen Sie die Wahrheit hören, Chef?«

»Was denn sonst?«, presste Thiesen genervt heraus.

»Er hat mich gefragt, ob ich ihm ein paar schwarze Seidenstrümpfe für seine Tante besorgen kann.«

Thiesen war abrupt stehen geblieben. »Für seine Tante ...«, wiederholte er tonlos. »Wollen Sie mich für dumm verkaufen, Pfeiffer?«

»Eigentlich nicht! Außerdem würde ich wahrscheinlich nicht viel für Sie bekommen.«

»Danke!«

»Gerne!«

Die Kommissare wanderten weiter den Flur entlang, bis sie vor der Tür ihres Büros angekommen waren. »Können Sie das denn?«

»Kann ich was?« Pfeiffer schaute seinen Chef verwirrt an.

»Schwarze Seidenstrümpfe organisieren?«

»Natürlich!«

»Dann legen Sie gerne ein Paar beiseite. Meine Frau würde garantiert vor Glück heulen.«

»Nur die?«

»Schnauze!«

14

»Im Nordwestdeutschen Rundfunk berichten sie mittlerweile täglich über die aktuellen Schwarzmarktpreise, damit alles seine Ordnung hat.«

Es war früher Vormittag. Die Kommissare waren erneut in Altona angekommen und gingen die Große Bergstraße in Richtung Bahnhof. »Ist schon ein Wunder, dass die Tommys das zulassen«, fügte Pfeiffer noch hinzu, verstummte dann jedoch abrupt, als von rechts, aus dem Nichts Schreie zu hören waren. Kurz darauf sahen die beiden einen in Lumpen gehüllten Kerl aus einer nahegelegenen Ruine hinausstürmen. Er war barfuß und ihm war anzusehen, dass ihm jeder einzelne Schritt über das Geröll höllische Schmerzen bereitete. Ein zweiter, ähnlich verwahrloster Mann, der sich unter jeden Arm ein Bündel geklemmt hatte, folgte ihm in einigem Abstand.

»Was ist da los?«, fragte Thiesen, sicherlich, ohne eine Antwort zu erwarten. »Los, Pfeiffer!«

Die Kommissare hechteten über ein paar kniehohe Mauerreste und kamen, nur wenige Atemzüge später, am Eingang der Ruine an. Inmitten von Geröll und heruntergestürzten Dachbalken standen zwei Trümmerfrauen, die sich lautstark mit einem verbliebenen Mann auseinandersetzten, wohl ein Kumpan der anderen beiden. Bei dem Streit ging es um ein in Stoff gehülltes Bündel, in dem vermutlich einige, für diese Zeit bescheidenen Reichtümer steckten.

Eine der Frauen schlug gerade zum zweiten Mal mit ihrem Stock auf den Kerl ein, der direkt vor ihr kniete und dabei versuchte, das Bündel erneut an sich zu reißen. Die Frau zeterte und fluchte unaufhörlich, ließ dann den Stock ein drittes Mal auf seinen Rücken hinabsausen.

»Lass deine Pfoten von den Sachen!«, brüllte Pfeiffer, der den nächsten Mauervorsprung überwunden hatte und zielsicher auf den Mann am Boden zusteuerte. Diese Auseinandersetzung dürfte in wenigen Augenblicken ihr Ende gefunden haben, denn Thiesens Kollege wirkte nicht so, als wollte er lange diskutieren. Stattdessen würde er dem Kerl wahrscheinlich einen anständigen Fausthieb verpassen, um damit die Trümmerfrauen endgültig aus der Bredouille zu bringen.

Thiesen stellte sich auf ein erheiterndes Schauspiel ein, als er, ein Stück weiter links, etwas aus dem Augenwinkel wahrnahm. Eine kurze Bewegung, dann ein Aufblitzen. Erst als er einen Schuss bellen hörte, hatte sein Verstand das Puzzle lückenlos zusammengesetzt. Aber zu spät!

Pfeiffer schrie schmerzerfüllt auf und ging sofort zu Boden. Danach war nichts mehr von ihm zu hören. Thiesen, der einen kleinen Schritt nach links gemacht hatte, schaute hoch. Im fast vollständig eingestürzten ersten Stockwerk der Ruine konnte er einen Mann erkennen, der hinter einem Mauervorsprung kauerte. Der Kerl hielt noch immer eine alte Armeepistole – offensichtlich eine P.08 – in seinen Händen und schien ein weiteres Mal abdrücken zu wollen. Thiesen hingegen hatte nicht vor, Zeit mit einer Warnung zu verschwenden. Stattdessen riss er seine Waffe aus dem Holster und drückte sofort ab, nachdem er das Ziel anvisiert hatte, besser gesagt: einen Kopf. Der zweite Mann, der die Ablenkung genutzt und sich das Bündel geschnappt hatte, war schon auf dem Weg nach draußen. Der Kerl bekam ebenfalls eine Kugel ab und landete vor einem Haufen

Geröll. Augenscheinlich hatte er nur eine Wunde am Oberschenkel, kein Grund also, sich um den Verletzten ernsthaft Sorgen zu machen.

Nur ein paar Atemzüge später war Thiesen an Pfeiffers Seite angekommen. Mit Erleichterung stellte er fest, dass die Kugel seinen Kollegen nur am Arm gestreift und keine ernsten Verletzungen hinterlassen hatte. Sein Zustand kam vermutlich vom Schock, den eben auch ein solcher Streifschuss hinterließ.

»Ist wohl das erste Mal?«, erkundigte sich Thiesen mit verhaltenem Lachen, nachdem Pfeiffer nach und nach wieder zu Bewusstsein kam. »Daran gewöhnt man sich im Laufe der Zeit, glauben Sie mir.«

»Daran will ich mich gar nicht gewöhnen«, gab der junge Kommissar so energisch wie möglich zurück.

»Was ist hier los?«

Thiesen drehte sich um und erkannte zwei Schupos im Laufschritt, vermutlich von den Schüssen alarmiert. »Hände hoch!«, brüllte einer der beiden, während er mit seiner Waffe herumfuchtelte.

»Wir sind Polizisten ... Mordkommission!«, brüllte Thiesen. Trotzdem hob er die Hände in die Luft, denn man wusste ja nie, wie nervös ein Finger am Abzug lag. Und bevor man sich eine Kugel einfing, war es schlauer, zunächst keinen falschen Verdacht zu wecken. »Sehen Sie lieber zu, dass Sie eine Ambulanz rufen – hier liegt ein verletzter Kollege.«

Auf dem Weg ins englische Militär-Hospital – einer der wenigen Vorzüge, in deren Genuss Polizeiangehörige kamen – musste Thiesen fast ununterbrochen Pfeiffers Hand halten. »Sie sind aber auch 'ne Memme!«, empörte er sich zum wiederholten Male künstlich. »Das Gejammer hilft Ihnen auch nicht.«

Pfeiffer hatte zwar nicht übermäßig viel Blut verloren, trotzdem war sein Gesicht kreidebleich. »Machen Sie sich ruhig über einen Schwerverletzten lustig, Chef«, erwiderte er mit Grabesstimme. »Nutzen Sie es gerne schamlos aus, dass ich mich nicht wehren kann.«

»Sie sind mir aber auch einer! Vor ein paar Jahren hat sich meine Frau mit dem Kartoffelmesser verletzt, das hat schlimmer ausgesehen.«

Pfeiffer schüttelte nur den Kopf und zog es vor zu schweigen. Als der Jeep vor dem Hospital anhielt, kamen zwei junge Uniformierte mit einer Trage heraus, um den Patienten abzuholen. Thiesen sprang aus dem Jeep und beobachtete lachend die Szenerie. »Seien Sie vorsichtig, es steht auf Messers Schneide«, rief er der kleinen Gruppe noch hinterher, bevor er den Rückweg in Richtung Altona antrat. Es war nicht mal Mittag, und er plante, heute noch einen weiteren Schritt nach vorne zu machen.

Thiesen hatte Glück, denn schon an der nächsten Kreuzung las ihn der Ambulanz-Jeep wieder auf. Direkt vor dem Bahnhof Altona legten die Soldaten eine Vollbremsung hin und amüsierten sich über eine Gruppe Passanten, die angsterfüllt beiseite sprang. Einer der Tommys griff unter den Beifahrersitz und zog eine halbe Stange Zigaretten darunter hervor. Sein Gesicht verriet, dass er überlegte, wie viele Päckchen er Thiesen geben sollte. Am Ende dieser Gedanken reichte er ihm dann die komplette halbe Stange nach hinten und grinste ihn freundlich an. Danach murmelte er etwas auf Englisch, wovon der Oberkommissar kein einziges Wort verstand. Er nickte nur und klopfte dem Soldaten zum Abschied mehrfach auf die Schulter. Kurz darauf raste der Jeep davon – und war im nächsten Moment um die Ecke verschwunden.

Thiesen stand mitten auf dem Bürgersteig und schaute

den Passanten hinterher, die in regelrechten Horden auf den Bahnhof zuströmten. Wahrscheinlich versuchten sie, einen der sogenannten Hamsterzüge zu erreichen, die jeden Tag ins Hamburger Umland aufbrachen. Dort tauschten die Stadtbewohner ihre Wertsachen – meist Schmuck, kostbares Porzellan oder Zigaretten – gegen Nahrungsmittel. Manch einer der Bauern dürfte sich heute schon als heimlicher Gewinner des Zweiten Weltkriegs vorkommen. Die meisten machten sich mit Sicherheit nur noch Gedanken darüber, wo sie ihren neuen Reichtum verstauen und sicher verwahren könnten.

Gegen Abend kehrten die zum Bersten gefüllten Hamsterzüge dann nach Hamburg zurück. Hier spuckten sie ihre schwerbepackten Fahrgäste wieder aus, die überglücklich in ihre Behausungen zurückkehrten, weil sie sicher sein konnten, mit dem frisch getauschten Gut wenigstens die kommenden Tage zu überleben.

Thiesen hingegen war an der nächsten Kreuzung nach links abgebogen, denn er hatte beschlossen, sich zunächst zu stärken. Im Laden des Schusters deutete er auf die Hintertür und erhielt ein kurzes Nicken zur Antwort. Und auch der Koch begrüßte ihn nur mit einer freundlichen Geste und forderte ihn danach auf, sich zu setzen. Sofort füllte er einen Teller und stellte ihn direkt vor Thiesens Nase ab. »Guten Appetit, Herr Kommissar«, murmelte der korpulente Mann, dessen Schürze immer noch dieselbe wie in den vergangenen zwei Tagen war.

Aus dem Augenwinkel heraus hatte Thiesen ein paar Kerle beobachtet, die beim Wort ›Kommissar‹ unwillkürlich zusammengezuckt waren. Die Männer trugen Lederjacken, darunter weiße, gestärkte Hemden, die in dieser Zeit nicht einmal Politiker ihr Eigen nennen konnten. Unter dem Tisch strahlten blank geputzte Schuhe, die wie ein Fremdkörper in dieser, ansonsten so überaus tristen Welt wirkten.

Thiesen schaute zu den Männern hinüber und nickte ihnen zu. Nach und nach entspannten sich ihre Gesichter, denn es wurde klar, dass er nicht gekommen war, um ihnen Probleme zu bereiten. Einer der Kerle erhob sich dann träge und nahm kurz darauf direkt gegenüber von Thiesen Platz.

»Sie sind der Chef von Pfeiffer, oder?«

»Das spricht sich ja schnell herum«, knurrte der Oberkommissar zurück. »Und wer sind Sie?«

Der Mann griff in seine Jackentasche, zog ein Päckchen Zigaretten heraus und zündete sich sofort eine davon an. »Das müssen Sie nicht wissen.«

»Es stört Sie hoffentlich nicht, wenn ich weiteresse«, kommentierte Thiesen unverändert mürrisch. »Wollen Sie irgendwas Bestimmtes oder glauben Sie vielleicht, dass ich auf Ihre Gesellschaft Wert lege?«

»Ich wollte eigentlich nur einen Ratschlag loswerden«, gab sein Gegenüber mit vielsagender Miene zurück. Bevor er weitersprach, lehnte er sich ein Stück über den Tisch. Vor seinem Mund bildete sich eine kleine Rauchwolke, die sich erst verzog, als er fortfuhr: »Manchmal sollte man eine Tür lieber geschlossen lassen.«

»Warum?« Thiesen hatte sich einen weiteren Löffel der Kohlsuppe in den Mund geschoben und kaute darauf herum. In aller Seelenruhe biss er jetzt ein Stück aus dem Brot heraus und legte es danach wieder neben seinem Teller ab. »Ich verstehe nicht – was meinen Sie mit Tür?«

»Nur, dass man nie wissen kann, was sich dahinter verbirgt«, fuhr der Mann mit seltsamer Stimme fort und deutete mit dem Kopf zu seinen Begleitern hinüber. »Hier gibt es eine ganze Reihe von Leuten, die ’ne Menge zu verlieren haben.«

Thiesen musste einen weiteren, großen Löffel Kohlsuppe herunterschlucken, bevor er überhaupt reagieren konnte. Vorher zog er jedoch sein Taschentuch heraus und wischte sich damit den Mund ab. »Ich kann nur hoffen, dass Sie irgendwann zu Potte kommen. Dauert nicht mehr lange, bis mich Ihr Geschwätz langweilt.«

Ohne zu antworten, stemmte sich der Mann auf der anderen Tischseite hoch und schenkte dem Kommissar nur noch ein überhebliches Lächeln. Kurz darauf erhoben sich auch seine Begleiter und stiefelten ihrem Kumpan hinterher.

»Wer waren die Kerle?«, fragte Thiesen den Koch, als der mit einer Kelle angeschossen kam, um für Nachschlag zu sorgen. »Kennen Sie einen von den Typen?«

»Ich will keine Probleme haben«, flüsterte der Mann, während er versuchte, Thiesens Blicken auszuweichen. »Sie können gerne jeden Tag zum Essen kommen, aber ziehen Sie mich da nicht mit rein – ich hab Frau und Kinder.«

15

Nachdem der Koch den Teller abgeräumt hatte, brachte er Thiesen noch einen Becher Kaffee, der nach echten Bohnen roch, was selten genug vorkam. Daneben stellte er einen kleinen Topf ab. »Bratenfett«, murmelte er leise dazu, als ob es sich um Sprengstoff handelte. Danach schob er die Blechbüchse vorsichtig über den Tisch. »Wir müssen zusehen, dass unsere Kinder etwas auf die Rippen bekommen. Der nächste Winter kommt bestimmt.«

Thiesen bedankte sich zuerst nur mit einem Nicken. Als ihm dann das gequälte Gesicht seines Wohltäters auffiel, begann er doch leise: »Ist sonst noch was?«

»Passen Sie auf sich auf. Die Kerle machen vor nichts Halt, nicht mal vor der Polizei.« Danach verzog sich der Koch eilig an seinen Herd, vermutlich auch, um damit weiteren Rückfragen aus dem Weg zu gehen.

Kurz darauf verabschiedete sich Thiesen freundlich und verließ die Küche durch den Laden des Schusters. Vor der Tür blieb er noch einen Moment stehen und genoss die Maisonne, die es, zumindest um die Mittagszeit herum, schon schaffte, für angenehme Temperaturen zu sorgen. Der Kommissar setzte sich ein Stück weiter auf eine Bank und zündete sich eine Zigarette an. Auf der anderen Straßenseite fielen ihm sofort zwei Kerle auf, die sich etwas zu unauffällig wegdrehten, als er hinüberschaute. Wahrscheinlich handelte es sich nur um Verfolgungswahn, aber die kurz zuvor ausgesprochenen Drohungen beim Essen, machten ihm schon ein bisschen zu schaffen. Dazu die letzten Worte des Kochs, die auch nicht unbedingt weiteres Vertrauen schürten. Erst als sich eine junge Frau neben Thiesen auf der Bank niederließ, vergaß er das ganze Drumherum urplötzlich. Er schaute nach rechts und sah, dass die Frau ein winziges Baby in ihren spindeldürren Armen hielt. Auf den ersten Blick schien sie kaum ausreichend Kraft zu haben, ihr Kind in stabile Position zu bringen und es zu stillen. Thiesen kam es unhöflich vor, direkt hinzuschauen, aber die ungesunde Gesichtsfarbe des Säuglings war sogar aus dem Augenwinkel deutlich zu erkennen.

Ausgerechnet in diesem Moment musste er an Anna und die kleine Marie denken. Oft genug hatten sie ihrer Prinzessin nichts anderes bieten können als die letzten Tropfen der kostbaren Muttermilch. Und es kam ihm so vor, als wäre es gestern gewesen – all die lähmenden Sorgen, die er sich in den letzten Kriegsmonaten um seine Familie gemacht hatte. Ohne zu zögern, griff er kurz darauf in seine Jackentasche und holte zuerst zwei, dann noch eine dritte Schachtel Zigaretten heraus. Vorsichtig platzierte er die Päckchen zwischen sich und der Frau und schob sie, bevor er aufstand, ein kleines Stück weiter in ihre Richtung. »Dafür bekommt man einen ganzen Haufen Windeln, Milch oder was auch immer Sie brauchen«, flüsterte er. Danach überquerte er mit langen Schritten die Straße und schaute nicht mal mehr zurück. Sein nächstes Ziel stand fest. Und er hatte nicht vor, sich wieder abwimmeln zu lassen.

»Können Sie mir wenigstens erklären, warum in jedem dritten Satz der Name Ihrer Kirche fällt, wenn es um Prostitution in Altona geht?« Thiesen klang mittlerweile ungeduldig. Seine ersten Fragen hatte Pastor Hoffmann allesamt als unbegründet abgeschmettert. Es wurde also Zeit für einen Frontalangriff. »Auf der Straße heißt es, dass man hier manchmal ein warmes Essen bekommt, aber immer einen schnellen ...«

»Das reicht, Herr Kommissar!« Der Pastor hatte die Hand gehoben und es geschafft, Thiesen damit zunächst zum Schweigen zu bringen. »Sie stochern da in etwas herum, das Sie lieber unberührt lassen sollten.«

»Was soll das denn heißen? Ich dachte, das hier wäre eine Kirche – oder ist es ein Freudenhaus?«

»Wir tun hier Gutes ... Gottes Werk! Wir helfen Menschen, geben ihnen Essen, Kleidung. Versuchen, ihre Not zu lindern, wenn es möglich ist.«

»Indem Sie die Frauen für irgendwelche abartigen Spielchen anbieten? Eine seltsame Art, Not zu lindern.«

»Wer sagt das?«, empörte sich Pastor Hoffmann mit wütender Stimme. »Wir verkaufen hier keine Frauen, Gott bewahre.«

»Hören Sie lieber auf, mich für dumm zu verkaufen! Wofür bekommen Sie dann Ihre Zuwendungen?«

»Können Sie sich das nicht denken?«

Thiesen zögerte einen kurzen Moment. Sein Gesicht verriet, dass es in seinem Kopf ratterte. »Wegschauen!«, stellte er am Ende seiner Gedanken mit gequälter Stimme fest. »Die alte Leier ...«

»Und es fällt oft nicht mal schwer, wenn man weiß, dass es für einen guten Zweck ist.« Pastor Hoffmann zuckte mit den Schultern. »Wir können Hunderte retten, vielleicht Tausende. Was sind da drei Leben?«

»Was wissen Sie über die Sache?« Thiesen hatte zwei Schritte auf den Geistlichen zugemacht. Es sah so aus, als wollte er ihn packen und durchschütteln. »Sagen Sie mir, was Sie wissen – ansonsten verbringen Sie die Nacht hinter Gittern.«

»Ich weiß gar nichts! Ich sehe nur die Leute, die uns

alle zwei bis drei Tage ein paar Kisten bringen.« Pastor Hoffmann wirkte angestrengt. Mit weiteren Details herauszurücken, schien ihm schwerzufallen. »Hin und wieder nutzen die Leute auch das Pfarrhaus.«

»Wofür?«

»Können Sie sich das nicht denken?«

»Kann ich – aber ich will es genau wissen!«

Pastor Hoffmann zierte sich immer noch ein bisschen. Als Thiesen den Druck schon erhöhen wollte, begann der Geistliche endlich mit leiser Stimme: »Unsere Sakristei dient an den meisten Tagen als Lager ...«

»Für Schwarzmarktware?« Thiesen wollte es tatsächlich genau wissen.

»Richtig!« Hoffmann nickte aufgeregt. Aber noch schien er nicht am Ende angekommen zu sein. »Falls die Tommys eine Razzia planen, verstecken sich regelmäßig ein paar Männer bei uns, bis die Luft wieder rein ist. Außerdem ...«

»Was?«

»Die Engländer würden hier in der Kirche niemals genauer hinschauen. Wir können ...«

»In aller Ruhe Schnaps und Zigaretten horten.« Thiesen klang verbittert. »Wahrscheinlich finde ich unter jeder Kirchenbank eine Stange Lucky Strike anstelle einer Bibel, richtig?«

Hoffmann schnaufte und nickte vorsichtig dabei.

»Was ist mit den Frauen?« Thiesens Stimme hatte noch an Schärfe zugenommen. »Wird Ihre Kirche auch als inoffizielles Bordell genutzt? Reden Sie!«

Zum ersten Mal in diesem Gespräch machte sich der Pastor richtig gerade. Er holte tief Luft, vielleicht sogar, um endlich mit der Wahrheit herauszurücken. »Nur über meine Leiche, Herr Kommissar. In diesem Gotteshaus darf sich jeder Mensch wohlbehütet fühlen, selbst dann, wenn es sich um eine Hure handelt.«

Den ganzen Nachmittag lang war Thiesen kreuz und quer durch Altona marschiert. Nach einer weiteren Pleite in der Kirche hoffte er noch immer darauf – und sei's nur durch Zufall –, irgendwo auf einen wertvollen Hinweis zu stoßen. Irgendwann hatte er dann aufgegeben. Auf seinem Heimweg war er fast bis zum Dammtor gelaufen, um seinen verbliebenen Zigarettenvorrat gegen ein paar mehr oder weniger lebensnotwendige Dinge einzutauschen. Mittlerweile bereitete es ihm kaum mehr Probleme, hier und dort ein Auge zuzudrücken. An der einen Ecke tauschte er eine Handvoll Glimmstängel gegen ein halbes Dutzend warmer Socken. Und schon an der nächsten Kreuzung opferte er eine ganze Packung für ein Paar stabiler Damen-Schnürschuhe, die aussahen, als ob sie noch niemand zuvor getragen hätte.

Es wurde dunkel, als sich Thiesen endlich auf den Rückweg in Richtung Altona machte. Anna und die Kinder dürften riesige Augen machen, wenn er gleich zu Hause den Weihnachtsmann mimte – und das mitten im Mai. Auf seinem Heimweg nutzte er nur die breiten Hauptverkehrsstraßen. Um diese Zeit wurde es in den kleineren Gassen oder Seitenstraßen langsam gefährlich, selbst wenn die eine Abkürzung bedeuteten. Als er von der Königstraße in Richtung Elbe abbog, konnte er in einiger Entfernung sogar schon sein Haus sehen, besser gesagt: die Überreste davon.

Unwillkürlich beschleunigte er seine Schritte ein weiteres Mal und war fast angekommen, als sich ihm von links, aus der Dunkelheit heraus, plötzlich zwei Männer in den Weg stellten. Sie trugen Hüte, die sie tief ins Gesicht gezogen hatten und wirkten von ihrer Statur her wie eine Mauer, die sich urplötzlich vor Thiesen auftat. Reflexartig griff der Kommissar nach seiner Pistole, spürte aber schon im selben Moment eine Hand, die seinen Arm wie ein Schraubstock umklammerte. Einen halben Atemzug später schlug die erste Faust in seinem Gesicht ein. Zumindest schienen sie nicht die Absicht zu haben, ihn umzubringen, schoss es Thiesen durch den schmerzenden Schädel. Denn ansonsten hätten solche Typen keine Zeit verschwendet und ihm längst ein Messer zwischen die Rippen gesteckt. Als die zweite Faust sein Gesicht traf, spürte er bereits, dass ihn eine Ohnmacht in ihren Strudel zu reißen versuchte. Er fiel zu Boden und rollte sich auf die Seite, um weiteren Tritten auszuweichen und möglichst wenig Angriffsfläche zu bieten. Als er die Augen wieder öffnete, durchfuhr ihn der nächste Schock. In der Dämmerung konnte er Karl in einiger Entfernung erkennen. Sein Sohn brüllte wie am Spieß und ließ sofort den Strick los, an dem er eben noch den Hund spazieren geführt hatte.

Zuerst dachte Thiesen, dass dieses zottelige Ungetüm ihn selbst beißen oder gar in Stücke reißen wollte. Als er jedoch die Schreie des ersten Kerls über sich hörte, wurde ihm klar, dass der Hund genau wusste, wen er zu beißen hatte und wen besser nicht. Direkt vor seiner Nase konnte er sehen, wie sich die spitzen Eckzähne in ein dürres Wadenbein bohrten, bis sie vollständig im Fleisch verschwunden waren. Nachdem der Hund das Bein losgelassen hatte, stolperte der brüllende Kerl ziellos davon, ohne einen Gedanken an seinen Kameraden zu verschwenden, dem mit Sicherheit ein ähnliches, womöglich sogar schlimmeres Schicksal drohte.

Thiesen wälzte sich auf die andere Seite und sah den zweiten Angreifer eben noch in der Dunkelheit verschwinden. Der Hund wollte nachsetzen, ließ sich dann allerdings von Karls schrillem Pfiff sofort ausbremsen. Kurz darauf saß er an seiner Seite und schaute drein, als ob er weitere Befehle erwartete.

Thiesen war es gelungen, sich aufzusetzen. Er versuchte, die Blutungen in seinem Gesicht mit einem Taschentuch zu stillen. Immer wieder fuhr er mit der Zunge an seinen Zähnen entlang und registrierte erleichtert, dass offensichtlich keiner davon Schaden genommen hatte. Alles andere bedeutete nur Schmerzen, aber es würde heilen. Schneller, als man in solch einem Moment dachte.

»Komm rein, Papa, schnell!« Karl hielt seinem Vater eine Hand entgegen und half ihm beim Aufstehen. »Wir müssen weg, bevor die Kerle vielleicht wiederkommen.« Der Junge schnappte sich die Taschen vom Boden, in denen sich die wertvolle Schwarzmarktbeute befand, und drängte erneut zum Aufbruch.

Halb auf seinen Sohn gestützt, halb auf eigenen Füßen, humpelte Thiesen los in Richtung Haus. Vor seiner Wohnungstür dauerte es nicht lange, bis Anna aufmachte. »Was ist passiert?«, schrie sie, nachdem er zwei Schritte ins halbdunkle Wohnzimmer gesetzt hatte. »Was ist passiert, Hermann?«, fragte sie ein weiteres Mal, während sie schon zum Ofen hinüberraste, um mit einem feuchten Tuch zurückzukehren.

»Die Scheißkerle wissen, wo wir wohnen«, stellte Thiesen eine Weile später in verbittertem Ton fest. »Ich muss wieder los, um ein paar Schupos zu alarmieren, die vor unserem Haus Stellung beziehen sollen.«

»Das kommt überhaupt nicht infrage! Du bleibst schön hier und lässt mich deine Wunden versorgen!«, protestierte Anna. Ihre Stimme ließ keinerlei Widerrede zu.

»Und was ist, wenn die Kerle heute Nacht zurückkommen und uns womöglich die Bude abfackeln wollen? Wir müssen davon ausgehen, dass ...«

»Ich gehe!« Karl hatte sich an seiner Mutter vorbeigeschoben und betrachtete seinen Vater mit entschlossener Miene. »Nur zur Kreuzung runter, da steht immer ein Schupo.«

»Du bist wohl verrückt geworden, Karl!« Annas Gesicht

leuchtete selbst im Halbdunkel wie eine Tomate. »Wenn hier überhaupt einer geht, dann bin ich das.«

Thiesen packte seine Frau am Arm und schüttelte sie zaghaft. Allein sein Blick reichte aus, um sie an ihre Predigten über mehr Verantwortung für ihre Söhne zu erinnern.

»Dann nimmst du aber den Dienstausweis deines Vaters mit.« Sie durchsuchte Thiesens Taschen und ignorierte sein schmerzerfülltes Stöhnen, als sie ihn am Ende ein Stück auf die Seite drehen musste. »Du drückst dem Schupo den Ausweis in die Hand und sagst ihm, dass er so schnell wie möglich herkommen soll. Den Rest erklären wir ihm, wenn er hier ist.«

»Und nimm den Hund mit!«, rief Thiesen seinem Sohn hinterher.

16

Es dauerte höchstens zehn Minuten, da bollerte es energisch an die Wohnungstür. »Wer ist da?«, erkundigte sich Anna mit zitternder Stimme. Als dann zuerst Karls und kurz darauf eine Männerstimme erklangen, öffnete sie eilig die Riegel und ließ die beiden hinein.

Thiesen musterte den Schutzpolizisten eine ganze Weile, ohne etwas zu sagen. Der Uniformierte sah jung aus, vielleicht achtzehn, höchstens zwanzig. Hinzu kam, dass es sich um einen regelrechten Winzling handelte, sogar noch kleiner als Thiesen. Ein derartiger Wicht könnte sich bestenfalls mit seiner Pistole Respekt verschaffen, womöglich nicht mal damit.

»Sie müssen Verstärkung rufen!«, begann der Oberkommissar mit energischer Stimme, ohne Zeit für eine Begrüßung zu verschwenden.

»Schon passiert«, erwiderte der junge Kollege, während er sich um ein Lächeln bemühte. »Ihr Sohn hat mir einige Dinge erzählt ... das Telefon auf der Kreuzung funktioniert seit zwei Tagen immer mal wieder für ein paar Stunden. Schätze, das war ein Glücksfall.«

Thiesen brauchte nicht lange, um dem Schupo in kurzen Sätzen die Situation etwas genauer zu erklären. Manche Details ließ er bewusst aus, andere – insbesondere die mögliche Gefahr für seine Familie – schmückte er aus, soweit es ging.

»Es müssen permanent mindestens zwei Polizisten vor meiner Tür Wache stehen, bis der Fall aufgeklärt ist«, beendete er seinen Vortrag. Erst jetzt bemerkte er, dass sich seine Finger in die Sofalehne verkrallt hatten. »Rund um die Uhr ... mindestens zwei Männer. Verstanden?«

Der Schupo nickte eifrig und schien sich auf den Weg nach draußen machen zu wollen, als Thiesen ihn mit einer letzten Frage stoppte. »Haben Sie Familie?«

»Ändert das irgendwas?«, erkundigte sich der junge Uniformierte mit seltsamem Lächeln.

»Nicht wirklich«, stellte Thiesen kopfschüttelnd fest. »Passen Sie einfach auf sich auf.«

»Was ist passiert, Hermann?« Gleich, nachdem sich der Schupo verabschiedet hatte, war Anna an der Seite ihres Mannes angekommen. Mit einem frischen, kühlen Tuch tupfte sie ihm vorsichtig die Wunden im Gesicht ab. »Warum wollten dich die Kerle ...?«

»Lass gut sein! Bitte, Anna, stell keine Fragen.«

»Du bist in Gefahr, die Kinder und ich auch – und da erwartest du, dass ich keine Fragen stelle.« Sie hatte Thiesen mit ihrer verbliebenen Hand am Kragen gepackt und schüttelte ihn. Die Wunden und Schmerzen ihres Mannes schienen für einen Moment völlig vergessen zu sein. Stattdessen hatte ihre Wut Überhand gewonnen. »Hör auf, mich an der Nase herumzuführen, sonst kannst du was erleben, Hermann Thiesen!« Sie ließ ihn abrupt los und rückte, als Friedensangebot, seinen Kragen ein Stück zurecht.

»Pfeiffer und ich haben ...«

»Was ist mit Pfeiffer? Geht es ihm gut?«

»Lass mich doch bitte ausreden, Anna! Ich verstehe dich und ich werde dir alles erzählen, was ich weiß. Einverstanden?«

Anna nickte und fuhr damit fort, seine Wunden vorsichtig abzutupfen. »Ich habe Zeit, und wenn du mir etwas verschweigst, dann merke ich es ohnehin.«

Thiesen begann mit dem Vorfall in der Ruine, in dessen Verlauf Pfeiffer sich einen Streifschuss eingefangen hatte. Schon nach den ersten Sätzen hielt es Anna kaum mehr auf dem Sofa. »Aber er ist nicht in Lebensgefahr, ja?« Sie wanderte mit langen Schritten durchs Wohnzimmer und hätte am Ende fast Johann umgerannt, der ihr mit ausgebreiteten Armen entgegenkam. »Er wird wieder gesund?«

»Ja, Anna!«, presste Thiesen in genervtem Ton heraus. »Falls du dich erinnerst: Ich habe von einem Streifschuss gesprochen. Daran ist noch keiner gestorben.«

»Was war danach?« Anna überging diesen Kommentar vollständig, hatte zwischenzeitlich aber wenigstens wieder auf dem Sofa Platz genommen. Wobei sie weitere Fürsorge offensichtlich für überflüssig hielt.

»Ich war ...« Thiesen zögerte einen Moment lang. »... ich habe von einem Tommy eine halbe Stange Zigaretten bekommen.« Ihm war anzumerken, wie schwer es ihm nach wie vor fiel, über solche Dinge unbefangen zu sprechen. Er hielt Korruption noch immer für falsch, hatte mittlerweile aber begriffen, dass es eben manchmal ohne großzügige Auslegung der Regeln nicht weiterging. Insbesondere dann, wenn es das Leben seiner Familie betraf.

»Und was hast du mit den Zigaretten gemacht?«, bohrte Anna weiter. Inzwischen klang sie fast genauso genervt, wie ihr Mann. »Hast du wenigstens etwas Nützliches dafür bekommen?«

Thiesen deutete zu den Taschen hinüber, die im Wesentlichen Karl, aber auch er selbst nach der abgewehrten Attacke in Sicherheit bringen konnten. Er versuchte zu lächeln, was in diesem Moment mit grauenhaften Schmerzen verbunden war. »Schau doch einfach rein, mein Schatz. Das eine oder andere wird dir hoffentlich gefallen.«

Während Anna die Taschen durchwühlte und immer lauter juchzte, gab Thiesen seinen Söhnen ein Zeichen. Nachdem die zwei an seiner Seite angekommen waren, begann er in geheimnisvollem Ton: »Da ist eine Blechbüchse. Nehmt das älteste Brot und tunkt es ins Bratenfett hinein … für den Hund.«

Die beiden starrten ihn mit großen Augen an. In diesem Moment war klar, dass die Adoption des neuen Familienmitglieds endgültig vollzogen war. Und ganz gleich, wie hart die Zeiten auch werden mochten, von nun an gehörte ein weiteres, hungriges Maul zu ihnen, das es – komme, was da wolle! – zu stopfen galt.

»Danke, Papa«, flüsterte Karl und drückte seinem Vater vorsichtig einen Kuss auf die Stirn. Es würde vermutlich nicht mehr lange dauern, bis solche Liebesbekundungen seinem älteren Sohn peinlich vorkämen. Deshalb war es umso wichtiger, sie zu genießen, solange es noch ging. Johann tat es seinem Bruder gleich und machte sich auf den Weg zum Buffet, um das alte Brot aus dem Kasten zu holen.

Es dauerte eine ganze Weile, bis Anna all die Einkäufe in verschiedenen Schränken und Schubladen verstaut hatte. Wie auf Wolken schwebte sie förmlich durch das Wohnzimmer, rückte hier etwas zurecht, platzierte dort etwas anderes um oder ließ es einfach hinter einer Klappe verschwinden. Als sie sich dann irgendwann wieder neben ihrem Mann auf das Sofa hockte, war zu sehen, dass sie mit Tränen kämpfte. Ihre Lippen zitterten sogar, als sie leise begann: »Die Schuhe sind wunderschön, Hermann. Fast, als ob sie neu wären.«

»Ich würde dir ein ganzes Schuhgeschäft kaufen, wenn ich könnte«, flüsterte Thiesen ihr ins Ohr und drückte ihr danach, mit schmerzverzogenem Gesicht, einen dicken Kuss auf die Wange. »Die ganze Welt würde ich dir kaufen.«

»Das weiß ich doch, mein Schatz.« Anna beugte sich ein Stück nach vorne und verpasste ihrem Mann einen weiteren Kuss. »Hoffentlich schlafen die Jungs heute früh ein«, fuhr sie mit leisem Kichern fort. »Dann kann ich meine Pflege ein bisschen ausdehnen.«

»Wenn sie nicht schlafen wollen, dann kriegen sie eins mit dem Knüppel über'n Kopf«, polterte Thiesen zurück, konnte aber am Ende ein Lachen nicht unterdrücken. Anna und er schauten zu ihren Söhnen hinüber, die voller Begeisterung den Hund mit Brotstücken und Bratenfett fütterten.

»Hat er eigentlich schon einen Namen?«, wollte Thiesen wissen.

»Hasso!«, gab Johann wie aus der Pistole geschossen zurück. »Wir nennen ihn Hasso, Papa.«

»Was für eine Rasse ist das denn?«

»Von allem ein bisschen, würde ich sagen. Dazu ein Fell wie eine Drahtbürste und das Maul und die Größe von einem Wolf.« Anna lachte und schlug sich auf die Schenkel. »Zuerst wollten sie ihn Hermann nennen ... aber das habe ich verboten – einer davon reicht mir.«

Thiesen deutete eine Ohrfeige an, strich seiner Frau dann allerdings ganz sanft über die Wange und das Kinn. Als er an ihrem Hals ankam, zuckte sie immer wieder zusammen und ergriff am Ende lachend die Flucht.

»So schön hatten wir es seit 43 nicht mehr«, stellte Thiesen eine Weile später fest. Kurz darauf nahm er Marie in den Arm, die Karl vorsichtig zu ihm hinübergetragen hatte. Als Thiesen spürte, dass es keinen Sinn mehr machte, gegen die Tränen anzukämpfen, drehte er sich auf die Seite. Vermutlich wäre es in diesem Moment nicht schlimm gewesen, Schwäche zu zeigen. Aber wer wusste schon, was ihnen noch bevorstand. Und für Schwäche war in dieser Welt mithin kein Platz. Die Starken fraßen – und die Schwachen wurden gefressen. Und nie zuvor, das wurde mit jedem Tag

klarer, hatte Thiesen sich so sehr gewünscht, am Ende zu
den Starken zu gehören.

17

»Was ist mit Pfeiffer? Er kommt doch durch, oder?« Hans Maler saß hinter seinem Schreibtisch, schien allerdings mit nichts anderem beschäftigt zu sein, als Trübsal zu blasen. Ebenso wenig sprühte er vor Begeisterung, als Thiesen an diesem Morgen den Kopf zur Tür hereinsteckte. »Ich hab schon gehört, was los war. Der Kerl, der auf Pfeiffer geschossen hat, ist übrigens tot. Blattschuss, Kollege ... Kompliment!«

Thiesen hatte sich vor dem Schreibtisch seines Chefs platziert und brauchte einen Moment, um diese Neuigkeit zu verdauen. Es war nicht der erste Mann, den er im Dienst erschießen musste. Außerdem war zu befürchten, dass es sich auch nicht um den Letzten auf dieser traurigen Reise handelte.

»Was ist los?«

Hans Maler schien Thiesens Gemütslage erkannt zu haben. Mitgefühl gehörte jedoch nicht zu seinem Repertoire. »Der Kerl, den Sie erschossen haben, wurde schon länger steckbrieflich gesucht. Hinterm Bahnhof Altona hat er zwei Frauen vergewaltigt, eine davon fast umgebracht. Einem kleinen Jungen, der seiner Mutter zu Hilfe kommen wollte, hat er beide Arme gebrochen. Dazu diverse Überfälle, Einbrüche und ...« Maler setzte ein seltsames Grinsen auf. »... es hat schon ein paar andere gegeben, die es weniger verdient hatten.«

Thiesen schaute seinen Chef noch eine ganze Weile nachdenklich an. Auch was diese aktuellen Vorkommnisse anging, war klar, dass sie erneut auf keinen gemeinsamen Nenner kommen würden. Deshalb zog er es vor, mal wieder das Thema zu wechseln, bevor eine Grundsatzdebatte gleich die nächste Eskalation heraufbeschwor. »Die Sache in Altona nimmt ungeahnte Dimensionen an.«

»Was wollen Sie damit sagen, Kollege?« Hans Malers Körper hatte ein wenig Spannung angenommen. Seine Miene ließ keinen Zweifel daran, dass ihm weitere Probleme oder unbequeme Tatsachen nicht willkommen waren. »Raus mit der Sprache, Thiesen! Ich habe heute noch einen Termin beim britischen Kommandanten – Antrittsbesuch, wenn Sie verstehen, was ich meine.«

»Genau um die Briten geht es, denke ich. Also … unter anderem.«

Maler schien keine Luft für weitere Fragen verschwenden zu wollen. Stattdessen schaute er Thiesen mit einer Mischung aus Skepsis, Langeweile und Überheblichkeit an.

»Es geht eindeutig um Hunger-Prostitution. Ich …«

»Sie wollen sagen, dass die toten Frauen für eine warme Suppe die Beine breitgemacht haben, richtig?«

Dieses Mal nickte Thiesen nur. Auch er musste mit seinen Ressourcen haushalten.

»Und jetzt kommen Sie wahrscheinlich wieder daher und wollen mir sagen, dass das außergewöhnlich wäre und wir schnellstmöglich etwas dagegen tun müssen.« Hans Maler schüttelte den Kopf und betrachtete sein Gegenüber mitleidvoll. »Ich weiß nicht, wo Sie die letzten eineinhalb Jahre gesteckt haben. Aber wenn ich an der richtigen Ecke eine Zigarette springen lasse, dann lutscht mir eine Hausfrau dafür den Schwanz, bis ich um Gnade winsle. Und das nur, weil sie dafür, mit Glück, an der nächsten Ecke zwei Scheiben trockenes Brot bekommt. Was wollen Sie eigentlich, verdammt?«

Thiesen stand mit hängenden Schultern einfach nur da und merkte vermutlich nicht einmal, dass er unaufhörlich den Kopf schüttelte. Sein Mund hatte sich geöffnet, aber es wollte nichts herauskommen.

»Noch Fragen, Kollege?« Hans Maler hatte sich erhoben und griff nach seiner ledernen Aktenmappe. »Wenn Sie morgen Zeit haben, dann kann ich Ihnen gerne ein bisschen mehr darüber verraten, was in dieser Welt los ist. Nachhilfe – damit Sie irgendwann wissen, wie der Hase läuft.«

Fast wie in Trance hatte Thiesen es geschafft, sich langsam umzudrehen und in Richtung Tür zu wanken. Er hatte die Klinke schon in der Hand, als er sich noch einmal umdrehte und sofort den Blick seines Chefs fand. »Verzichte«, flüsterte er. »Ich möchte gar nicht wissen, wo dieser Hase Ihrer Meinung nach langläuft.«

Nach diesem unerfreulichen Austausch verschiedener Denkarten saß Thiesen eine ganze Weile in seinem Büro einfach nur da und grübelte darüber, was er als Nächstes tun sollte. Er fragte sich tatsächlich, ob es sinnvoll war, noch tiefer zu graben. Alles, was sie aus diesem Moloch ans Licht beförderten, bot nur neuen Zündstoff und keineswegs Spielraum, um die Sache am Ende womöglich doch noch auf dem kleinen Dienstweg zu klären. Prostitution war ein Dauerbrenner im Hamburg der Nachkriegsmonate. Es gab einige offizielle Bordelle und ebenso viele halboffizielle, um deren Existenz jeder wusste und die man stillschweigend duldete. Deutlich mehr Platz nahm jedoch die Hunger-Prostitution ein. Thiesen wusste ganz genau, dass man für ein halbes Päckchen Zigaretten oder ein brauchbares Paar

Seidenstrümpfe an jeder Ecke Hamburgs eine ganze Nacht lang über eine willenlose Frau verfügen konnte. Nackter Hunger, bei manch einer vielleicht auch der Traum von einem Hauch Komfort oder gar Luxus, trieb viele Frauen bis zum Äußersten. Und wenn zu Hause zwei hungernde Kinder mit großen Augen auf etwas Essbares warteten, dann gab es viel zu oft ohnehin keine Alternative. Angebote bekam man als Mann jeden Tag haufenweise. Je wohlhabender man nach außen hin wirkte, desto hartnäckiger versuchten die Frauen, die Männer als Freier zu überzeugen. Thiesen hatte derlei Dienste kein einziges Mal in Anspruch genommen. Er würde seine Anna niemals betrügen und sich lieber seine Pistole in den Hals stecken und abdrücken, bevor das passieren würde.

Am Ende blieb schließlich ein anderes, viel größeres Problem. Und Hans Maler hatte nicht umsonst derart bissig reagiert, obwohl Thiesen nur ein paar vage Andeutungen gemacht hatte. Jedem war klar, dass die englischen Besatzer den größten Teil der Kundschaft dieser Frauen ausmachten. Kein Wunder! Die meisten deutschen Männer hatten ihr Leben auf den Schlachtfeldern verloren und wenn nicht, dann vegetierten sie in Kriegsgefangenschaft dahin. Das Deutschland dieser Tage wurde in erster Linie von Frauen und Kindern am Leben erhalten, und es würden noch viele Jahre – womöglich Jahrzehnte – vergehen, bis sich daran nachhaltig etwas änderte. Und dass insbesondere die englischen Besatzer über einen fast unbegrenzt vorhandenen Vorrat an geeigneten Zahlungsmitteln verfügten, war schließlich auch kein Geheimnis. Viele der jungen Witwen träumten davon, einem der Soldaten irgendwann ins Vereinigte Königreich zu folgen, um dort ein neues, sorgloses Leben zu beginnen.

Thiesen war gerade damit beschäftigt, die bisherigen Fakten mit einem Bleistiftstummel auf einem dünnen Blatt

Papier festzuhalten, als die Tür aufsprang und Pfeiffer ins Büro marschierte.

»Habe ich Ihnen nicht gesagt, dass Sie zu Hause bleiben sollen?«, mokierte sich Thiesen, allerdings eher halbherzig.

»Haben Sie, Chef! Aber nachdem ich gehört hab, dass man Sie ...«

Thiesen winkte ab. Letztendlich war er froh, dass Pfeiffer auf seinen freien Tag verzichtete, denn alleine fühlte er sich der Sache kaum mehr gewachsen. Und auf die Unterstützung von Hans Maler brauchte er nicht einmal zu hoffen.

»Setzen Sie sich! Ich hab einiges herausgefunden.« Thiesen redete minutenlang lang ohne Punkt und Komma. Er präsentierte Fakten, aber auch viele Vermutungen, von denen die meisten, mit an Sicherheit grenzender Wahrscheinlichkeit, den Tatsachen entsprachen.

»Sie haben wahrhaftig in ein Wespennest gestochen«, stellte Pfeiffer in merkwürdigem Ton fest, als Thiesen mit seinem Vortrag am Ende angekommen war. »Diese Kerle wollten Ihnen einen Denkzettel verpassen, damit Sie aufhören, noch tiefer zu graben.« Der junge Kommissar ließ ein freudloses Lachen folgen. »Am Ende können Sie froh sein, dass die Typen Ihnen nicht das Licht ausgepustet haben.«

»Wir müssen eine Entscheidung treffen!« Thiesen suchte Pfeiffers Augen und fand sie. »Wir stehen vor einer Weiche, und ich befürchte, dass es kein Zurück mehr gibt, falls wir uns für den falschen Weg entscheiden.«

»Was sagt Maler dazu?« Pfeiffers Gesicht deutete daraufhin, dass er die Antwort bereits kannte.

»Er will sich in der Mittagspause von Lieschen Müller einen blasen lassen, bis ihm die Schädeldecke abhebt. Danach ist er mit den Briten verabredet, um gemeinsame Heldentaten zu feiern.«

Pfeiffer hatte Mühe, ein Lachen zu unterdrücken. Thiesens wütendes Gesicht duldete vermutlich keine Anflüge von überschäumender Fröhlichkeit. »Also sind wir auf uns allein gestellt«, fasste der junge Kommissar die Fakten nüchtern zusammen. »Bleibt immer noch die Frage, was wir als Nächstes tun sollen.«

18

Es war Mittag, als die beiden Kommissare erneut Altona erreichten. Es regnete schon seit dem frühen Morgen. Trotzdem standen wie an jedem Tag Hunderte Verzweifelte vor den kleinen Geschäften herum und hofften darauf, irgendetwas Essbares für ihre Bezugsscheine zu bekommen.

»Es wird wohl noch mal enger«, murmelte Pfeiffer, nachdem er und Thiesen sich an einer Gruppe schimpfender Frauen vorbeigeschoben hatten. »Die Schwarzmarktpreise schießen in die Höhe, das ist nie ein gutes Zeichen.«

»In den Zeitungen schreiben sie, dass die Engländer die Nase voll davon haben, uns zu ernähren. Schließlich haben wir mit unseren Bomben die meisten ihrer Städte dem Erdboden gleichgemacht. Und jetzt sollen ausgerechnet die Tommys unser Fortbestehen sichern.«

Thiesen deutete auf die andere Straßenseite hinüber. Kurz zuvor hatte dort ein englischer Militär-Jeep angehalten, wenig später gleich der nächste. Die Soldaten sprangen aus ihren Fahrzeugen und rasten sofort Richtung Bahnhof davon. Schreie waren zu hören, die von einem Streit irgendwo in der Nähe herrühren mussten. Am Ende folgte ein Schuss, gefolgt von einem zweiten. Danach eine ganze Salve, vermutlich aus einer Thompson-Maschinenpistole.

Die Kommissare beschleunigten ihre Schritte und fanden sich, nachdem sie hinter der nächsten Hausecke abgebogen waren, mitten im Tumult wieder. Vor einer halbhohen

Mauer lag ein britischer Soldat – ein Corporal, wenn Thiesen das Dienstgradabzeichen richtig erkannt hatte –, der einen Schuss in den Bauch abbekommen hatte. Sofort wurde klar, dass der Schütze vermutlich einer der beiden Kerle war, die blutüberströmt und nebeneinander auf dem Bürgersteig lagen. Einer davon hatte offensichtlich das Feuer eröffnet, um sich danach gleich einer ganzen Reihe von Gegnern in Uniform gegenüberzusehen. Und wenn es um einen ihrer Kameraden ging, zögerten die Tommys nicht lange und betätigten so schnell den Abzug, dass keine Zeit für eine Nachfrage blieb. Wer konnte es ihnen auch verübeln?

Die Kommissare hatten, eher aus einem Reflex heraus, augenblicklich die Hände in die Luft gehoben, um nicht selbst in den Kugelhagel zu geraten. Pfeiffer rief einem Lieutenant etwas auf Englisch zu. Nach drei weiteren Sätzen schien der Soldat verstanden zu haben, dass er es mit Polizisten zu tun hatte. Vorsichtig ließ Thiesen jetzt seine Hände sinken und zog seinen Dienstausweis aus der Tasche. Pfeiffer tat es ihm gleich und begann sofort damit, den Tommy auszufragen.

»Was sagt er?«, bohrte Thiesen mit giftiger Stimme, nachdem der erste Teil dieser Unterhaltung offensichtlich ein Ende gefunden hatte.

»Er meint, wir sollen uns nicht einmischen. Die Sache betrifft die Militärpolizei, sonst niemanden.«

»Das habe ich schon geahnt. Dürfen wir uns die Leichen wenigstens mal ansehen?«

Pfeiffer machte einen halben Schritt nach vorne und schob sich mit dem nächsten vorsichtig an die Seite des Soldaten. Die beiden sprachen ein paar Sekunden, danach kehrte der junge Kommissar zu seinem Chef zurück. »Wir dürfen ein Blick auf die Kerle werfen, anschließen soll wir uns aus dem Staub machen.«

»Sehr freundlich, Mister Churchill«, flüsterte Thiesen und grinste jetzt sogar. Ein paar Schritte später standen er und Pfeiffer direkt vor den zwei Männerleichen. In einiger Entfernung war eine Sirene zu hören. Vermutlich ein Ambulanz-Jeep, der den angeschossenen Corporal ins nächstgelegene Hospital bringen würde. Für die beiden anderen Männer käme ohnehin jegliche Hilfe zu spät.

Als Thiesen in die Knie ging, um dem ersten Toten den Mantelkragen ein Stück aus dem Gesicht zu ziehen, durchfuhr es ihn wie ein Schock. Er kannte den Mann und es war gerade mal einen Tag her, dass der Kerl ihm beim Mittagessen aufs Übelste gedroht hatte. Damit stand fest, dass er seinen Ankündigungen – zumindest selbst – keine Taten mehr folgen lassen konnte. Und da nicht viel Zeit für eine nähere Untersuchung blieb, widmete der Hauptkommissar seine Aufmerksamkeit sofort dem zweiten Toten. Diesen Mann hatte er nie zuvor gesehen und er empfand nicht einmal einen Funken Mitleid, sondern eher Genugtuung, weil es manchmal offensichtlich die Richtigen erwischte.

»Der Tommy sagt, das reicht«, zischte Pfeiffer von hinten und fasste seinen Chef energisch an, um ihn zum Aufbruch zu drängen. »Wir können hier sowieso nichts tun, daraus kochen die Engländer ihr eigenes Süppchen.«

»Einer der Toten ist der Kerl, der mir gestern Mittag ganz unverhohlen gedroht hat.«

Pfeiffer blieb stehen und schaute seinen Chef verwirrt an. »Glauben Sie, das könnte irgendwie miteinander zusammenhängen?«

»Keine Ahnung! Ich weiß nur, dass mein Magen knurrt. Glauben Sie denn, wir bekommen irgendwo etwas zu essen?« Thiesen überquerte mit langen Schritten die Straße.

»Irgendwo?«

»Sie wissen doch ganz genau, was ich meine.« Jetzt deutete der Oberkommissar wieder zur anderen Straßenseite hinüber. Dort hatten sich zwischenzeitlich Hunderte

Schaulustige versammelt, die sich dicht an dicht drängten, um einen Blick auf die Geschehnisse zu werfen. »Manche Menschen scheinen immer noch nicht die Nase von Toten voll zu haben. Als hätte der Krieg nicht für genug Elend und Leichen gesorgt!«

Auch Pfeiffer war erneut stehen geblieben und betrachtete kopfschüttelnd die Meute. »Am Ende ist doch jeder froh, wenn er nicht selbst auf dem Gehsteig liegt und ihm das Leben aus den Adern fließt.«

»Weise Worte, Kollege.«

»In Deutsch war ich immer einer der Besten«, gab Pfeiffer grinsend zurück. »Das hilft heute zwar wenig, aber irgendwann könnte das auch mal wichtig werden.«

»Zumindest wissen wir jetzt, wer am Ende die ganzen Berichte schreibt«, erwiderte Thiesen nüchtern und setzte schon den nächsten Fuß nach vorne. »Wollen wir mal schauen, ob es heute im Hinterzimmer des Schusters etwas zwischen die Zähne gibt. Sonst erschrecke ich noch die Kinder, weil mein Magen wie ein Wolf knurrt.«

»Haben Sie eigentlich schon eine Entscheidung getroffen, Chef?« Pfeiffer löffelte mit wenig Begeisterung die dünne Kohlsuppe, offensichtlich ein zweiter Aufguss vom Vortag. Lustlos tunkte er immer wieder das trockene Brot hinein, um es einigermaßen genießbar zu machen.

»Meinen Sie, ob ich noch ein Stück vom saftigen Braten oder lieber eine weitere Roulade nehme, oder was?« Thiesen lachte und deutete auf seinen Teller. »Ich habe schon schlechter gegessen, Sie verwöhnter Fatzke. Meistens fast gar nichts.«

»Und ich meine, was wir als Nächstes tun sollen.« Pfeiffer strafte seinen Chef mit einem Kopfschütteln. Kurz darauf wurde ihm jedoch klar, dass der genau wusste, worum es ging.

»Wir sagen diesen Leuten den Kampf an. Es kann nicht sein, dass in dieser Stadt jemand über Leichen geht und sich danach hinter dem Allgemeinwohl versteckt. Das können und dürfen wir nicht zulassen.« Thiesens Miene unterstrich den Ernst seiner Worte. »Wenn solche Dinge einreißen, dann fressen sich die Leute im nächsten Winter gegenseitig auf und erzählen uns hinterher, dass es doch für einen guten Zweck gewesen ist.«

»Aber Ihnen ist schon klar, worauf wir uns da einlassen?«, formulierte Pfeiffer seine Bedenken. »Wir öffnen die Büchse der Pandora und was herauskommt, wird keinem der Beteiligten gefallen, fürchte ich.«

»Ne Büchse mit Fett wäre mir ohnehin lieber.«

»Mir auch, aber wir können es uns wohl kaum aussuchen.«

Die Kommissare löffelten weiter ihre Suppe und schwiegen eine Weile. Diese Entscheidung – mehr oder weniger einvernehmlich getroffen – schienen beide zunächst auf ihre eigene Art und Weise verdauen zu müssen. Zu diesem Zeitpunkt der Ermittlungen war nicht absehbar, welche Konsequenzen beharrliches Weiterermitteln nach sich ziehen würden. Nur, dass ihnen die aktuellen Probleme irgendwann vermutlich lächerlich vorkämen und sie sich dann womöglich derart ruhige Zeiten zurückwünschen würden.

Pfeiffer legte den Löffel beiseite und wischte sich seinen Mund mit einem blutverschmierten Taschentuch ab. Als er sah, dass Thiesen kurz zusammenzuckte, begann er grinsend von Neuem: »Ist von gestern. Gott sei Dank hat mich die Kugel nicht richtig erwischt.«

»Ich habe meiner Frau ein Päckchen Waschmittel organisiert. Wenn Sie wollen, dann kann sie es kochen – danach sollte es wieder wie neu aussehen.«

»Waschmittel organisiert? Klingt fast, als ob mein Chef endlich den Schwarzmarkt entdeckt hätte.«

»Hat er nicht!«

»Was dann?«

Thiesen schwieg beharrlich. Beide Männer kannten die Wahrheit und es gab Momente, in denen man Dinge lieber unausgesprochen ließ, statt Tatsachen unnötig zu zerreden. »Packen Sie Ihre Sachen, wir brechen auf.«

»Wohin?«

»Wir machen dem Pöbel ein bisschen Feuer unterm Arsch.«

19

»Was willst du? Ich habe dir doch oft genug gesagt, dass du hier nichts verloren hast.« Hans Maler hatte sich hinter seinem Schreibtisch erhoben und stapfte seinem Besucher mit energischen Schritten entgegen. Am Ende sah es so aus, als hätte er den unerwünschten Eindringling am liebsten gepackt und vor die Tür gesetzt. »Du bist wohl nicht mehr ganz bei Trost – ich riskiere ohnehin schon Kopf und Kragen, um deine Machenschaften zu vertuschen.«

»Muss ich dich tatsächlich daran erinnern, wem du deinen Posten hier und vermutlich sogar dein Leben zu verdanken hast? Schließlich war ich es, der deine Gestapo-Akte vernichtet hat, bevor die Engländer sie finden konnten.«

Der Besucher, ein hochgewachsener, dürrer Mann – er mochte Ende fünfzig, vielleicht auch schon Anfang sechzig sein – nahm unaufgefordert Platz und lächelte Hans Maler vielsagend an. »Ich bin gekommen, um einen der vielen Gefallen einzulösen, die du mir noch schuldig bist. Also setz dich hin und halt deinen Mund!«

»Dann sag mir, was du willst«, presste Maler tonlos heraus, nachdem er wieder hinter seinem Schreibtisch angekommen war. »Und hör auf, so mit mir zu reden – schließlich bin ich einer der wenigen, die auch um deine wahre Identität wissen. Manch einen könnte es vielleicht interessieren, dass dein richtiger Name nicht Konrad Kramer lautet, und du im Krieg ...«

»Deine Kommissare sind eifrig bei der Sache und treten ein paar Leuten auf die Füße, die sich hinterher bei mir ausheulen.« Dieser Kramer ignorierte Malers Sätze schlichtweg. Stattdessen griff er in seine Tasche, zog eine Zigarette aus einem vollen Päckchen und zündete sich die sofort an. Auf die Idee, seinem Gegenüber auch eine anzubieten, kam er nicht. »Wir befinden uns an einem heiklen Punkt. Wenn deine vorlauten Schnüffler irgendwann dem Falschen ans Bein pinkeln, dann wird das böse enden.«

»Und was soll ich deiner Meinung nach tun?« Hans Maler schüttelte den Kopf und grinste gequält. »Die Engländer erwarten Resultate, auch wenn sie so tun, als ob es sie gar nicht interessieren würde.«

»Vielleicht kannst du deinen Männern ja hier und dort ein paar Steine in den Weg legen«, philosophierte Kramer vor sich hin. »Natürlich, ohne dass sie es merken!«

Maler schaute sein Gegenüber eine Weile wortlos an und lächelte plötzlich geheimnisvoll. »Vielleicht habe ich eine bessere Idee …«

»Und die wäre, Hans? Rede, verdammt! Ich hab nicht ewig Zeit.«

»Ein Opferlamm! Einer, der die Morde gesteht und die komplette Schuld auf sich nimmt. Dann wäre die Sache endgültig vom Tisch.« Malers Grinsen wurde breiter. »Die Kollegen der Mordkommission könnten sich als Helden feiern lassen und am Ende landet einer am Strick, der damit viel Gutes für seine Familie tun kann. Du verstehst schon, was ich meine.«

Kramer nickte mit nachdenklicher Miene. In seinem Kopf schienen die Gedanken bereits zu rattern, vermutlich auf der Suche nach einem geeigneten Kandidaten. »Die Idee ist nicht schlecht – ich strecke mal meine Fühler aus.« Nur einen Atemzug später sprang der Mann auf, schritt zur Tür und drehte sich noch mal um. »Sorg bloß dafür, dass bis dahin nicht das nächste Gewitter aufzieht. Wir wissen beide, was auf dem Spiel steht.«

* * *

»Warten Sie hier, Chef! Den Kerl knöpfe ich mir lieber alleine vor, sonst wird er noch misstrauisch und gibt keinen Ton von sich.« Pfeiffer marschierte durch eine kleine Ladentür, die er sofort sorgsam hinter sich zuzog.

Thiesen dagegen wanderte vor dem Schaufenster auf und ab. Von außen war nicht einmal zu erkennen, womit der Inhaber des Ladens sein Geld verdiente. In den Auslagen waren Töpfe, Pfannen und allerlei andere Haushaltsgegenstände ebenso zu finden, wie Zeitschriften, alte Elektrogeräte und einzelne Schmuckstücke. Vielleicht ein Pfandleiher oder womöglich ein Hehler, ging es Thiesen noch durch den Kopf, als er von hinten beinahe umgerempelt wurde.

»Können Sie nicht aufpassen!«, fauchte er einem untersetzten Kerl hinterher, der wortlos und genauso eilig wie Pfeiffer im Laden verschwand. In erster Linie schien der Mann nur darum bemüht zu sein, ein Paket, das unter seinem Arm klemmte, vor neugierigen Blicken zu schützen.

Thiesen versuchte, durch das schmutzige Schaufenster zu schauen, konnte allerdings nur erkennen, dass auch dieser seltsame Zeitgenosse vor dem Tresen angekommen war und offensichtlich darauf wartete, bedient zu werden. Pfeiffer, der fast eineinhalb Köpfe größer als der Kerl war, schaute zu ihm hinunter. Jetzt sprachen die beiden anscheinend miteinander. Thiesen hatte gerade beschlossen, seinem Kollegen in den Laden zu folgen, als er hinter sich eine Stimme krakeelen hörte. Er wirbelte herum und glaubte, seinen Augen kaum trauen zu können. Es war die junge Frau, der er am Vortag einige Päckchen Zigaretten geschenkt hatte, damit sie die Ware in lebensnotwendige Dinge umtauschen konnte. Zu seinem Erschrecken musste er feststellen, dass sie ihrem Kind – der Säugling lag, zu einem Bündel verschnürt, neben ihr auf der Bank – heute anscheinend deutlich weniger Aufmerksamkeit schenkte. Stattdessen stritt sie sich mit einem jungen Schupo, den sie offensichtlich kannte.

Thiesen hatte den Laden und seinen Pfeiffer längst vergessen. Außerdem schien es, als käme es auf der anderen Seite zwischen der Frau und dem Schupo in Kürze zu Handgreiflichkeiten, und die musste er verhindern. Auf dem Weg über die Straße zog er seinen Dienstausweis und hielt ihn, auf der gegenüberliegenden Seite angekommen, seinem Kollegen sofort unter die Nase. »Was ist hier los?«, fragte er mit energischer Stimme. Darüber hinaus nahm er zufrieden zur Kenntnis, dass der Schupo sich offensichtlich von seinem Ausweis einschüchtern ließ. Ein Oberkommissar genoss bisweilen ein gehöriges Maß an Respekt. Gut so!

Als Thiesen sich jetzt zur Seite drehte, erkannte er, dass die junge Mutter eine Zigarette in ihrer Hand hielt. Sie folgte seinem Blick und drückte den Glimmstängel eilig aus, vermutlich, um sich eine ausgewachsene Standpauke zu ersparen.

»Es ist meine Frau, Herr Oberkommissar«, presste der uniformierte Kollege zögerlich hervor. »Sie soll nicht jeden Tag hier herumsitzen und auf …« Der Schupo zögerte. »Sie wissen, was ich meine.«

Thiesen schüttelte den Kopf. Nicht, weil er die Andeutungen nicht verstanden hatte, sondern weil vor seinem inneren Auge ein zutiefst trauriger Film ablief. Dessen Höhepunkt bestand aus einer schnellen Nummer in einem muffigen Zimmer oder hinter einer Hausecke, während der Säugling vermutlich in unmittelbarer Nähe herumlag und vor Hunger brüllte. Einen kurzen Moment lang überlegte Thiesen, ob es sich lohnte, in irgendeiner Form Stellung zu beziehen. Aber er verwarf diesen Gedanken und packte seinen Kollegen unsanft am Arm. »Folgen Sie mir! Ich hab ein paar Fragen … und kommen Sie nicht auf die Idee, mich mit Geschichten abzuspeisen.«

* * *

»Du kannst mir noch so viel drohen, Pfeiffer. Von mir aus kannst du meine Bude abfackeln und auf der Asche herumtanzen – von mir erfährst du nichts. Ich bin noch nicht lebensmüde!« Der Betreiber des kleinen Ladens stand hinter seinem Tresen und schenkte dem jungen Kommissar nur ein schiefes Grinsen. Kurz darauf krempelte er seine Ärmel hoch. Muskulöse, fleischige Arme kamen zum Vorschein, dazu eine Tätowierung neben der anderen. »Ich bin vielleicht blöd, aber ich fange nicht an, mein eigenes Grab zu schaufeln.«

Pfeiffer schaute zu dem Mann hinüber, der eine Weile zuvor ebenfalls den Laden betreten und neben ihm Stellung bezogen hatte. Als könnte der Kerl hinterm Tresen seine Gedanken lesen, lieferte er auch schon die Antwort auf die stumme Frage. »Das ist Friedrich. Wenn er seinen Mund aufmacht, wirst du erkennen, dass er keine Zunge mehr hat. Haben ihm die Russen rausgeschnitten«, fügte er von röhrendem Lachen begleitet hinzu. »Der arme Kerl hat seit 42 keinen Ton mehr von sich gegeben.«

Pfeiffer stand mit hängenden Schultern vor dem Tresen. Er schien zu überlegen, ob weiterer Druck Sinn machte oder die Fronten nur noch weiter verhärtete. Und als hätte der Mann hinter dem Tresen auch diese Gedanken verstanden, begann er von Neuem: »Du kannst jederzeit herkommen und kriegst von mir alles, was du haben willst. Von mir aus auch, ohne dafür zu bezahlen. Aber was den Rest angeht, würde ich nicht mal unter Folter etwas verraten.«

Pfeiffer ließ seinen Blick durch die Auslage wandern. Er machte zwei Schritte zur Seite und deutete in die Vitrine. »Diese Trommel mit der Kurbel ... ist das eine von diesen Waschmaschinen?«

Der Mann hinter dem Tresen nickte eifrig und lächelte vielsagend. »Wenn du sie gebrauchen kannst, dann gehört sie dir.«

20

Draußen musste Pfeiffer eine ganze Weile warten, bis er Thiesen endlich in einiger Entfernung ausmachen konnte. Der überquerte zuerst die eine und danach sofort die zweite Straße. Seinem Schritt nach zu urteilen, wurde er entweder verfolgt oder hatte sagenhafte Neuigkeiten im Gepäck.

»Der Kerl verrät uns kein Wort«, begann Pfeiffer, nachdem sein Chef atemlos vor ihm zum Stehen gekommen war. Er deutete auf den Laden hinter sich und schüttelte den Kopf. »Der schiebt 'ne Scheißangst … kann mir schon denken, warum.«

»Wir brauchen Ihren seltsamen Informanten nicht«, erwiderte Thiesen lachend, um diese Aussage zu relativieren. »Der Zufall hat uns einen …«, er zögerte einen Moment lang, »… neuen Freund geschenkt.«

»Mein letzter richtiger Freund ist vorletztes Jahr an Typhus verreckt, hat wochenlang gekämpft und am Ende doch verloren«, kommentierte Pfeiffer in müdem Ton. »Seither versuche ich, möglichst keinen neuen Freund mehr zu finden.«

»Sie sind aber auch ein Schwarzmaler!«

»Das sagt ja genau der Richtige.«

Thiesen schnaufte und machte eine Handbewegung, um diese nutzlose Debatte zu beenden. »Wollen Sie wissen, was ich erfahren habe?«

»Sie werden es mir doch sowieso erzählen. Also, raus damit!«

»Weil es in Altona kaum intakte Wohnungen gibt, haben sich die meisten in die Lagerhallen an den Landungsbrücken zurückgezogen – Große Elbstraße bis zum Fischmarkt runter. Da liegen sie mit vier-, fünfhundert Leuten in einem Abteil und können kaum atmen.«

»Das sind ja sagenhafte Neuigkeiten!« Pfeiffer stieß heftig die Luft aus den Lungen und musterte seinen Chef kopfschüttelnd. »Sie sagen Ihrem neuen Freund am besten, dass er nächstes Mal lieber …«

»Wenn Sie mich ausreden lassen, dann wären wir schon ein gutes Stück weiter.« Thiesen hatte ein paar Schritte zur Seite gemacht und zog Pfeiffer in einen Hauseingang. Danach begann er flüsternd: »Es gibt eine Halle, nach außen hin ein Lazarett und ein Zufluchtsort für Obdachlose.« Der Kommissar schaute sich sogar um, bevor noch leiser fortfuhr: »Im Obergeschoss sollen bis zu dreihundert Frauen auf einmal warten.«

»Worauf?«

»Tun Sie doch nicht so blöd … auf Freier natürlich!«

»Das ist allerdings mal eine Neuigkeit«, stellte Pfeiffer mit anerkennender Miene fest. »Wenn ich davon nichts weiß, dann kann die Sache noch nicht allzu lange laufen. Irgendjemand singt doch immer.«

»Und genau das ist meine Vermutung.« Thiesen hatte seine Stimme ein weiteres Mal gesenkt. »Wenn wir also davon ausgehen, dass die drei toten Frauen schwanger waren und womöglich aussteigen wollten, dann hätten wir zumindest schon mal das Motiv.«

»Klingt soweit logisch, Chef! Und was wollen Sie jetzt machen?«

»Wir werden uns den Laden mal anschauen. Inkognito, versteht sich.«

* * *

Hans Maler saß, seitdem dieser Kramer sein Büro verlassen hatte, hinter seinem Schreibtisch und grübelte über verschiedenen Lösungsansätzen. Die neue Mordkommission erwies sich deutlich zielstrebiger als erwartet. Und dabei hatte er gedacht, dass ein, mit diesem Metier völlig unerfahrener Oberkommissar und ein hausgemachtes Schlitzohr, den Laden allenfalls halbherzig betreiben würden. Mittlerweile hatte Maler jedoch den Eindruck, dass die beiden sich – was Ehrgeiz und Tatendrang anging – gegenseitig überflügelten. Er musste also überlegt vorgehen. Überhastete Entscheidungen oder Handlungen könnten das Ganze nur noch schlimmer machen oder im günstigsten Falle kontraproduktiv wirken. Wenn sie ihm allerdings keine Wahl ließen, dann gab es nur eine Lösung – die finale Variante. Schließlich hatte er nicht seine gesamte Existenz riskiert, um wegen zwei karrieregeiler Schwachköpfe doch alles zu verlieren.

* * *

»Ich dachte, wir wollen zu den Landungsbrücken runter. Warum biegen Sie hier ab?« Thiesen folgte seinem Kollegen keuchend. Mittlerweile gelang es ihm jedoch, in den meisten Fällen mit Pfeiffer Schritt zu halten.

»Sehen Sie dieses Paket?«

»Natürlich sehe ich es! Wollen Sie mich schon wieder für dumm verkaufen? Was ist da drin?«

Pfeiffer blieb abrupt stehen und musterte seinen Chef kopfschüttelnd. »Ein Geschenk, wenn Sie's genau wissen wollen.« Der junge Kommissar setzte sich erneut in Bewegung, sogar noch ein gutes Stück schneller als zuvor.

»Für wen?«, erkundigte sich Thiesen keuchend, nachdem er seinen Kollegen eingeholt hatte.

»Für Ihre Frau.«

»Sie wollen mich tatsächlich veräppeln.« Thiesen machte ein paar noch längere Schritte und packte Pfeiffer an der Schulter. »Stehen bleiben!«

Der drehte sich um und grinste seinen Chef breit an. »Mein Gott! Da drin ist eine von diesen Waschmaschinen mit 'ner Kurbel dran. Keine Ahnung, wie die Dinger funktionieren, aber am Ende kommt meist saubere Wäsche raus.«

»Und wo haben Sie die her?« Thiesen sah aus, als könnte er es kaum glauben. Immer wieder starrte er abwechselnd auf das Paket und dann in Pfeiffers Gesicht. »Haben Sie das Teil etwa geklaut?«

»Chef! Sie sollten sich manches Mal besser überlegen, was Sie sagen.«

Thiesen atmete schwer. Sein Gesicht hatte sich etwas entspannt; auch seine Stimme klang ein wenig sanfter, als er fortfuhr: »In Ordnung! Sagen Sie mir einfach, wo das Ding herkommt.«

»Der Kerl in dem Laden hat sie mir …« Pfeiffer zögerte kurz. »… nennen wir es: geschenkt.«

»Soll ich fragen, warum er das getan hat?«

»Lieber nicht! Ihre Frau wird sich freuen und das ist wohl das Wichtigste.«

* * *

»Gestern Waschpulver und heute eine Waschmaschine.« Anna konnte zwar ihre Tränen im Zaum halten, hüpfte jedoch vor Freude unaufhörlich im Wohnzimmer auf und ab. »Jetzt noch einer von diesen neumodischen Wäscheständern, den ich hier aufstellen kann, und das Glück ist perfekt.«

»Bisher hing unser Glück von anderen Dingen ab und die Wäsche an der Leine, die ich zwischen Ofen und Garderobe gespannt habe«. Diesen Einwand erlaubte sich Thiesen einfach und fing sich dafür sofort giftige Blicke ein. »Meine ja nur ...«

»Du wirst noch ganz anders darüber denken, wenn du das erste frische Hemd am Leib trägst. Den Geruch kennen wir gar nicht mehr.« Anna wankte strahlend auf Pfeiffer zu und hob ihren Arm.

»Wenn du ihn mehr als ein Mal küsst, dann lasse ich mich scheiden«, rief Thiesen ihr zu, halb böse, halb lachend. »Für den Haufen Krempel von gestern Abend habe ich keinen Kuss bekommen.«

»Du hast weit mehr bekommen, Hermann!« Anna funkelte ihn an. »Oder wer war es, den ich gestern Abend ...«

»Lass gut sein!«, bremste Thiesen sie aus. »Das will keiner wissen.«

»Also, ich würde ...«

»Sie auch nicht, Pfeiffer! Holen Sie sich ihr Küsschen ab und dann brechen wir wieder auf. Schließlich sind wir Polizisten und keine Aushilfs-Weihnachtsmänner.«

»Was habt ihr denn noch vor? Wo wollt ihr hin?« Anna schlang ihren Arm um Pfeiffers Nacken.

»Ermittlungen«, gab Thiesen in nüchternem Ton zurück. »Das musst du nicht wissen, mein Schatz.«

»Wir müssen in einem illegalen Bordell ein paar Leuten ein bisschen auf die Füße treten«, platzte es aus Pfeiffer heraus. Danach schenkte er seinem Chef ein gehässiges Grinsen.

»Ein Bordell, Hermann! Was hat das zu bedeuten?« Annas Gesicht hatte von einem Moment zum anderen eine knallrote Farbe angenommen. »Was verschweigst du mir?«

»Anna!« Thiesen setzte einen vorsichtigen Schritt vor den anderen. Dabei schickte er eine ganze Salve vernichtender Blicke in Pfeiffers Richtung. »Du glaubst doch wohl nicht, dass ich …«

»Was soll ich denn sonst glauben, wenn ich solche Sachen über dich höre?«

Thiesens Gesicht verfinsterte sich noch ein weiteres Mal. Wobei sich in diesem Moment auch Traurigkeit zur Wut gesellte. »Die toten Frauen scheinen der illegalen Prostitution nachgegangen zu sein, nur für ein Obdach und etwas zu essen.«

Er ging zur Tür und schob den ersten Riegel auf. »Wenn du glaubst, dass es nicht weiter nach unten geht, dann kannst du gerne versuchen, dich in diese armen Geschöpfe hineinzuversetzen.«

Er hatte die Tür ganz geöffnet. Ohne ein weiteres Wort trat Thiesen in den Flur hinaus. Er achtete nicht mal darauf, ob Pfeiffer ihm folgte. Zwei Atemzüge später krachte die Eingangstür ins Schloss.

»Ihr Mann scheint wütend zu sein. Ist vielleicht besser, wenn ich ihm hinterherlaufe.« Pfeiffer hatte fast schon die Wohnungstür erreicht, als Anna ihn stoppte.

»Halt!«

Der junge Kommissar wirbelte regelrecht herum und schaute sie erwartungsvoll an.

»Passen Sie bitte gut auf meinen Mann auf!«

21

»Waren Sie schon mal in solch einem Laden?« Pfeiffer marschierte mit energischen Schritten vorweg, während Thiesen hinter ihm zunehmend langsamer wurde. Das konnte in diesem Fall nicht an seiner Kondition liegen; es musste also andere Gründe haben. »Was ist los?«, erkundigte sich der junge Kommissar und blieb abrupt stehen.

»Ich rede nicht mehr mit Ihnen ... dachte, das hätten Sie mittlerweile gemerkt«. Thiesen schaute seinen Kollegen nicht mal an. »Wer seinen Chef in die Pfanne haut, muss eben auch mit den Konsequenzen leben können.«

»Und wer seinen Kameraden verstößt, obwohl der versucht, alles zu tun, der ...«

»Ist gut! Einigen wir uns auf ein Unentschieden.«

»Was ist jetzt?«, begann Pfeiffer eine ganze Weile später von Neuem. »Kennen Sie sich in solchen Läden aus?«

»Sind Sie noch ganz bei Trost? Ich würde niemals freiwillig und dann am besten noch ...«

»Warum nicht ... es ist bloß ein bisschen Liebe.«

»Also damit hat es vermutlich am wenigsten zu tun.« Thiesen strafte seinen Kollegen mit verständnislosem Blick. »Wenn überhaupt, dann geht es wohl hauptsächlich darum ...«

»... Druck abzulassen!«, vollendete Pfeiffer. »Da könnten Sie recht haben. Aber ich würde gerne wissen, was daran falsch ist.«

»Diese Frage können Sie sich selbst beantworten. Und wenn sich meine Anna mir jahrelang verweigern würde, wäre das für mich noch lange kein Grund ... Niemals!«

»Liebe muss etwas Schönes sein«, sinnierte Pfeiffer vor sich hin, während er nach rechts abbog, um einer schmalen Gasse zu folgen, die fast bis zum Elbufer hinunterführte. »Das kann man sich vermutlich nur vorstellen, wenn man es erlebt hat.«

Jetzt blieb Thiesen plötzlich stehen. Pfeiffer war schon ein ganzes Stück weiter, als er es bemerkte und ebenfalls anhielt. »Was ist los, Chef? Bekommen Sie kalte Füße?«

»Wollen Sie mir etwa sagen, dass Sie noch nie das Gefühl hatten, verliebt zu sein oder richtig geliebt zu haben?« Thiesen stand noch immer wie angewurzelt einfach nur da und musterte seinen Kollegen kopfschüttelnd. »Keine Liebe? Noch nie?«

Pfeiffers Gesicht wirkte nachdenklich. Er schien tatsächlich in den hintersten Winkeln seiner Erinnerungen zu wühlen, um am Ende doch nur zum selben, ernüchternden Ergebnis zu kommen: »Kann mich nicht erinnern, dass es jemals eine gab, für die ich wirklich was empfunden hätte.« Pfeiffers Gesicht wurde immer trauriger. »Wenn ich mir Sie und Ihre Frau anschaue, dann ist das etwas ganz Großes, etwas Wertvolles – dazu die Kinder.«

»Also wünschen Sie sich Liebe?«, bohrte Thiesen weiter, der inzwischen seinen Kollegen eingeholt hatte und mittlerweile direkt neben ihm stand. »Vermutlich haben Sie nur noch nicht die Richtige gefunden.«

»Wäre nett, wenn wir über was anderes reden könnten«, presste Pfeiffer mühevoll heraus. »Sonst werde ich noch schwermütig und liege gleich heulend in Ihrem Arm, Chef. Das wollen Sie bestimmt nicht.«

»Also gab es doch mal eine!«, stellte Thiesen triumphierend fest und klatschte sogar in die Hände. »Sie wollen mir nur nichts darüber erzählen.«

Pfeiffer setzte sich mit hängenden Schultern wieder in Bewegung. Ein Stück entfernt konnten die Kommissare ihr Ziel erkennen: Den Eingang zu einem Lagerhaus. Direkt vor einem breiten Tor standen zwei Muskelprotze, die alles rundherum mit grimmigem Blick im Auge behielten.

»Jetzt wird's ernst«, flüsterte Thiesen, dessen Züge eine gewisse Härte angenommen hatten. »Vergessen Sie nicht: Wir sind keine Polizisten.«

»Wie könnte ich das vergessen?« Pfeiffer griff in seine Tasche und holte zwei Päckchen Zigaretten heraus. Eines davon drückte er seinem Chef in die Hand und schenkte ihm dazu noch ein schiefes Grinsen. »Das sollte reichen, um reinzukommen und falls gewünscht, können Sie dafür auch ...«

»Schlagen Sie sich das aus dem Kopf und denken Sie lieber daran, dass wir im Dienst sind.«

* * *

»Danke, dass Sie so kurzfristig für mich Zeit haben, Major Freeman.« Hans Maler war erst vor ein paar Minuten im Hauptquartier der britischen Besatzungstruppen eingetroffen. Ein junger Lance Corporal hatte ihm einen Eistee serviert und ihn freundlich darum gebeten, noch einen Moment zu warten, bis der befehlshabende Offizier Zeit hatte.

»Ich bin schon einige Wochen auf diesem Posten. Es wurde also höchste Eisenbahn, dass wir uns persönlich kennenlernen«, gab der Major mit starkem Akzent, aber in einwandfreiem Deutsch zurück. »Außerdem hängt es wohl in erster Linie von unserer Zusammenarbeit ab, wie schnell ihr geliebtes Hamburg wieder auf stabilen Füßen steht.«

»Wie kommt es, dass Sie meine Muttersprache derart

perfekt beherrschen?« Hans Maler wusste ganz genau, wie man diesen Briten Honig um den Bart pinselte. Solange man unterwürfig tat und ihnen nicht querkam, hatte man kaum etwas zu befürchten.

»Meine Mutter ist Deutsche, mein Vater Engländer.« Der Major lachte bellend. »Jetzt sitzen meine Eltern in Brighton und ich hier in Hamburg – das ist schon eine komische Welt.« Kurz darauf verfinsterte sich das Gesicht des Offiziers. »Worum geht es, Mister Maler. Am Telefon klang es ja fast so, als ob es um Leben und Tod ginge.«

»Sie haben mir vor einigen Tagen einen neuen Oberkommissar geschickt ...« Maler machte bewusst eine Pause, um seinem Gegenüber Zeit für erste eigene Mutmaßungen zu geben. »... Hermann Thiesen, Sie erinnern sich vielleicht?«

»Natürlich erinnere ich mich! Aber was ist mit Mister Thiesen?« Das Gesicht des Majors hatte sich von einem Moment zum anderen verändert. Plötzlich waren Spuren von Misstrauen und Ablehnung zu erkennen. »Sind Sie nicht zufrieden mit ihm?«

»Seine Arbeit ist nicht schlecht«, haspelte Maler, während er sich in unschuldigem Grinsen übte. »Aber ihm scheint das nötige Feingefühl zu fehlen, wenn Sie verstehen, was ich meine.«

»Ich verstehe nicht!« Major Freeman stemmte sich an seiner Schreibtischplatte hoch und blieb vor einem der Fenster stehen. Kurz darauf gab er seinem Adjutanten ein Zeichen. »Kaffee bitte, schwarz und heiß ... zwei Mal.«

»Thiesen hat eine ganz besondere Art und offensichtlich das seltene Talent, immer wieder den Falschen auf die Füße zu treten«, fuhr Maler überheblich fort. Ihm war anzumerken, dass er mit der vollständigen Geschichte eigentlich nicht herausrücken wollte.

»Sie müssen schon etwas konkreter werden. Sonst weiß ich nicht, wie ich Ihnen helfen soll.«

»Es geht in erster Linie um Prostitution«, begann Maler dann aufs Neue. Seine Stimme klang energischer als noch kurz zuvor. »Ich hoffe, Sie sind sich darüber im Klaren, woher die Freier dieser Damen in erster Linie stammen.«

»Und ob ich mir darüber im Klaren bin, Mister Maler. Die Sache ist mir – wie nennen Sie es so schön? – ein Dorn im Auge, schon seit meinem ersten Tag hier.« Der Major hatte sich umgedreht und musterte Hans Maler, ohne seine offensichtliche Geringschätzung aufwendig zu kaschieren. »Ich werde innerhalb der nächsten Monate diesem Treiben ein Ende bereiten. Und wenn Sie glauben, dass ich Mister Thiesen abziehe, nur weil der – wie haben Sie es genannt? – den Falschen auf die Füße tritt, dann irren Sie sich gewaltig. Er hat meinen Segen. Lassen Sie ihn treten!«

Kurze Zeit später stand Hans Maler auf und musterte den Major, der schon eine ganze Weile aus dem Fenster schaute, von hinten. Er überlegte noch, ob es sinnvoll wäre, ein paar Dinge aus der Luft zu greifen, die Thiesens Reputation nachhaltig beschmutzen könnten. Aber es stand zu befürchten, dass der britische Offizier auch alle anderen Vorwürfe mir nichts, dir nichts vom Tisch wischte. Womöglich würde er mit solchen Aktionen höchstens noch Thiesens Position stärken, statt ihn zu schwächen oder gar seine Entlassung herbeizuführen. »Eine letzte Frage hätte ich noch, Major Freeman.«

Der Offizier drehte sich um und schaute Hans Maler erstaunt an. Er nickte nur und mühte sich um ein verhältnismäßig freundliches Lächeln.

»Warum ist Ihre Wahl ausgerechnet auf Hermann Thiesen gefallen? Es gab einige Bewerber, die weit mehr Erfahrung mitgebracht hätten. Insbesondere, was Mord betrifft. Trotzdem haben Sie ihn vorgeschlagen und ich bin Ihrem Vorschlag selbstverständlich gefolgt. Hatte das besondere Gründe?«

»Fragen Sie ihn doch einfach selbst! Wenn er will, wird er es Ihnen erzählen.«

»Ich habe ihn gefragt. Aber er wollte es mir nicht verraten.«

»Dann wird er seine Gründe dafür haben.« Major Freeman lächelte vielsagend. »Vertrauen Sie mir, Mister Maler. Thiesen ist der Richtige für diesen Job.«

22

Wie ein Häufchen Elend stand Hermann Thiesen vor einem der beiden Kleiderschränke, die den Eingang zum Lagerhaus bewachten. Erst nachdem er sein Zigarettenpäckchen emporgehalten und dem Muskelprotz in die Hand gedrückt hatte, kam Bewegung in die Sache. Pfeiffer unterhielt sich derweil mit dem zweiten Kerl über einen Boxkampf, der schon in Kürze anstand und dem jeder mit Spannung entgegenfieberte. Immerhin ging es dabei um die deutsche Meisterschaft, die zwischen Hein ten Hoff und dem Titelverteidiger Walter Neusel entschieden wurde. Mittlerweile schien es so, als wollten die beiden Männer selbst einen Kampf ausfechten, bei dem der Türsteher zweifellos den Kürzeren gezogen hätte.

Thiesen musterte seinen Kollegen kopfschüttelnd und versetzte ihm unauffällig einen Stoß in die Seite. Pfeiffer schaltete sofort um und klopfte ihm im Gegenzug auf die Schulter. »So, Hermann! Ich kann es gar nicht erwarten, die ganzen hübschen Mädchen zu sehen.« Er schob seinen Chef vor sich her und lachte immer noch, selbst nachdem die beiden das schwere Schiebetor lange hinter sich gelassen hatten.

»Hermann?« Thiesen schaute zu Pfeiffer hoch und tadelte ihn mit Blicken.

»Was soll ich denn sagen? So, Oberkommissar Thiesen ... dann nehmen wir den Laden mal genauer unter die

Lupe.« Pfeiffer grinste schräg. »Ist Ihnen das vielleicht lieber?«

»Natürlich nicht! Irgendwas dazwischen, am besten …« Thiesen hielt abrupt inne. Die Szenerie rundherum hatte ihm im wahrsten Sinne des Wortes die Sprache verschlagen. Vor den Polizisten tat sich eine seltsame Welt auf, die auf den ersten Blick wie ein Feldlazarett mitten im Krieg wirkte. Kreuz und quer verteilt standen Betten herum, darüber Eisenstangen, an denen schmutzige, teilweise blutverschmierte Vorhänge baumelten, mit deren Hilfe man ungebetene Zuschauer aussperren konnte. Auf einigen der Betten saßen Frauen in eindeutiger Pose. Auf anderen dagegen tatsächlich Kranke oder Schwerverletzte, denen in den meisten Fällen Gliedmaßen fehlten. Neben einem großen Stapel Holzkisten stand ein einzelnes Bett, in dem ein Mann lag, der beide Beine und einen Arm verloren hatte. Keiner kümmerte sich um den armen Teufel; er stöhnte ununterbrochen oder murmelte im Fieberwahn wirres Zeug vor sich hin. Überall in den schmalen Gängen liefen Dutzende von Männern umher, die vermutlich nicht gekommen waren, um den Verletzten Trost oder gar Hilfe zu spenden. Vielmehr schienen diese seltsamen Gestalten Interesse an einigen speziellen Betten zu haben, um die herum man sorgfältig Vorhänge gespannt hatte. Thiesen schaute nach rechts auf eines dieser absonderlichen Separees, aus dem dumpfes Stöhnen ertönte. Ein Stück weiter links flatterten die dünnen Vorhänge vor einer anderen Nische, als wehte in der Halle eine steife Brise. Thiesen erkannte eine Uniformjacke, die an einer Stange davor hing. Wenn er sich nicht irrte, dann handelte es sich dabei um die Uniform eines britischen Offiziers.

Pfeiffer tippte seinen Chef von der Seite an und deutete eine Treppe nach oben, die zwei andere Soldaten gerade hinunterstiegen. Schon auf den ersten Blick war zu erkennen, dass auch im nächsten Stockwerk ein ähnliches, vielleicht sogar noch schlimmeres Bild auf die Kommissare wartete.

»Das kann doch nicht sein«, flüsterte Thiesen und schaffte es nicht, danach seinen Mund wieder zu schließen. »Ich hab ja viel erwartet, aber das ...«

»Die scheinen ihr Geschäft zwischenzeitlich auch auf die untere Etage ausgedehnt zu haben«, stellte Pfeiffer in ungläubigem Ton fest. »Anscheinend fühlen sie sich so sicher, dass sie auf jegliche Tarnung verzichten.« Kaum hatte der junge Kommissar das letzte Wort gesprochen, da hielt er einen hageren, ungepflegten Kerl an, der sich unbemerkt an ihm vorbeischieben wollte. Der baumlange Polizist hatte den Tunichtgut an der Jacke gepackt und schüttelte ihn kräftig. »Was ist da oben anders als hier unten? Los, Kalle, rede mit mir!«

Der hagere Mann schaute angsterfüllt die Stufen empor und schwieg eisern, bis Pfeiffer ihm mit der Faust drohte. »Da oben sind ...« Erneut kurzes Zögern. Dieser Kalle sah sich in alle Richtungen gleichzeitig um, als hätte er vor irgendetwas oder irgendjemandem panische Angst. »... da sind auch haufenweise Frauen, weiter hinten sogar Männer.«

Pfeiffer ließ den Kerl so abrupt los, dass der beinahe in eines der leeren Betten gekracht wäre. Kurz darauf raste der Tunichtgut in Richtung Ausgang davon. Bevor er das Schiebetor erreicht hatte, blieb er jedoch stehen und drehte sich noch mal zu den beiden Polizisten um.

»Hoffentlich verrät uns der Typ nicht«, zischte Thiesen, ohne dabei das Tor aus den Augen zu lassen. »Wenn das passiert, dann haben wir vermutlich schlechte Karten.«

»Nen Teufel wird er tun, Chef. Ich kenne Kalle seit Jahren, der hat nichts anderes als sich selbst und Schnaps im Sinn.«

Thiesen machte zwei Schritte zur Seite, um zur Hälfte hinter einem der Vorhänge zu verschwinden. Das leere

Bett dahinter war schmutzig, mehr noch, es hatte sicherlich seit Monaten keine frische Wäsche gesehen. In der Mitte des Lakens waren so viele Flecken zu erkennen, dass man keinen einzelnen mehr ausmachen konnte. Das nächste Bett, direkt daneben, war mit dunkleren Flecken übersät, vermutlich Blut, dessen Farbe schon zu verblassen begann.

»Was wollen wir tun, Chef?« Pfeiffer schaute sich ratlos um. In diesem Moment marschierten zwei potenzielle Freier, die saubere Hemden und gebügelte Hosen trugen, schnurstracks auf ihn zu. Kurz vor ihm wichen die beiden allerdings aus und musterten ihn im Vorübergehen mit vorsichtigen Blicken. Entweder sie kannten Pfeiffer oder hatten einfach nur Angst, weil der junge Kommissar sie um mehr als eineinhalb Köpfe überragte.

»Ich will mich noch ein bisschen umschauen«, flüsterte Thiesen seinem Kollegen zu. »Heute können wir hier ohnehin nicht viel ausrichten. Es geht um Informationen, verstehen Sie? Zunächst nicht mehr als Informationen.« Als Thiesen sich kurz darauf wieder Richtung Schiebetor umdrehte, zuckte er regelrecht zusammen. »Ihr Kalle scheint übrigens doch mehr als Schnaps im Sinn zu haben«, quetschte er in nüchternem Ton heraus. Zwei Atemzüge später hielt er seine Pistole in der Hand. »Sie sollten sich warmboxen, Kollege.«

Einer der Kleiderschränke eilte mit langen Schritten auf die beiden Polizisten zu. Ein kleines Stück dahinter folgte der zweite Fleischberg. Um den Eingang zur Halle müssten sich kurzzeitig andere kümmern.

»Was soll ich tun, Chef?« Pfeiffer schien keine Angst zu haben, sondern pochte auf Thiesens Einverständnis, sich wehren zu dürfen.

»Machen Sie einfach, was nötig ist! Notfalls schieße ich den Kerlen ins Bein.«

Es lagen nur noch ein paar Meter zwischen den Männern, als die beiden Muskelprotze abrupt stoppten. Einer griff in seine Tasche. Als Thiesen mit seiner Pistole fuchtelte, kehrte die Hand allerdings leer daraus zurück.

»Was wollt ihr?«, fauchte der andere. »Seid ihr lebensmüde, oder was?«

Pfeiffer stand noch immer in Habachtstellung, die Fäuste erhoben und bereit, sie im Notfall gnadenlos einzusetzen. Thiesen hingegen machte ein paar Schritte nach vorne, ließ aber genug Platz zwischen sich und den Fleischbergen, um – falls es keine andere Möglichkeit mehr gab – noch schießen zu können.

»Ich will euren Chef sprechen, sofort!« Der Oberkommissar hatte beschlossen, die Flucht nach vorne anzutreten. Die zwei hirnlosen Kleiderschränke könnten ihnen ohnehin nicht weiterhelfen. Bei solchen Dingen musste man am Kopf anfangen und nicht seine Zeit mit dem Schwanz vergeuden.

»Das wird dem Boss nicht gefallen«, bemerkte der zweite Muskelprotz mit schrägem Grinsen. »Ihr wartet hier!«

Pfeiffer hatte sich unterdessen ein wenig entspannt und zumindest die Fäuste sinken lassen. Stück für Stück rückte er mit kleinen Schritten an Thiesens Seite, um dem unbemerkt etwas mitzuteilen. »Die wissen ganz genau, dass wir Polizisten sind, sonst hätten die …«

»Das ist mir auch klar, Sie Schlauberger!«

»Außerdem haben wir anscheinend in ein Wespennest gestochen, Chef. Wäre schön, wenn wir hier ohne Stich wieder rausmarschieren.«

Thiesen nickte nur und warf seinem Kollegen einen beruhigenden Blick zu. Er hatte tatsächlich keine Angst, denn er war davon überzeugt, dass es kein Unterweltboss – und sei er noch so mächtig – riskieren würde, am helllichten Tag zwei Polizisten anzugreifen, geschweige denn, die zu erschießen. »Wir sind hier, um zu reden und nicht, um herumzuballern. Machen Sie sich keine Sorgen ... wird schon gutgehen.«

Es dauerte ein paar Minuten, bis einer der Hünen zurückkehrte. Statt etwas zu sagen, wedelte der Kerl nur aufgeregt mit den Armen, bis die Kommissare sich endlich in Bewegung setzten. Es ging die Treppe hoch ins Obergeschoss, vorbei an endlosen Reihen von Betten, in denen tatsächlich zahllose Frauen ihre Dienste anboten. Seltsam war nur, dass keine davon unglücklich wirkte. Thiesen kannte die Verhältnisse auf dem Straßenstrich und wusste ansatzweise, wie die langfristigen Auswirkungen von Hunger-Prostitution aussahen. Solche Frauen waren dem Tode häufig näher als dem Leben und registrierten es vermutlich kaum noch, wenn ein Freier viel zu brutal über sie herfiel und am Ende halb tot schlug. Aber hier war es anders. Die meisten der Frauen sahen wohlgenährt aus. Manche lachten oder scherzten sogar miteinander.

Pfeiffer ließ sich ein kleines Stück zurückfallen und ging jetzt direkt neben seinem Chef. »Können Sie mir mal sagen, was das ist? Für manch eine dürfte das wie das Paradies aussehen«, schickte er noch lachend hinterher.

»Auf jeden Fall passt es zu unseren toten Frauen«, gab Thiesen in nachdenklichem Ton zurück. Danach stutzte er; sie hatten die letzte Bettenreihe erreicht. Hier saßen befremdlich wirkende Männer, die tuntenhaft gekleidet und teilweise sogar geschminkt waren. Ihre Fingernägel waren lackiert, die meisten hatten sich überdies noch – vermutlich mit Watte – Brüste ausgestopft und stellten die auch zu allem Überfluss wackelnd zur Schau.

Bevor einer der Kommissare diese seltsame Szenerie kommentieren konnte, ging es scharf nach rechts. Eine weitere, noch schmalere Treppe folgte, an deren Ende sich eine stabile Tür auftat. Der Muskelprotz vor Pfeiffer klopfte zweimal und kurz darauf ein drittes Mal. Vermutlich eine Art Code. Es verging jedoch eine Weile, bis sich ein Schlüssel laut hörbar in der Tür drehte. Sie schwang auf und ein weiterer Fleischberg schaute argwöhnisch die Stufen hinab. Nach einer wortlosen Unterhaltung mit seinem Kollegen trat er einen Schritt zurück und ließ die drei Männer passieren. Ein paar Schritte weiter standen die beiden Kommissare nur mit offenem Mund da und schüttelten synchron die Köpfe. Sie hatten vieles erwartet, aber dieser Anblick übertraf selbst ihre kühnsten Erwartungen.

23

Zurück in seinem Büro hatte Hans Maler sofort zum Telefonhörer gegriffen. Dieses erste Gespräch mit Major Freeman wollte ihm gar nicht mehr aus dem Kopf gehen. In seiner Fantasie potenzierten sich die Sorgen im Minutentakt. Zu allem Überfluss hatte es dann auch noch Ewigkeiten gedauert, bis endlich eine Telefonverbindung mit seinem Besucher vom Morgen zustande kam. »Du solltest dich lieber beeilen, Konrad … wir müssen schnell handeln, ansonsten können wir uns die Sache irgendwann sparen.« Maler machte eine kurze Pause und keuchte nur noch. »Was macht die Geschichte mit unserem Opferlamm … hat sich schon eines gefunden?« Wieder herrschte ein Moment Schweigen. »Thiesen entwickelt sich langsam zu einem ausgewachsenen Problem.«

»Wenn dein bissiger Terrier nicht bald zur Vernunft kommt, dann werde ich ihm noch ganz andere Leute auf den Hals hetzen. Anscheinend hat die kleine Zurechtweisung von gestern nicht geholfen.« Konrad Kramer schnaubte geräuschvoll. »Ich hab die Schnauze voll! Wenn du nicht mal deine eigenen Leute unter Kontrolle halten kannst, solltest du vielleicht lieber …«

»Vorsicht! Ich bin nicht der Einzige in diesem Spiel, der etwas zu verlieren hat. Und wenn du meinst, dass du hier wilde Sau spielen kannst, dann lernst du mich mal von einer ganz anderen Seite kennen.« Hans Maler kam nur selten derart aufbrausend daher. Aber wenn es einer schaffte, ihn restlos aus der Reserve zu locken, dann musste der sich zweifellos auf etwas gefasst machen. »Und wenn du es genau wissen willst: Ich habe auch die Schnauze voll!«

Das Schweigen am anderen Ende der Leitung deutete darauf hin, dass diese Botschaft angekommen war.

»Als ich Pfeiffer an Thiesens Seite gesetzt habe, hielt ich das noch für eine gute Idee.« Hans Maler unterstrich seine Feststellung mit einem freudlosen Lachen. »Es ist verrückt, aber mittlerweile überflügeln sich die beiden gegenseitig, was Ehrgeiz und Tatendrang angeht.«

»Was ist, wenn wir die zwei aus dem Verkehr ziehen? Ich rede von einer endgültigen Lösung. Schnell und sauber!«

»Ich halte das für keine gute Idee.«

»Und warum nicht? Hast du nur Angst um deinen Arsch oder steckt mehr dahinter?«

»Ich war heute bei Major Freeman – praktisch mein Antrittsbesuch.« Maler stöhnte genervt, was eigentlich schon genug über das Ergebnis dieses Besuchs aussagte. Trotzdem schickte er eine Erklärung hinterher: »Der dämliche Engländer scheint nicht in unser schönes Hamburg gekommen zu sein, um sich Freunde zu machen. Außerdem hat er mir, was Thiesen betrifft, einen Maulkorb verpasst. Mir sind die Hände gebunden ... verstehst du?«

»Wenn sich deine Kettenhunde nicht mit unserem Opferlamm zufriedengeben, dann bekommen sie beide ihren Gnadenschuss. So oder so ... in zwei Tagen ist die Sache ausgestanden. Basta!«

»Hast du schon jemanden gefunden, der bereit ist, die Schuld auf sich zu nehmen?« Hans Maler klang eiskalt. Das Schicksal dieses Lebensmüden schien ihm völlig gleichgültig zu sein.

»Noch nicht! Aber ich treffe mich gleich mit meinen

Leuten. Die haben immer irgendein armes Schwein, das nichts mehr zu verlieren hat.«

»Außer seinem Leben!«, protestierte Maler lachend. »Und darauf wird es am Ende garantiert hinauslaufen.«

* * *

Noch immer standen die Kommissare mit großen Augen mitten in diesem Hinterzimmer, das allerdings die Ausmaße einer halben Bahnhofshalle hatte. Rechts und links waren Spieltische zu sehen, auf deren grünem Filz vermutlich nicht mal ein Staubkorn zu finden wäre. Davor reihte sich edles Gestühl, mit Sitzkissen aus echtem Leder; die Lehnen sorgsam poliert, die Ränder mit Messing beschlagen. Hier wurde zu späterer Stunde Roulette gespielt, wahrscheinlich auch Poker und weitere Glücksspiele, deren Namen Thiesen nicht einmal zu nennen wusste. Seit Anfang der Vierziger gab es drüben in Amerika einen Ort mitten in der Wüste. Dort schossen riesige Hotels mit ebenso pompösen Casinos wie Pilze aus dem Boden. Während Europa zum größten Teil in Trümmern lag, sprach man auf der anderen Seite des Großen Teichs vom Wirtschaftswunder, das – durch munter sprudelnde Mafia-Gelder finanziert – rasant Fahrt aufnahm. Und seitdem man dort das Glücksspiel mancherorts legalisiert hatte, träumte fast jeder kleine Mann vom schnellen Glück, um seinem bescheidenen Dasein zu entkommen. Thiesen grübelte und grübelte, kam jedoch nicht auf den Namen des Ortes. Irgendwo mitten in der Wüste, in einem Staat namens Nevada, glaubte er sich zu erinnern.

»Hier sieht es ja wie in Las Vegas aus«, zischte Pfeiffer und gab seinem Chef einen sanften Stoß mit dem Ellenbogen. »So was habe ich noch nie in meinem Leben gesehen.«

»Danke!«

»Wofür?«

Bevor Thiesen antworten konnte, öffnete sich eine Tür am gegenüberliegenden Ende des Raums. Ein schmalschultriger Mann trat heraus, gefolgt von zwei weiteren Gorillas, vermutlich seiner Leibgarde. »Setzen Sie sich doch, meine Herren! Möchten Sie Kaffee ... oder lieber etwas Stärkeres?« Der Mann wirkte keineswegs nervös, vielmehr übertrieben gelassen. Mit seinen pomadigen Haaren, seinem maßgeschneiderten Anzug und den blank polierten Schuhen hätte er ohne Weiteres in dieses Las Vegas und die bunte Welt dort gepasst. »Bitte ... nehmen Sie doch Platz. Was darf ich Ihnen anbieten?«

Pfeiffer wollte sich schon auf einem der Stühle niederlassen, als Thiesen, der noch immer wie angewurzelt neben einem der Roulettetische stand, ihn mit einem lauten Räuspern davon abhielt. »Sie nehmen es uns hoffentlich nicht übel«, begann der Oberkommissar mit ruhiger Stimme, »aber uns ist nicht unbedingt nach Feiern zumute.«

»Wonach dann?«, erkundigte sich der Mann, der mittlerweile vor einem anderen Spieltisch saß und sich in einer selbstgefälligen Miene übte. »Ich hoffe, Sie sind nicht gekommen, um Probleme heraufzubeschwören.«

»Das hängt in erster Linie von Ihnen ab.«

Der Mann richtete sich ein kleines Stück auf und schaute zu einem seiner Gorillas empor, der sich neben ihm aufgebaut hatte. Das Lächeln war aus seinem Gesicht verschwunden und ehrlicher Skepsis gewichen. »Für Sie muss das alles etwas befremdlich wirken, Herr Thiesen. Und Ihr Kollege Pfeiffer findet vermutlich auch nicht so schnell eine Erklärung, richtig?«

Einen Moment lang füllte bleiernes Schweigen den ganzen Raum. Einer der Muskelprotze schien erkältet zu sein, denn man hörte jeden seiner Atemzüge.

»Wenn Sie unseren Namen kennen, dann wissen Sie auch, weshalb wir gekommen sind«, erwiderte Thiesen völlig unbeeindruckt. Jetzt ließ er sich doch auf einem der Stühle nieder, um seine Gelassenheit zu unterstreichen. »Und falls Sie tatsächlich so gut informiert sind, wie es scheint, dann ist Ihnen auch klar, wonach wir suchen.«

Der Mann nickte nur. Kurz darauf folgte eine Geste, mit der er Thiesen zum Weiterreden animierte.

»Mir ist es im Prinzip völlig schnuppe, was Sie hier veranstalten.« Der Oberkommissar ruderte mit den Armen und zeigte nacheinander auf die Spieltische, die lange Bar und ein paar erlesene Polstermöbel, die zu später Stunde vermutlich nicht nur als Sitzgelegenheiten fungierten. »Es geht um drei tote Frauen – offensichtlich Huren – und darum, deren Mörder zu finden. Alles andere ist mir in diesem Moment egal, wenn Sie verstehen ...«

»Und wie lange bleibt das so?«, erkundigte sich der Mann, dessen Lächeln plötzlich zurückgekehrt war. »Wie lange ist es Ihnen egal, was hier passiert?«

Thiesen schwieg zunächst. Er musste tatsächlich überlegen, ob er – nach diesem Blick in eine teilweise unfassbare Halbwelt – einfach so wieder zur Tagesordnung übergehen könnte. Aber wem half es denn, wenn sie diesen Laden hochgehen ließen? Danach würden sich viele Frauen und auch deren Kinder auf der Straße wiederfinden. Ohne Nahrung, ohne Obdach ... ohne jegliche Hoffnung auf Besserung. Wer diesen armen Kreaturen tatsächlich helfen wollte, der musste behutsam vorgehen. Alles zu zerschlagen und sich hinterher für ein paar Tage als Held feiern lassen, machte kaum Sinn. Gerade dann nicht, wenn das Elend noch viel größer war als zuvor.

»Was ist, Herr Thiesen? Sagen Sie mir, was Sie wollen, und ich werde alles tun, was in meiner Macht steht.«

»Die toten Frauen ... haben die für Sie gearbeitet?« Thiesen hatte beschlossen, in die Offensive zu gehen. Es machte keinen Sinn, lange um den heißen Brei herumzureden. »Wir sind uns sicher, dass eine oder zwei davon schwanger waren – vielleicht sogar alle drei. Das war nur eine Vermutung, aber die könnte dazu dienen, das Grauen noch eindrucksvoller zu dokumentieren. Außerdem ...«

Der Oberkommissar hatte sich wieder erhoben und stapfte seinem Gesprächspartner mit vorsichtigen Schritten entgegen. Die Gorillas an dessen Seite richteten sich auf und nahmen bedrohliche Haltung an. Auch Pfeiffer setzte sich eilig in Bewegung. Kurz darauf kam er an der Seite seines Chefs an, um den im Ernstfall vor Angriffen zu schützen. »... wenn Sie unsere Namen kennen, dann wüsste ich Ihren auch gerne.« Thiesen grinste viel zu breit. »Oder haben Sie etwa keinen Namen?«

Völlig überraschend erhob sich der Mann aus seinem Stuhl und bremste seine beiden Bewacher mit einer knappen Handbewegung aus. Er machte ein paar lange Schritte, bis er direkt vor Thiesen stand. »Nennen Sie mich Bruno ... einfach nur Bruno, wenn's genehm ist.« Der Mann streckte seine Hand aus und wartete brav, bis sein Gegenüber bereit war, die zu packen und zu schütteln. Auch Pfeiffer schlug vorsichtig ein, übte sich jedoch weiterhin in Schweigen. Was diese brenzlige Situation anging, so war sein Chef der einzig Richtige, um die Verhandlungen zu führen. Hier handelte es sich um eine Gratwanderung, die in jede Richtung weiterverlaufen könnte. Auch steil nach unten!

»Gut ... Bruno!« Zum ersten Mal, seitdem die Kommissare diesen Raum betreten hatten, wirkte Thiesen verunsichert. Auch dieser Bruno schien frontal auf die Sache zugehen zu wollen. Ein überraschender Gegenangriff, den er so schnell wie möglich parieren musste, um die Kontrolle über dieses Gespräch zu behalten. »Was ist jetzt? Haben diese Frauen für Sie gearbeitet und mussten sterben, weil sie plötzlich schwanger waren und kein Geld mehr verdienen konnten?«

»Natürlich! Und genau deshalb stehen wir auch hier und unterhalten uns wie zivilisierte Leute darüber.« Bruno drehte sich um, weil sich die Tür hinter ihm ein weiteres Mal öffnete. Eine Frau mittleren Alters, mit Gesten und Habitus einer Adligen, trat ein und schwebte auf die Männer zu. Bevor sie noch näher kam, fuhr Bruno eilig flüsternd fort: »Sie müssen verrückt sein, Herr Thiesen. Ich habe mit diesen Morden nichts zu tun. Wenn überhaupt, dann möchte ich Ihnen helfen, die Verantwortlichen zu finden.«

Der Mann verstummte abrupt, weil die Frau neben ihm angekommen war und die Kommissare neugierig musterte. »Darf ich fragen, wer Sie sind?«, erkundigte sie sich in höflichem, fast aristokratischem Ton. »Mein Mann hat doch nicht wieder etwas angestellt?«

24

Konrad Kramer hatte sich am Rande des Schwarzmarkts verabredet. Eilig waren die beiden Männer danach in einem Hauseingang verschwunden, hinter dem ein halber, weitestgehend unversehrter Raum lag. Überall standen Kisten herum, in denen Zigaretten, Schnaps und andere Luxusgüter darauf warteten, von fliegenden Händlern unters Volk gebracht zu werden. Aber deshalb hatten sich die Männer hier nicht getroffen. Es ging um etwas anderes: Mord, um es genau zu sagen.

»Ich habe niemanden umgebracht«, protestierte der völlig abgemagerte Mann, dessen Falten sich wie tiefe Furchen durch sein Gesicht zogen. Seine Lippen zitterten, als er sich eine Zigarette dazwischenschob und anzündete. »Warum soll ich gestehen, dass ich jemanden getötet hab?«

»Vielleicht, weil es deiner Frau und deinen Kindern danach an nichts mehr mangeln wird«, schlug Kramer vor. Er klappte seinen Kragen hoch und zog seinen Hut ein Stück tiefer ins Gesicht. Obwohl es Mai war, wurde es an manch einem Nachmittag immer noch empfindlich kalt. »Meine Leute haben mir erzählt, dass letzten Monat einer deiner Söhne verhungert ist. Und wenn ich richtig informiert bin, dann steht der Rest deiner Familie auch unmittelbar davor.« Kramer schob seinen Hut wieder ein Stück nach oben und zeigte ein unpassendes Grinsen. »Willst du das etwa, Erwin? Du heißt doch Erwin, oder?«

Zuerst nickte dieser Erwin eifrig. Kurz darauf schüttelte er allerdings den Kopf und lachte, dabei präsentierte er eine Handvoll schwarzer Stummel hinter den spröden Lippen. »Ich will, dass es meiner Familie gut geht.« Urplötzlich veränderte sich sein Gesicht dramatisch. »Aber drei Morde ... dafür lande ich doch am Galgen. Die Tommys fackeln nicht lange – wenn ich mich stelle, hängen die mich noch am selben Abend auf. Garantiert!«

»Nicht, wenn sie dich für unzurechnungsfähig halten«, erwiderte Kramer und nickte bedeutungsschwer. »Du musst es nur einigermaßen geschickt anstellen, dann landest du vermutlich nur in einer Klapsmühle und im schlimmsten Fall für ein paar Jahre im Kittchen.«

»Und wenn nicht?«

Diese Frage stand eine ganze Weile im Raum. Erwin wollte nachsetzen, als Kramer von Neuem begann: »Ich will darüber nicht mit dir diskutieren! Wenn du nicht willst, dann lass es ... aber ich werde keine Träne vergießen, wenn du deinen nächsten Sohn im Wald verscharren musst, weil du dir nicht mal eine vernünftige Beerdigung leisten kannst.«

»Und du kannst mir garantieren, dass meine Familie hinterher ...?«

»Kann ich!« Kramer machte einen Schritt zurück, zog eine Stange Zigaretten unter seinem Mantel hervor und drückte sie Erwin in die Hand. »Das ist ein kleiner Vorgeschmack. Ich will bis heute Abend wissen, ob du es machst.«

»Ich würde gerne noch ...«

»Verschwinde! Bis Mitternacht will ich von dir wissen, was Sache ist.«

* * *

»Die Frau sieht wie eine Gräfin oder Prinzessin aus«, flüsterte Pfeiffer seinem Chef zu. Direkt nach ihrem Auftauchen hatte die Dame des Hauses ihre unerwarteten Besucher um fünf Minuten Geduld gebeten. Danach war sie, gemeinsam mit ihrem Mann, in ein Nebenzimmer verschwunden. Seither saßen die beiden Kommissare vor einem der Roulettetische und warteten gespannt auf die Entwicklungen. Einer der Kleiderschränke stand ein Stück entfernt und starrte Löcher in die Decke.

»Mir ist es völlig egal, wie die Frau aussieht«, zischte Thiesen zurück. »Aber selbst in dieser Welt scheint es nicht anders als bei Hans und Erna Klein zu sein – hier hat auch die Frau die Hosen an.«

»Wer sind denn Hans und Erna Klein?«, erkundigte sich Pfeiffer mit gerunzelter Stirn.

»Das war nur ein Beispiel, Sie ...« Thiesen musste abrupt innehalten, weil die Tür zum Nebenzimmer aufsprang. Wie erwartet trat zuerst die Dame des Hauses heraus, gefolgt von ihrem Bruno, der in diesem Moment eher wie ein Hündchen, als wie der Mann von Welt wirkte. Nachdem die beiden vor den Kommissaren standen, waren die ersten Worte der Frau gleichzeitig auch die letzte Bestätigung der vermuteten Rollenteilung: »Ich mache es kurz, meine Herren: Wir werden mit Ihnen kooperieren und Sie bei Ihrer Suche nach den Mördern unterstützen, wo wir nur können.«

Thiesen hätte sich fast an seinem Bohnenkaffee verschluckt und schaute die Frau mit großen Augen an. Es dauerte eine ganze Weile, bis ihm eine erste Frage einfiel: »Darf ich fragen, mit wem wir es zu tun haben?«

»Mein Name ist Magda Rosner. Meinen Mann kennen Sie ja.« Sie deutete auf Bruno, der lediglich ein gezwungenes Lächeln zustande brachte. »Und jetzt möchte ich Sie bitten uns zu folgen. Es gibt scheinbar ein paar Dinge, die Sie missverstanden haben, und ich würde gerne ...«

»Missverstanden!«, empörte sich Thiesen, während er

hinter den Rosners herschlurfte. Es ging durch einen weiteren Ausgang am hinteren Ende. Danach eine Treppe hinunter und eine andere steil empor. Thiesen war irgendwann völlig außer Atem. Das lag vermutlich auch am Hunger, der an seinen Eingeweiden nagte. Seitdem er wieder regelmäßig etwas aß – und sei es nur dünne Kohlsuppe –, verlangte sein Körper immer häufiger Nachschub.

Bevor der Oberkommissar mit seinem Protest fortfahren konnte, öffnete sich eine weitere Tür, hinter der sich eine ganz andere Welt auftat. Anstelle von Spieltischen, edlem Mobiliar und Luxus en gros warteten hier reihenweise Betten, von denen kein einziges leer war. Eine hochschwangere Frau lag neben der anderen. Jede davon stand vermutlich kurz davor, ein neues Leben in diese grausame Welt zu setzen. Einen neuen Erdenbürger, den auch nur Hunger und Verzweiflung erwarteten.

Thiesen und Pfeiffer waren vor zwei riesigen Fenstern stehen geblieben, hinter denen sich unzählige kleine Kinderbetten befanden. Zwei junge Frauen in weißen Kitteln kümmerten sich um den Nachwuchs. Als eine davon auf die Kommissare aufmerksam wurde, schenkte sie Pfeiffer ein Lächeln und wurde sogar ein bisschen rot.

»Vergessen Sie nicht, dass wir im Dienst sind!«, mahnte Thiesen seinen Kollegen. Danach schaute er die Rosners eine Weile wortlos an. Noch bemühte sich sein Verstand darum, eine Erklärung für diese seltsamen Zustände zu finden. »Können Sie uns bitte verraten, was hier vor sich geht?«

»Mein Mann und ich hatten vor dem Krieg eine ganze Reihe von Lagerhäusern und sogar eine Reederei«, begann Magda Rosner leise. Von ihrer bisher zur Schau gestellten Selbstsicherheit war nur noch wenig übrig. »Die Nazis haben uns alles weggenommen, aber nach Kriegsende konnten wir …«

»Dann sind Sie beide ...?«

»Halbjuden!«, vollendete Bruno mit gequälter Miene. »Es hat fast unser gesamtes Vermögen gekostet, um jeden zu bestechen und auf freiem Fuß zu bleiben. Hätte der Krieg nur ein paar Monate länger gedauert, wären wir vermutlich auch ...«

Thiesen hob die Hand und lächelte entschuldigend. Er kannte all diese Geschichten und wusste nur zu gut, wie viele es nicht geschafft hatten. Aber dies war nicht der richtige Zeitpunkt, um in alten Wunden zu bohren. »Mein Kollege und ich haben den Mord an drei Frauen aufzuklären«, begann er etwas lauter als notwendig. »Ich würde dennoch zuerst gerne wissen, was das hier sein soll.« Er deutete auf die Betten, die umherwieselnden Schwestern und zuletzt hinter sich, auf die Säuglingsstation. »Was hat das alles zu bedeuten?«

Magda Rosner machte zwei Schritte nach vorne, direkt vor die beiden Kommissare, die sie abwechselnd anschaute. In ihren Augenwinkeln schimmerten Tränen, und sie schien alle Kraft zusammennehmen zu müssen, um überhaupt ein Wort herauszubringen: »Ich habe alles verloren«, begann sie mit zitternder Stimme. »Nur meine Menschlichkeit, die konnte mir keiner nehmen. Niemals!«

»Dann sind das also nicht alles nur ...?« Zum ersten Mal war es Pfeiffer, der nicht mehr an sich halten konnte und jetzt ebenfalls auf all die schwangeren Frauen zeigte.

»Es sind sicher ein paar besondere Damen dabei«, erklärte Bruno, ohne erkennbare Gefühlsregung. »Das macht für uns keinen Unterschied. Wenn wir helfen können, dann helfen wir. Aber wie Sie sehen, sind auch unsere Kapazitäten begrenzt. Leider!«

»Und was ist mit den Frauen, die hier, in Ihrem Paradies, für Geld ihren Körper verkaufen?«, setzte Thiesen mit giftiger Stimme nach. »Können Sie uns das auch erklären?«

»Wäre es Ihnen lieber, sie würden auf der Straße stehen oder in finsteren Ruinen dafür sorgen, dass ihre Familien etwas zum Essen haben?« Bruno hatte sich selbst in Rage geredet. »Sagen Sie schon, Herr Thiesen ... wäre Ihnen das lieber?«

»Wir versuchen alles, um so vielen Menschen wie möglich zu helfen«, warf Magda Rosner dazwischen und schaffte es, die angespannte Stimmung damit ein wenig aufzulösen. »Essen, medizinische Versorgung, Kleidung, Schuhe ...«

»Wir haben es verstanden!«, unterbrach Thiesen. Er ärgerte sich über sich selbst. Hauptsächlich darüber, dass er oft genug viel zu voreilig urteilte und sich auf seinen ersten Eindruck verließ. Trotzdem blieb die Frage offen, inwieweit ihnen das Ehepaar Rosner bei ihren Ermittlungen behilflich sein könnte. »Was ist mit den drei toten Frauen?«

»Es sind Tausende jeden Monat«, erwiderte Magda Rosner mit müder Stimme. »Wie sollten wir uns da an ein paar Einzelne erinnern?«

»Außerdem sehen wir die wenigsten davon!«, fügte Bruno eilig hinzu. »Unsere Aufgabe ist es, dafür zu sorgen, dass wir den Menschen etwas Essbares und Hilfe bieten können. Das ist schon schwer genug!«

»Und wie sieht dann Ihre angebotene Hilfe aus, wenn es um unseren Mordfall geht?«

Die Rosners zuckten kollektiv mit den Schultern und lächelten. Thiesen trat immer noch ungeduldig von einem Fuß auf den anderen, und es war Bruno, der dann hastig nachlegte: »Wir hören uns um und geben Ihnen Bescheid, falls wir etwas erfahren.«

Ein paar Minuten später verabschiedeten sich die beiden Kommissare von den Rosners. Insbesondere Bruno hatte nach und nach immer mehr Details über diese sonderbare Lagerhalle preisgegeben und über das, was darin geschah.

Seinen Angaben zufolge wanderten sogar die Gewinne aus dem Kasino-Betrieb zum größten Teil in die Versorgung Hilfebedürftiger. Und trotzdem wurden die Mittel zusehends knapper; selbst die Rosners konnten nicht sagen, wie lange sich dieser Zufluchtsort für gestrandete Existenzen noch finanzieren ließ.

Nachdem einer der Kleiderschränke die Kommissare über einen Seitenausgang ins Freie entlassen hatte, hielten beide jeweils ein Pfund Bohnenkaffee in der Hand. Am Fuß einer Stahltreppe blieb Thiesen stehen und sog die frische Abendluft in seine Lungen. Es dauerte eine Weile, bis er nicht mehr an sich halten konnte: »Verflixt und zugenäht!«

»Was meinen Sie, Chef?«

»Ich habe zuerst sogar geglaubt, dass uns die Sache nach vorne bringen könnte. Stattdessen stehen wir immer noch mit leeren Händen da.«

Pfeiffer hielt den Bohnenkaffee hoch und grinste.

»Das meine ich doch nicht, Sie …!« Thiesen hatte eine Vollbremsung hingelegt. Sein junger Kollege war der Letzte, der es verdient hatte seinen Zorn abzubekommen. »Jedes Mal wenn ich denke, dass wir ein Stück weiterkommen, dann tut sich schon der nächste Topf auf, dessen Deckel man lieber geschlossen lässt.«

»In dieser Welt gibt es kein Schwarz oder Weiß«, dachte Pfeiffer laut. »Am Ende interessiert es doch nicht mal jemanden, wer die Frauen auf dem Gewissen hat.«

»Und das ist mit Abstand das Schlimmste!«, fügte Thiesen kopfschüttelnd hinzu. »Es ist Wahnsinn und ich habe keine Ahnung, wie wir diese Geschichte entwirren sollen, um endlich ein Stück weit voranzukommen.«

»Auf jeden Fall müssen wir vorsichtig sein«, flüsterte Pfeiffer. »Auch diese Rosners haben Einiges zu verlieren.«

»Wenn man tief genug gräbt, dann findet man bei jedem

eine Leiche im Keller. Bei denen vielleicht sogar mehr als eine.«

»Wollen Sie wissen, wonach mir jetzt ist?« Thiesen grinste seinen Kollegen an.

»Ich kann's mir vorstellen. Und Sie werden es nicht glauben, Chef – ich kenne einen Ort, wo wir genau das bekommen.«

25

»Ich war so blind ...«

»... und jetzt können Sie endlich sehen.« Pfeiffer versuchte, ein Lachen zu unterdrücken. »Das klingt ja fast wie in der Bibel.«

»Manchmal frage ich mich, ob es irgendwo noch einen Laden gibt, in dem wirklich nur das passiert, was vorne dransteht.« Die beiden Kommissare saßen zu dieser fortgeschrittenen Stunde im Hinterzimmer eines Friseurs. Hier hatte man aus Kisten und Brettern einen Tresen zusammengezimmert, vor dem ein gutes Dutzend Männer auf provisorischen Hockern saß. Die meisten davon schwiegen hartnäckig und starrten sich nur von Zeit zu Zeit gegenseitig an.

Thiesen und Pfeiffer hockten ganz am Ende und beschäftigten sich mit einer halben Flasche schottischen Whiskys, den sie kurz zuvor gegen eine Tüte des Rosner'schen Bohnenkaffees eingetauscht hatten. Geld hatte in dieser seltsamen Welt keinerlei Bedeutung. Man munkelte zwar hier und dort schon über eine bevorstehende Währungsreform, aber bis dahin würde vermutlich niemand etwas auch nur ansatzweise Werthaltiges gegen einen lächerlichen Fetzen Papier eintauschen.

»Die Rosners haben ihre Hilfsbereitschaft anscheinend nicht mehr unter Kontrolle«, stellte Pfeiffer leise fest. »Die Sache ist ihnen über den Kopf gewachsen. Solche Dinge hält man in Hamburg nicht lange geheim.«

»Dann können Sie mir vielleicht sagen, was wir tun sollen. Wenn wir den Laden hochnehmen, hat doch hinterher keiner etwas davon. Oder sehen Sie das anders?«

Pfeiffer schüttelte nur den Kopf und nippte an seinem Whisky.

»Bleibt immer noch dieses winzige Problem, dass wir einen oder mehrere Mörder suchen.« Thiesen holte aufs Neue aus. »Außerdem hab ich das Gefühl, als ob wir uns jeden Tag weiter von der Lösung entfernen, anstatt uns ihr zu nähern.«

»Und was wollen wir jetzt tun, Chef? Wo oder wie wollen wir weitermachen?«

»Wir werden nicht aufhören, den Leuten auf die Füße zu treten. Irgendwann ist der Richtige dabei und der wird uns die Wahrheit verraten.«

* * *

»Bist du völlig bescheuert? Warum stehst du um diese Zeit vor meiner Tür und was willst du?« Konrad Kramer saß beim Abendbrot, als es an seiner Tür klopfte. Er bewohnte ein kleines Einzelhaus am Rand von Barmbek, einem nordöstlichen Hamburger Bezirk. An dieser Stelle hatten die Bomben der ›Operation Gomorrha‹ einige Straßenzüge fast vollständig verschont. Zufälle, die man als Betroffener oder eben nicht Betroffener nur allzu gern als gottgegeben hinnahm.

»Ich würde nicht vor deiner Tür stehen, wenn es nicht dringend wäre«, protestierte Hans Maler mit müder Stimme. Er holte Luft und legte deutlich lauter nach: »Lass mich rein, wenn du nicht willst, dass ein paar Schupos dein unauffälliges Paradies auf den Kopf stellen. Los, mach schon!«

Kurze Zeit später saßen die beiden Männer am Küchentisch. In einem Ofen unter dem Fenster knisterte ein Feuer, das indes die eisige Stimmung nur wenig erwärmte.

»Sag schon, was ist los?« Kramer nahm einen großen Schluck Bier aus einem Krug, kam jedoch nicht auf die Idee, seinem Gast etwas anzubieten. »Irgendwas muss doch passiert sein, sonst würdest du nicht ...«

»Die beiden waren heute bei den Rosners«, unterbrach Hans Maler mit energischer Stimme. »Einer meiner Leute hat sie gesehen.«

»Das ist doch perfekt!«, stellte Kramer lachend fest und donnerte dabei mit der flachen Hand auf den Küchentisch. »Endlich haben deine Kettenhunde die Richtigen erwischt. Bruno und Magda bringen mit ihrem Samariter-Gehabe seit Monaten alles durcheinander. Wurde höchste Zeit, dass jemand ...«

»Hast du sie noch alle?« Hans Maler war aufgesprungen und lief kreuz und quer durch die Küche. »Du glaubst doch nicht etwa, dass die Rosners sich sang- und klanglos von der Bühne fegen lassen. Wenn die beiden auspacken, dann bleibt am Ende kein Stein mehr auf dem anderen.«

Statt zu antworten, saß Konrad Kramer eine Weile mit nachdenklichem Gesicht am Tisch und nippte hin und wieder an seinem Bier. Malers letzte Worte schienen tatsächlich ganz neue Sorgen in ihm zu entfachen. Irgendwann donnerte er den Krug auf den Tisch zurück und stemmte sich hoch. Kurz darauf stand er direkt vor seinem Besucher und schaute den mit eiskalten Augen an. »Ich warte auf das Ja von unserem Bauernopfer. Falls der Kerl sich weigert, kann ich nicht mehr länger abwarten ...«

»Was soll das bedeuten?«, fragte Maler mit gerunzelter Stirn. »Du willst doch nicht etwa wirklich ...?«

»Doch, will ich! Und ich werde ... falls deine Schnüffler mich dazu zwingen, dann werde ich.«

26

Nach Kriegsende hatte Pfeiffer, wie fast alle anderen, vor dem absoluten Nichts gestanden. Sein Vater war in Stalingrad gefallen oder erfroren, das spielte am Ende keine Rolle. Seinerzeit kamen täglich Hunderte Hiobsbotschaften in Deutschland an, die Frauen zu Witwen und Kinder zu Halbwaisen machten. Über seinen Bruder gab es keine eindeutigen Nachrichten. Entweder teilte er das Schicksal seines Vaters oder er saß in russischer Kriegsgefangenschaft, was vermutlich auch nichts anderes als den langsamen Tod bedeutete.

Johann Pfeiffer selbst hatte den Krieg zuerst als Schüler eines Gymnasiums und anschließend auf der Polizeischule verbracht. Ende 44 – mit gerade mal zweiundzwanzig Lenzen auf dem Buckel – hatten ihn seine Ausbilder in eine Uniform gesteckt und auf die Straße gestellt. In Deutschland herrschte seinerzeit fast so etwas wie Anarchie. Der Krieg war längst verloren, das war allen klar. Auch in Hamburg verliefen die Grenzen zwischen Normalität und Verbrechen fließend. Jeder sah zu, möglichst sein eigenes Schäfchen ins Trockene zu bringen.

Pfeiffers Mutter lebte noch, hatte jedoch kurz nach Kriegsende völlig den Verstand verloren. Er hatte es geschafft, sie in einem Pflegeheim an der Nordseeküste unterzubringen. Von Zeit zu Zeit besuchte er sie dort, fand allerdings nur leere Augen vor und einen Menschen, von dem nur noch die

Hülle übriggeblieben war. Alles andere hatte der Krieg und all das Grauen aufgefressen und für immer fortgerissen.

Durch Zufall hatte Pfeiffer dann eine alte Frau kennengelernt; seither hauste er auf deren Dachboden, den er eigenhändig und mit einfachsten Mitteln ausgebaut hatte. Anstelle einer Miete half er der Witwe am Sonntag bei der Gartenarbeit, erledigte harmlose Reparaturen am Haus oder saß abends mit ihr in der Küche und hörte sich ihre Geschichten an. Manch eine davon hätte er schon auswendig herunterbeten können.

An diesem Sonntagmorgen stand der junge Kommissar nach dem Frühstück zusammen mit der Witwe im Vorgarten und ließ sich erklären, welche Bäume und Sträucher noch rechtzeitig vor dem Ausschlagen beschnitten werden mussten. Er selbst hatte keinerlei Ahnung von Gartenarbeit und tat einfach das, was ihm die Frau sagte. Fehlendes Wissen konnte er durch Kraft und Größe teilweise wettmachen.

Eine Stunde später war die meiste Arbeit getan und er saß auf dem Stumpf einer Linde, die er im Herbst gefällt hatte, um für ausreichend Brennholz im Winter zu sorgen. Er wollte gerade wieder ins Haus marschieren, um einen weiteren Becher Kaffee zu trinken, da hielt ein Mann vor dem Gartenzaun an und beäugte ihn neugierig.

»Kann ich Ihnen helfen?«, erkundigte sich Pfeiffer noch verhältnismäßig freundlich. In dieser Zeit musste man immer auf der Hut sein und mit unangenehmen Überraschungen rechnen. »Was wollen Sie? Reden Sie schon!«

»Sie sind Johann Pfeiffer, richtig?«

»Wer will das wissen?«

Der Mann machte ein paar lange Schritte, bis sich die Männer direkt gegenüberstanden, zwischen den beiden nur der hüfthohe Zaun. »Das spielt keine Rolle, aber ich möchte Ihnen ein Angebot machen.«

Pfeiffer setzte einen Schritt zurück und musterte sein

Gegenüber von Kopf bis Fuß. Am Ende dieses Taxierens verzog er das Gesicht zu einem schiefen Grinsen. »Sie sehen nicht unbedingt so aus, als ob sie um ein Stück Brot oder ein paar Löffel Suppe bitten wollen. Raus damit ... was wollen Sie?«

Der Mann ließ sich noch ein bisschen Zeit mit der Antwort. Er betrachtete den Garten und das Haus. Dann nickte er mit anerkennender Miene. »Wirkt idyllisch! Wäre schade, wenn sich daran etwas ändert.«

Pfeiffer wurde es zu bunt. Er machte einen langen Satz nach vorne und packte den Mann mit beiden Händen an den Aufschlägen seines Mantels. »Sieh zu, dass du wegkommst!« Er schüttelte den Störenfried und schubste ihn von sich. »Ich hab keine Ahnung, was du willst. Aber erzähl deinem Boss, dass seine Tage gezählt sind.«

Als wäre nichts passiert, zupfte der Mann seinen Mantel zurecht und lächelte danach sogar wieder. »Nicht so ungestüm, junger Freund.« Er langte in seine Manteltasche und holte ein paar Schachteln Zigaretten hervor, die er Pfeiffer entgegenhielt. »Kleine Geschenke erhalten die Freundschaft und große können am Ende sogar ein Leben schützen.«

»Was soll das bedeuten?«

»Ich sorge nur dafür, dass Sie Ihren Mörder bekommen. Im Gegenzug erwarte ich allerdings, dass Sie aufhören, neugierige Fragen zu stellen. Dafür würden wir uns auch großzügig bedanken, wenn Sie verstehen ...«

»Und wenn nicht?« Pfeiffer hatte natürlich verstanden, worauf die Sache hinauslaufen sollte. Aber er hatte nicht vor, klein beizugeben. »Was ist, wenn wir weitermachen?«

Der Mann schüttelte den Kopf, lächelte dabei jedoch unverändert. »Dann möchte ich nicht in Ihrer Haut stecken.«

* * *

»Gestern Abend kommst du nach Hause und riechst nach Whisky. Und heute Morgen sitzt du hier und erzählst mir, dass du auch am Sonntag arbeiten musst. Willst du mir einen Bären aufbinden, Hermann Thiesen?« Anna hatte mit ihrer Generalabrechnung gewartet, bis Karl und Johann mit dem Hund nach draußen aufgebrochen waren. Das Wetter schien prächtig zu werden. Eigentlich perfekt für einen entspannten Sonntag. Eigentlich!

»Ich weiß gar nicht, was du willst, Anna.« Thiesen rutschte vorsichtig auf seinem Stuhl herum, fand jedoch keine bequeme Position. Noch immer schaute er seine Frau völlig entgeistert an; er beschränkte sich zunächst allerdings auf ein Kopfschütteln.

»Was ich will?« Anna stand vor ihm, fuchtelte mit ihrem Arm und geriet dabei ein bisschen aus dem Gleichgewicht. »Ich will die Wahrheit – sonst nichts!«

»Die Wahrheit«, wiederholte Thiesen mit Grabesstimme. »Bist du sicher, dass du damit auch umgehen kannst?«

»Das entscheide ich erst, wenn ich weiß, was Sache ist!«

Thiesen wollte wieder etwas antworten, als jemand heftig an die Wohnungstür klopfte. Danach gleich ein zweites und ein drittes Mal.

»Wer kann das sein?«, fragte Anna und sah ängstlich zur Tür. Sie rannte zum Fenster und schaute nach draußen. »Die Schupos stehen vorm Haus und unterhalten sich miteinander. Scheint alles klar zu sein.«

»Ich bin's, Pfeiffer!«, klang es gedämpft durch die geschlossene Tür. »Machen Sie auf, Chef! Es ist wichtig.«

* * *

»Dieser Erwin sitzt schon seit heute Morgen bei den Engländern«, flüsterte Hans Maler, der Kramer vor einem geschlossenen Lebensmittelladen in der Nähe vom Bahnhof

Dammtor getroffen hatte. Trotz der schmutzigen Fenster konnte man jedes der leeren Regale im Inneren des Ladens sehen. Blieb für die meisten Verzweifelten nur zu hoffen, dass es am morgigen Tag irgendetwas für die ansonsten wertlosen Bezugsscheine geben würde.

»Ich vermute mal, dass unsere Besatzer nicht lange Federlesens machen werden. Wenn die ein Huhn zu packen bekommen, dann hacken sie ihm den Kopf ab und schmeißen die Eingeweide auf die Straße.« Kramer lachte, was zu dieser Geschichte kaum passte. »Aber vielleicht schafft der liebe Erwin es ja, den Engländern etwas vorzumachen und landet doch nur im Irrenhaus.«

»Da würde ich den schnellen Tod fast noch vorziehen«, protestierte Maler halbherzig. »Wir können nur hoffen, dass die Tommys unseren Köder schlucken und die lästige Fragerei danach endlich aufhört.«

»Hast du etwas von deinen beiden Schnüfflern gehört?«

»Es ist Sonntag! Da sitzen die bei ihren Familien und versuchen, auf heile Welt zu machen. Wenn du mich fragst, geht das Theater erst morgen weiter.«

»Und wenn wir Glück haben, dann hat unser Erwin bis dahin alles hinter sich. Die Engländer haben ihren Täter und wir unsere Ruhe.«

»Und wenn nicht?«, hakte Maler nach.

»Dann müssen wir wohl schwerere Geschütze auffahren.«

<h1 style="text-align:center">27</h1>

»Was ist los, Pfeiffer? Sind Sie verrückt geworden?« Thiesen hatte seinen Kollegen kurz zuvor hereingelassen. Während Anna auf dem Ofen Wasser für einen kräftigen Bohnenkaffee erwärmte, saßen sich die beiden Kommissare gegenüber und flüsterten nur.

»Ich hatte heute Morgen Besuch, Chef.«

»Von wem?«

Pfeiffer zuckte die Schultern. »Keine Ahnung ... aber der Typ hat mir ganz offen gedroht. Außerdem hat er irgendwas gefaselt, dass man uns einen Mörder liefern wird und wir besser keine Fragen mehr stellen sollten.«

Thiesen schaute zu seiner Frau hinüber, die noch immer vor dem Ofen stand und so tat, als höre und sehe sie nichts. Tatsächlich spitzte sie vermutlich die Ohren, um endlich selbst etwas über die Hintergründe zu erfahren. »Glauben Sie, dass da was dran ist?«

»Sie meinen, dass man uns einen Mörder liefert?«

»Genau ... was soll das bedeuten?«

Jetzt schaute auch Pfeiffer zu Anna hinüber und antwortete noch leiser als zuvor: »Sie wissen doch selbst gut genug, wie es in Hamburg aussieht. Ich könnte mir vorstellen, dass da einer kommt und ...«

»Ich hab verstanden.« Thiesen hatte seinen Kollegen mit einer Handbewegung ausgebremst. »Keine Details, die sind überflüssig.«

»Ein heißer Kaffee für meine Geheimniskrämer!«, rief Anna vom Ofen aus zu den Männern hinüber. Und weil sie versuchte, beide Becher in einer Hand zu tragen, schoss Pfeiffer hoch und stapfte ihr eilig entgegen. Sie wollte gerade etwas sagen – vermutlich protestieren –, als es erneut gegen die Tür bollerte.

»Wer kann denn das wieder sein?« Thiesen entrüstete sich, war allerdings schon auf dem Weg zur Tür. Ohne zu zögern riss er sie auf und sah sich im nächsten Moment zwei Soldaten in Uniform gegenüber. Militärpolizei!

»Mister Thiesen?«, fragte der erste.

Der Oberkommissar nickte nur. Bis hierhin war ja nicht klar, ob der Tommy auch nur ein einziges Wort Deutsch verstand.

»Wir haben die Befehl, Sie zu hole und in die Headquarter zu fahre«, fügte der zweite Militärpolizist mit starkem Akzent hinzu. »Sofort!«

»Können Sie mir bitte sagen, was das zu bedeuten hat«, empörte sich Anna, die sich neben ihren Mann gestellt und vor den Soldaten mit wütender Miene aufgebaut hatte. »Was soll das, und warum wollen Sie meinen Mann abholen?«

Die beiden Uniformierten verzichteten auf eine Antwort; stattdessen fuchtelten sie mit ihren Maschinenpistolen herum. Und bevor sich seine Anna um Kopf und Kragen redete, fuhr Thiesen energisch dazwischen: »Geben Sie uns zwei Minuten … ich muss nur noch ein paar Notizen einpacken.«

»Können Sie mir verraten, was los ist, Chef?« Pfeiffer saß neben Thiesen auf der Rückbank eines Jeeps und bewegte sich kaum. Auch die grimmigen Gesichter der beiden Militärpolizisten auf den Vordersitzen trugen mitnichten zur Entspannung bei. »Was wollen die Tommys und warum fahren wir ins Hauptquartier?«

Thiesen lächelte nur und brachte seinen Kollegen damit fast zur Weißglut.

»Chef! Reden Sie mit mir, sonst ...«

»Genau weiß ich es auch nicht«, flüsterte Thiesen zurück. »Aber ich vermute mal, dass Ihr Besucher von heute Morgen mittlerweile seinen versprochenen Mörder geliefert hat. Was sollten die Engländer denn sonst wollen?«

»Dann verstehe ich es noch weniger«, protestierte Pfeiffer, nachdem er den Soldaten einen weiteren, vorsichtigen Blick zugeworfen hatte. »Die werden uns wohl kaum brauchen, um einen geständigen Mörder zu verurteilen. Die nehmen keinerlei Rücksicht darauf, dass Sonntag ist, wenn sie einen aufhängen.«

»Warten wir's ab! Notfalls muss ich ...«

»Was müssen Sie notfalls?«

»Wir warten ab!« Thiesen hatte sich zur Seite umgedreht und beobachtete ein paar Kinder, die den Jeep neugierig beäugten; einige winkten. »Und halten Sie sich zurück, Pfeiffer! Ich rede und Sie hören zu.«

Vor dem Hauptquartier der britischen Besatzungstruppen herrschte an einem Sonntag gelassene Ruhe. Eine der Wachen am Eingang gähnte herzhaft, als die zwei Kommissare, in Begleitung der beiden Militärpolizisten, an ihnen vorbeistapften. Mit eiligen Schritten ging es eine mächtige Steintreppe empor, danach bis zum Ende eines endlos langen Flurs. Kurz darauf saßen Thiesen und Pfeiffer auf erstaunlich stabilen Stühlen und warteten, was passieren würde.

»Das ist das Büro von Major Freeman.« Pfeiffer deutete auf die geschlossene Tür vor den Kommissaren. »Der Kerl hat seit ein paar Wochen das Sagen in Hamburg. Ich hab keine Ahnung, was der Obertommy von uns will, aber langsam geht mir der Arsch gehörig auf Grundeis, wenn ich ehrlich bin.«

»Sie müssen viel ruhiger werden«, flüsterte Thiesen und lachte dazu. Er wollte gerade fortfahren, als sich die Tür vor ihnen öffnete. Major Freeman höchstpersönlich stand den Kommissaren kurz darauf gegenüber und begrüßte sie per Handschlag.

»Kommen Sie rein, Gentleman!«, begann er freundlich. In diesem Moment sah man an Pfeiffers entspannter Grundhaltung, wie ihm ein zentnerschwerer Stein vom Herzen fiel. »Na los, kommen Sie schon.«

Die beiden Kommissare stapften durch die Tür und warteten, bis der Major hinter seinem Schreibtisch Platz genommen hatte.

»Sie müssen entschuldigen, es ist Sonntag und da hat mein persönlicher Adjutant seinen freien Tag.« Der Major deutete auf eine Kaffeekanne, die auf einem kleinen Tisch unter dem Fenster stand. »Wäre nett, wenn Sie sich selbst einschenken würden.«

Wenig später saßen die Kommissare vor dem Schreibtisch und rührten mit ausdruckslosen Gesichtern in ihren Tassen. Beide warteten darauf, dass ihr freundlicher Gastgeber endlich die Katze aus dem Sack ließ.

»Vor ein paar Stunden hat sich ein Mann gestellt ...« Freeman blätterte in einer dünnen Mappe und hatte offensichtlich gefunden, wonach er suchte. »... ein gewisser Erwin Moltke.« Jetzt schaute der Offizier die Kommissare abwechselnd an und lächelte am Ende. »Der Mann hat die Morde an den drei Frauen gestanden. Ihre Ermittlungen haben den seltsamen Kerl anscheinend aufgescheucht und ...«

»Hat er irgendetwas über die Details verraten?«, unterbrach Thiesen vorsichtig und ließ ein entschuldigendes Lächeln folgen. »Ich meine, wie er es gemacht hat und vor allem, warum?«

Der Major blätterte erneut in der Akte und schüttelte am

Ende den Kopf. »Ich selbst war natürlich nicht dabei, aber man hat mich darüber informiert, dass der Mann glaubwürdig wirkt.«

»Und was haben Sie mit dem Kerl jetzt vor?«, fragte Pfeiffer, trotz Redeverbots. Vorsichtshalber schaute der junge Kommissar seinen Chef nicht an, um sich wütende Blicke zu ersparen.

»Die Sache unterliegt der Militär-Gerichtsbarkeit. Da habe ich nur wenig Einfluss.«

»Und das bedeutet?«, hakte Thiesen nach. Seinem Gesicht war anzusehen, dass er die Antwort auf seine Frage bereits kannte.

»Ich kann es natürlich nicht genau sagen, aber ich gehe davon aus, dass der Mann noch heute verurteilt wird. Und ich brauche Ihnen sicher nicht zu erklären, dass solche Urteile in der Regel sofort vollstreckt werden.« Der Major schüttelte den Kopf, lächelte jedoch. »Wozu warten, wenn die Sache klar ist?«

»So klar, wie Sie denken, ist die Sache nicht!«, platzte es aus Thiesen heraus. Pfeiffers verwirrten Blick ignorierte er einfach. »Dieser Erwin Moltke ist ein Bauernopfer, nichts anderes.«

»Wie kommen Sie darauf, Mister Thiesen? Warum sollte ein Mann drei Morde gestehen, die er gar nicht begangen hat?« Major Freeman hatte sich abrupt erhoben und wanderte vor der Fensterfront auf und ab. »Gibt es vielleicht etwas, dass Sie mir erzählen wollen?«

»Allerdings! Und ich würde es zur Abwechslung gerne mit der Wahrheit probieren …«

28

»Ähm ... Chef! Kann es sein, dass Sie den Verstand verloren haben?« Pfeiffer saß noch immer vor dem Schreibtisch und schüttelte unaufhörlich den Kopf. Major Freeman hatte sich, nach Thiesens letztem Satz, für einen Moment verabschiedet und war aus dem Raum geeilt. »Vielleicht haben Sie es vergessen – das sind Engländer, unsere Besatzer ... und die mögen es nicht, wenn wir Ihnen allzu aufsässig kommen.«

Thiesen beschränkte sich lediglich auf ein Lächeln und nickte dazu. Wie erwartet spornte das Pfeiffer nur zu weiteren Protesten an: »Wir können froh sein, wenn wir hier nicht in Handschellen rausmarschieren. Welcher Teufel hat Sie denn geritten, als ...«

Der junge Kommissar musste eine Vollbremsung hinlegen, weil sich die Tür hinter ihm öffnete. Er rechnete wahrscheinlich damit, jeden Moment nähere Bekanntschaft mit den beiden Militärpolizisten und deren Maschinenpistolen zu machen. Als er sich endlich traute aufzuschauen, stand der Major wieder an seinem Schreibtisch und setzte vorsichtig ein Tablett ab. Die Cognacflasche und die drei Gläser darauf gaben ein leises Klirren von sich, bevor Freeman mit einer Erklärung begann: »Sie haben vermutlich keine Ahnung, wer Ihr Chef eigentlich ist«, mutmaßte der Offizier, direkt an Pfeiffer gerichtet. Jetzt schaute er zu Thiesen hinüber, um mit Blicken dessen Einverständnis einzuholen.

»Ist in Ordnung«, flüsterte der Oberkommissar nach kurzem Zögern. »Irgendwann wird er es wohl ohnehin erfahren.«

Bevor der Major fortfuhr, verteilte er die Cognacgläser und prostete den Kommissaren zu. »Die Mutter Ihres Chefs ist gebürtige Engländerin. Sie ist …«

»War … meine Mutter war Engländerin«, unterbrach Thiesen den Offizier ein weiteres Mal.

»Wie Sie wollen!« Erneut sah der Offizier ausschließlich Pfeiffer an, dessen Gesicht seine Verwirrung eins zu eins widerspiegelte. »Also … seine Mutter war Engländerin und dazu noch die Nichte eines ranghohen britischen Generals.«

Pfeiffer drehte sich zu seinem Chef um und schaute wie eine Kuh, wenn's donnert. Thiesen hingegen lächelte nur und zuckte die Schultern. Was sollte er auch groß erklären?

Freeman holte tief Luft und fuhr fast euphorisch fort: »Man muss außerdem noch erwähnen, dass unser Held hier in den letzten drei Kriegsjahren das Vereinigte Königreich mit wertvollen …«

»Ich glaube, das reicht, Major!«, sprang Thiesen mit Worten dazwischen. »Wir sollten uns am besten nicht in Details verstricken, sondern vielmehr über heute sprechen. Was gestern passiert ist oder was ich vor ein paar Jahren getan habe, interessiert doch niemanden mehr.«

»Wie Sie wollen!«, erwiderte der Offizier schnaufend. Kurz darauf saß er wieder hinter seinem Schreibtisch und nippte an seinem zweiten Cognac. »Dann fangen Sie mal an, mein Lieber. Es ist Sonntag – ich habe Zeit und bin gespannt.«

Eine gute halbe Stunde später klappte Thiesen seine Ledermappe, in der er seit Tagen seine Aufzeichnungen aufbewahrte, geräuschvoll zu. Angefangen hatte er seinen Vortrag mit belastbaren Fakten, von denen es fließend in

Mutmaßungen und finstere Zukunftsprognosen übergegangen war. Jetzt schaute er Major Freeman und Pfeiffer abwechselnd an. Nach zwei schweren Atemzügen begann er aufs Neue: »Wenn Sie erlauben, Major, dann fasse ich noch mal in kurzen Sätzen zusammen: Wir haben drei tote Frauen, für deren Mörder sich letztendlich niemand interessiert. Abgesehen von der Kirchengemeinde Altona und den Rosners, scheint es auch sonst kaum jemanden zu geben, der nicht in irgendeiner Weise involviert ist. Und wenn Sie mich fragen, ist dieser Erwin Moltke alles, aber nicht der Täter.« Zum Abschluss klatschte Thiesen mit der flachen Hand auf seine Ledermappe und lehnte sich zurück. Er hatte alles gesagt. Was nun folgen würde, konnte er vermutlich nur noch als Zaungast betrachten und kaum mehr beeinflussen.

»Wir können offen sprechen?«, fragte der Major und deutete mit Blicken in Pfeiffers Richtung.

»Selbstverständlich!« Thiesen lächelte und klopfte seinem jungen Kollegen auf die Schulter. »Wenn ich eines Tages das Gefühl habe, ich könnte meinem Partner nicht mehr vertrauen, dann suche ich mir einen neuen.«

Auch dem Offizier huschte ein kurzes Lächeln übers Gesicht. Danach veränderte sich seine Miene dramatisch, was darauf hindeutete, dass seine folgenden Worte nicht zur Aufmunterung bestimmt waren: »Wie Sie wissen, sitze ich erst seit ein paar Wochen auf diesem Stuhl. Und als ich kam, das dürfen Sie mir glauben, hatte ich noch ehrgeizige Ziele – wollte alles verändern.« Freeman machte eine kurze Pause, um mit einem großen Schluck sein Cognacglas zu leeren. Er schaute die Kommissare abwechselnd an und fuhr dann etwas energischer fort: »Die Zeiten sind hart, das brauche ich Ihnen wohl kaum erklären.«

Eifriges Nicken auf der anderen Seite des Schreibtisches

»… ich kenne das Ehepaar Rosner und wusste schon vor Ihren Ausführungen, womit die beiden sich beschäftigen –

ansatzweise«, schickte der Major eilig hinterher. »Und wissen Sie, was ich gegen die beiden unternehmen werde?«

»Wenn Sie so fragen – vermutlich nichts«, lieferte Thiesen in müdem Ton die Antwort.

»Exactly, Mister Thiesen!« Freeman lachte und klatschte mit der Hand auf seinen Schreibtisch. »Denn wenn ich etwas unternehme, dann haben wir schon morgen ein paar hundert Obdachlose mehr, die in irgendeinem feuchten Kellerloch hausen müssen. Und wenn ich daran denke, wie vielen armen Menschen die Rosners mit Lebensmitteln und Medikamenten geholfen haben, dann ...«

»Wir sollten auch nicht die ungezählten Spieler und Freier vergessen!«, unterbrach Thiesen in grenzwertigem Ton. »Ich wüsste auch nicht, wo ich sonst hingehen sollte, um eine vernünftige Runde Poker zu spielen.«

Pfeiffer räusperte sich und warf seinem Chef einen kurzen Blick zu. Danach zog er den Kopf ein und beschränkte sich erneut nur aufs Zuhören.

»Ich verstehe Ihre Wut, Mister Thiesen.« Der Major war aufgestanden, um sich einen dritten Cognac einzuschenken. Er hob die Flasche hoch und bot auch den Kommissaren einen weiteren Schluck an, erntete jedoch nur Kopfschütteln. Als der Offizier wieder hinter seinem Schreibtisch saß, fuhr er mit nachdenklicher Stimme fort: »Die Kunst ist – denke ich zumindest –, abzuwägen und neue Entscheidungen zu treffen. Es gibt in dieser Zeit fast nichts, das ausschließlich gut oder schlecht ist.«

Thiesen nickte, obwohl er bis jetzt nicht verstand, worauf die Sache hinauslaufen sollte.

»Letzte Woche haben ein paar Obdachlose einen unserer Trucks ausgeräumt, dem in Borgfelde ein Reifen geplatzt ist. Dreißig Kisten Dosenfleisch, das für englische Soldaten bestimmt war, sind verschwunden.« Der Major lachte, was kaum zum ersten Teil dieser Geschichte passte. »Seitdem findet die Militärpolizei an fast jeder Ecke leere Büchsen. Meine Männer werden nicht verhungern und manch ein Hamburger weint vielleicht heute noch vor Freude über eine leckere Mahlzeit.«

»Ich glaube, ich verstehe, was Sie meinen«, gab Thiesen leise zurück. Er wollte fortfahren, doch Freeman fuhr schon wieder dazwischen: »Wer nicht nur etwas für sich, sondern auch Dinge für andere tut, den können wir nicht bestrafen – dürfen nicht!«

»Und wer Frauen ermordet?« Pfeiffers unerwartete Frage ließ die beiden anderen Männer kurz zusammenzucken. Einen Moment lang tauschten alle wortlose Blicke, als suchten sie nach einer Antwort.

»Der sollte sich in Acht nehmen! Wer sich in dieser Stadt zum Herrscher über Leben oder Tod ernennt und dabei keine englische Uniform trägt, der wird diesen Frevel mit seinem eigenen Leben bezahlen«, dröhnte die Stimme des Majors durch das Büro. »Damit sind auch die Grenzen des Wegsehens eindeutig festgelegt, meine Herren.«

29

»Weißt du eigentlich, wo deine Spürhunde in diesem Moment hocken?« Konrad Kramer stand mit hochrotem Gesicht vor Hans Maler und schien vor Wut zu zittern. Die Männer hatten sich gegen Mittag erneut getroffen. Ursprünglich jedoch nur, um ein paar wertvolle Beutestücke aus Schwarzmarktgeschäften auszutauschen. »Die beiden sitzen im Hauptquartier der Engländer, vermutlich, um sich auszuheulen.«

Maler verzog das Gesicht und runzelte die Stirn. »Bist du sicher? Warum ...?«

»Natürlich bin ich sicher! Im Gegensatz zu dir habe ich meine Leute, die mir regelmäßig Informationen liefern – auch sonntags.«

»Dann geht es wahrscheinlich um deinen Erwin. Vielleicht wollen die Tommys eine letzte Bestätigung, bevor sie das arme Schwein aufknüpfen.«

»Und wenn nicht?«, fauchte Kramer zurück. »Hast dir darüber mal Gedanken gemacht?«

* * *

Im Büro des britischen Kommandanten roch es nach Schweinebraten und Kohl. In einer weiteren Schüssel dampften goldgelbe Kartoffeln, die fast noch köstlicher rochen als alles andere.

»Greifen Sie zu, Gentlemen!« Der Major deutete auf die Schüsseln und ermunterte die Kommissare gestenreich, endlich anzufangen. »Sie werden es nicht glauben, aber wir bekommen auch nur am Sonntag so etwas Feines.« Freeman lachte und spießte sich selbst zwei dicke Scheiben Braten auf. »Außerdem sollten Sie sich stärken – wir haben eine Menge vor, und Sie beide werden an vorderster Front stehen, wenn es losgeht.«

Tatsächlich hatten die Männer über eine Stunde lang beratschlagt, welche Schritte ratsam und erforderlich wären. Es war klar, dass man solche Strukturen, die der hungernden und leidenden Bevölkerung zugutekamen, keinesfalls leichtfertig sprengen wollte. Das würde niemandem helfen. Trotzdem wurde es Zeit, einige kriminelle Banden zu zerschlagen, deren Mitglieder nur um ihr eigenes Wohl besorgt waren. Überdies dürfte der eine oder andere verhaftete Ganove wie ein Vogel singen, um einer Strafe zu entgehen oder die wenigstens zu mildern.

»Während Sie Altona auf den Kopf stellen, meine Herren, werde ich Razzien am Dammtor und in Hohenfelde anweisen. Die Schwarzmarkthändler müssen verstehen, dass wir können, wenn wir wollen.« Der Major verzog das Gesicht zu einem schiefen Grinsen. »Keine Sorge, Gentlemen ... meistens wollen wir ja gar nicht.«

»Was ist mit Erwin Moltke?«, warf Thiesen dazwischen und schaffte es damit auch gleich, die entspannte Stimmung zu vertreiben. »Wie wird die Geschichte für den Mann enden?«

»Ich habe zwar in dieser Stadt das Sagen, aber unsere Richter lassen sich selbst von mir nicht ins Handwerk pfuschen.« Freeman wich Thiesens Blick aus und spießte nacheinander zwei Kartoffeln auf. »Der Mann hat drei Morde gestanden und ich denke wir wissen, worauf diese Sache hinausläuft ...«

»Mit anderen Worten: Sie wollen tatenlos zuschauen, wenn ein Unschuldiger hingerichtet wird?«

»Oh, Jesus … it's bullshit!« Die letzte Kartoffel rutschte dem Major von der Gabel, fiel auf den Tisch und brach dort auseinander. »Haben Sie denn immer noch nicht verstanden, Thiesen? Es gibt Dinge, an denen kann man einfach nichts ändern!«

Auch Pfeiffer nickte vorsichtig und betrachtete die beiden Kontrahenten abwechselnd. Man konnte fast den Eindruck gewinnen, hier träfen zwei ebenbürtige Gegner aufeinander.

»Bei allem Respekt, Major … ich kann das nicht akzeptieren.«

Totenstille. Nur Pfeiffers Kauen war zu hören, bis der abrupt innehielt.

»Was soll das bedeuten, Mister Thiesen?« Freeman lachte. Wobei ihm auch anzusehen war, dass er mit einem derart dreisten Vorstoß nicht gerechnet hatte. Am Ende handelte es sich bei diesen beiden Streithähnen eben doch nur um einen britischen Offizier auf der einen und einen der Kriegsverlierer auf der anderen Seite. Solche Auseinandersetzungen konnten streckenweise vielleicht für ein wenig Unterhaltung sorgen – der Sieger allerdings stand von vornherein fest. »Was schlagen Sie vor, wenn Sie es wirklich nicht akzeptieren wollen?«

Thiesen überlegte eine ganze Weile und schob sich unterdessen eine halbe Kartoffel und eine ordentliche Ladung Kohl in den Mund. Nachdem er heruntergeschluckt hatte, schaute er den Major durchdringend an. »Ich habe nur eine Bitte!«

»Und die wäre? Was kann ich für Sie tun, gesetzt den Fall, dass es in meiner Macht steht?«

»Einen Tag! Wenn dieser Erwin Moltke tatsächlich zum Tode verurteilt wird, dann verschaffen Sie mir …« Thiesen schaute zu Pfeiffer hinüber und entschuldigte sich mit einem kurzen Blick. »... verschaffen Sie uns bitte nur einen Tag bis zur Vollstreckung.«

»Und was genau wollen Sie mit diesem einen Tag anfangen? Mal davon abgesehen, dass Sie ab morgen früh ganz Altona auf den Kopf stellen werden. Damit sollten Sie eigentlich genug zu tun haben, oder nicht?«

Thiesen überlegte erneut einen Moment lang. Als er fortfuhr, wirkte seine Miene noch geheimnisvoller als seine Worte: »Es wäre nett, wenn Sie das mir überlassen, Major. Sorgen Sie nur dafür, dass der Henker bis Dienstagmorgen die Füße stillhält.«

»Wir werden sehen! Ich tue gerne alles, was in meiner Macht steht. Mehr kann ich Ihnen nicht versprechen, Gentlemen.«

»Donnerwetter, Chef! Ich hätte mit allem gerechnet – aber nicht damit.« Es war schon Sonntagnachmittag. Pfeiffer und Thiesen standen vor der Tür des englischen Hauptquartiers und warteten auf einen Jeep, der sie nacheinander nach Hause bringen sollte. Nach dem Essen hatten die Männer noch über zwei Stunden lang Pläne geschmiedet und auf dem grünen Tisch die Truppen in Stellung gebracht. »Ist Ihnen klar, dass Major Freeman Ihnen sogar die Befehlsgewalt über die britischen Soldaten übertragen hat. Wenn die Tommys morgen in Altona herumlaufen, dann müssen die nach Ihrer Pfeife tanzen. Ich kann's nicht glauben! Das ist zum Verrücktwerden.«

»Und wenn einem anderen Tommy zwei Tage später meine Nase nicht gefällt und er mir eine Kugel in den Kopf jagt, muss er hinterher nicht mal einen Bericht schreiben.« Thiesen lachte und klopfte seinem Kollegen auf die Schulter. »Wachen Sie auf ... das hier ist immer noch das zerbombte Hamburg und nicht irgendein Märchenland.«

»Was meinte der Major eigentlich damit, dass Sie in den letzten Kriegsjahren ...?«

»Vorsicht, Pfeiffer! Selbst Sie sollten wissen, wann man sich eine Frage lieber verkneift. Die Geschichte müssen Sie so schnell wie möglich wieder vergessen. Es ist besser so, glauben Sie mir.«

»Dann sagen Sie mir wenigstens, wie Sie den Kopf von diesem Erwin Moltke aus der Schlinge ziehen wollen. Sie haben doch irgendwas vor, Chef!«

Thiesen lachte. »Habe ich, Sie Schlauberger ... aber ich werde einen Teufel tun und Ihnen etwas darüber erzählen.«

»Dann brauche ich vermutlich auch nicht zu fragen, was Sie mit dem Major noch besprochen haben, als ich vor der Tür warten musste?«

»Richtig ... brauchen Sie nicht!«

30

»Kannst du mir mal erklären, warum schon seit heute Mittag zwei Militärjeeps vor unserer Tür stehen? Die Jungs haben sich fast in die Hose gemacht, als sie mit dem Hund zurückgekommen sind.« Thiesen hatte gerade erst die Tür hinter sich verriegelt, da brach ein regelrechter Sturm über ihn herein. Anna schien nicht nur wütend, sondern auch völlig verängstigt zu sein. »Es wird vielleicht Zeit, dass ich die Wahrheit erfahre! Sonst nehme ich unsere Kinder und gehe ...«

»Wohin?«, erkundigte sich Thiesen lächelnd. »Wohin willst du gehen, mein Schatz?« Er machte zwei lange Schritte, packte seine Anna und drückte sie so kräftig, wie er es vertreten konnte. Noch spürte er ihren Widerstand, aber der schmolz von Sekunde zu Sekunde dahin. »Du wirst nirgendwo hingehen und ich werde dir auch verraten, warum.«

Nachdem es Anna gelungen war, sich aus der Umklammerung zu befreien, stand sie vor ihrem Mann und musterte den skeptisch. Sie wollte gerade fragen oder vielleicht auch mit ihrer Moralpredigt fortfahren, als Thiesen ihr zuvorkam: »Am besten fange ich mit dem Ende an«, sinnierte er vor sich hin und grinste. »Du solltest unsere Sachen packen, mein Schatz.«

»Was soll das bedeuten?« Anna schaute noch misstrauischer als zuvor. »Warum soll ich unsere Sachen packen?

Hast du etwa Mist gebaut und wir müssen fliehen? Stehen deshalb die Jeeps vor der Tür, weil dich die Tommys gleich wieder mitnehmen wollen? Was soll denn aus uns werden, wenn du ...?«

»Beruhige dich!« Thiesen hatte verstanden, dass dieses Rätselraten eher für zusätzliche Gewitterwolken sorgte. Er zog einen Zettel aus der Tasche und hielt ihn seiner Frau kommentarlos entgegen. Wozu sollte er die Sache lange erklären, wenn er sie schwarz auf weiß belegen konnte.

Anna entfaltete den Zettel eilig und überflog die wenigen Zeilen. Am Ende starrte sie auf den Stempel der englischen Besatzer, der im Nachkriegs-Hamburg mehr wert war als alles andere. »Das ist doch hoffentlich nicht nur einer deiner Witze, Hermann?« Sie schaute hoch und ihrem Mann direkt in die Augen. »Sag mir bitte, dass das kein Witz ist.« In ihren Augen hatten sich schon wieder Tränen gesammelt. Eine erste lief ihre gerötete Wange hinunter und hing noch an ihrem Kinn.

»Es ist eines von den Häusern in Eppendorf, die, wie durch ein Wunder, fast nichts abbekommen haben.« Thiesen nahm Anna den Zettel aus der Hand, um selbst noch mal darauf zu schauen. »Zweiter Stock, gegenüber wohnt ein englischer Offizier, unter uns zwei Militärpolizisten.« Er schaute seine Frau an und war sich nicht einmal sicher, ob seine letzten Worte bis zu ihrem Verstand vorgedrungen waren. Erst als Anna sich kurz schüttelte und gleich danach aufgeregt durchs Wohnzimmer lief, war klar, dass sie es verstanden hatte.

»Es wurde auch Zeit, dass sich die Engländer endlich mal für deine Dienste erkenntlich zeigen! Einen anderen hätten sie wahrscheinlich schon ...«

»Ist gut, Anna«, flüsterte Thiesen. »Es wäre schön, wenn wir uns einfach nur freuen könnten.«

»Sag mir lieber, wann wir umziehen!«

»Die Wohnung steht leer. Also jederzeit ... ab Dienstag.«

»Was ist denn mit morgen?«, erkundigte sich Anna mit gekräuselter Stirn. Jetzt, da sie um die frohe Kunde wusste, schien es ihr gar nicht schnell genug gehen zu können. Wen wunderte es? Für die kommenden Tage war schlechtes Wetter vorhergesagt. Wenn es regnete, hatten sie nicht mal genug Schüsseln, um das Wasser aufzufangen, das beharrlich von der Decke tropfte oder die Wände herunterlief.

»Da hab ich noch was anderes vor, mein Schatz.« Thiesen drehte sich um und wanderte langsam zur kleinen Marie hinüber, die auf dem Sofa lag und schlief. »Danach ist es vielleicht auch besser, wenn wir nicht mehr in Altona herumlaufen«, schob er flüsternd hinterher.

* * *

Als der Jeep vor dem Haus der Witwe Matthiesen hielt, standen auch dort die angekündigten Soldaten der MP. Nachdem Pfeiffer dem Major von den seltsamen Drohungen berichtet hatte, hielt der es für ratsam, auch den jungen Kommissar unter besonderen Schutz zu stellen. Zumindest, bis die geplante Aktion abgeschlossen wäre und die Verantwortlichen hinter Gittern säßen.

Pfeiffer schloss die Haustür auf und stand kurz darauf in der Küche, in der die Witwe saß und sich an einem Becher Pfefferminztee erfreute. Mit der Gelassenheit, die das Leben älteren Menschen irgendwann zum Geschenk macht, lächelte sie ihren Mitbewohner an. »Haste wat ausgefressen, Jungchen?«

Pfeiffer lachte und griff zur Dose, in der die Witwe ihre selbst gebackenen Kekse aufbewahrte und wie einen Schatz hütete. »Nicht, dass ich wüsste«, schmatzte er grinsend. »Ist beruflich.«

»Heut Mittag war ein Mann da, bevor die Soldaten gekommen sind ... hat geklopft und wollte dich sprechen.«

»Hat er auch gesagt, was er wollte?«

Die Witwe rieb sich ihr Kinn, aus dem mehr Haare sprießten als bei manch einem Kerl. Ihr Gesicht wirkte angestrengt, sie schien fieberhaft zu überlegen. »Ne ... vielleicht. Keine Ahnung – der kommt bestimmt wieder, wenn's wichtig war.«

* * *

»Du willst noch mal los, Hermann? Was hast du denn vor?« Anna stand vor dem Ofen und wärmte Wasser auf. Der Bohnenkaffee, den Thiesen am Vortag mitgebracht hatte, stand neben ihr auf einer kleinen Anrichte. Für den Whisky hatten die Kommissare Pfeiffers Tüte geopfert. Anna hütete ihr Exemplar wie ihren Augapfel und hätte vermutlich jeden umgebracht, der versuchte, Hand daran zu legen. »Ich dachte, wir trinken einen Kaffee und ...«

Es bollerte an die Tür. Kurz darauf erklang ein Bellen.

»Das sind unsere drei Männer«, stellte Thiesen lachend fest. »Dein ›Und‹ müssen wir wohl auf später verschieben.« Er schob die Riegel auf und langte nach seinem Mantel. »Ich muss wirklich nochmal weg, Anna. Und ich hab keine Ahnung, wie lange es dauert.«

»Du gehst doch wohl nicht alleine los? Es wird bald dunkel und ich habe keine Lust, mir bis in die späte Nacht Sorgen um dich zu machen.«

Thiesen deutete lächelnd durch die Fenster nach draußen. Seiner guten Laune konnte vermutlich in den kommenden Tagen nichts Abbruch tun. »Da draußen stehen mein Chauffeur und meine Bewacher. Ich glaube nicht, dass du dir ernsthaft Sorgen machen musst.«

Zwei Minuten später saß Thiesen auf der Rückbank eines Jeeps und versuchte, den Militärpolizisten mit Händen und Füßen zu erklären, wohin er wollte. Erst als er den Namen Rosner erwähnte, war das Ziel seiner Reise klar. Der Fahrer legte sofort krachend den Gang ein und raste im selben Moment los.

Nach einer kurzen, aber holprigen Fahrt erreichten die Männer die riesige Lagerhalle, in der das Ehepaar Rosner seine seltsamen Geschäfte betrieb. Thiesen war nicht gekommen, um lange um den heißen Brei herumzureden. Sogar die Kleiderschränke vor der Tür verstanden sofort, dass sie lieber auf Fragen verzichten und beiseitetreten sollten. Das lag vermutlich auch an den grimmigen Gesichtern der beiden Soldaten, die den Oberkommissar flankierten. Mit langen Schritten durchquerten die Männer zuerst das untere und danach auch das obere Geschoss. Dieses Mal ignorierte Thiesen alles um sich herum und bereute es, nicht gleich den Seiteneingang benutzt zu haben, durch den man ihn und Pfeiffer am Vortag hinausgelassen hatte.

»Das ging aber schnell, Herr Kommissar!« Bruno Rosner saß hinter seinem Schreibtisch in einem Büro, das Thiesen am Vortag nicht zu Gesicht bekommen hatte. »Setzen Sie sich und trinken Sie eine Tasse Kaffee – Sie sehen ja fürchterlich aus.«

»Ich will wissen, wer es war!« Thiesen war der Aufforderung nicht gefolgt und stand immer noch direkt vor dem Schreibtisch. »Heute Morgen hat sich ein Mann gestellt und sämtliche Morde gestanden. Ein gewisser …«

»Das ist mir bekannt«, unterbrach Bruno seinen Besucher. »Falls ich richtig informiert bin, feiern die Engländer schon und können es gar nicht abwarten, den Kerl am Galgen zu sehen.« Ein freudloses Lachen folgte. »Wenn man so will, hat sich eigentlich nicht viel verändert – abgesehen von den Uniformen.«

»Dann wollen Sie also zulassen, dass ein Unschuldiger gehängt wird, für Morde, die er gar nicht begangen hat?«

Bruno war aufgestanden und um seinen Schreibtisch herumgewandert. Jetzt stand er direkt vor Thiesen und schaute den kopfschüttelnd an. »Vielleicht verraten Sie mir, wie ausgerechnet ich das verhindern sollte.«

»Zum Beispiel, indem Sie mir sagen, wer es wirklich war.«

»Und warum glauben Sie, dass ich das wüsste?«

Thiesen verzichtete auf eine Antwort und animierte stattdessen sein Gegenüber mit einem schrägen Grinsen zum Weiterreden.

»Sie haben recht – zumindest teilweise.« Bruno griff nach einer Kaffeekanne und füllte zwei Tassen. »Ich habe eine Vermutung, und wenn ich meinen Informanten trauen darf, dann wird die höchstwahrscheinlich auch zutreffen.« Er hielt Thiesen eine der Tassen entgegen. »Trinken Sie, mein Lieber. Die Geschichte könnte etwas länger werden.«

31

Thiesen nippte bereits an seiner zweiten Tasse Bohnen-kaffee. Bruno war noch immer vorsichtig, nach und nach jedoch enthüllte er einzelne Tatsachen, die man vermutlich nur als Teil dieser absonderlichen Welt wissen konnte. »Bis vor einigen Wochen gab es eine Vereinbarung zwischen Schwarzmarkthändlern und Zuhältern.« Er zögerte kurz. »Wenn Sie so wollen, einen Vertrag – natürlich ohne Papier dafür zu bemühen.«

»Und was genau hat dieser Vertrag geregelt?« Mit je-dem weiteren Detail wurde Thiesen klarer, dass es selbst in der Unterwelt fest umrissene Strukturen und Hierarchien gab.

»Altona und St. Pauli bis hoch nach Eimsbüttel gehören zusammen.« Bruno nippte an seinem Kaffee und verzog das Gesicht. »Wer in diesem Gebiet seine Mädchen laufen hat, der lässt seine Finger aus Schwarzmarktgeschäften heraus – und umgekehrt.«

»Und das hat funktioniert? Also, jeder hat sich dran ge-halten?«

»Wie gesagt, bis vor ein paar Wochen, als ...«

»... einer den Vertrag gebrochen hat«, vervollständigte Thiesen.

»Sie kennen Horst Keller?«

»Ich habe den Namen schon mal gehört, aber dass ich ihn kennen würde, wäre übertrieben. Vielleicht könnte man sagen, dass er uns bisher einige ganz nützliche Informationen geliefert hat.«

»Das kann ich mir vorstellen!«, prustete Bruno heraus. »Er ist einer der wenigen, der sich immer an den Vertrag gehalten hat – zumindest meines Wissens nach.«

»Und hat somit auch großes Interesse, dass sich zukünftig alle wieder daran halten?« In Thiesens Kopf fügte sich nach und nach ein Puzzleteil ins andere. Letztendlich gab es in der Unterwelt ein paar gute, ein paar schlechte, aber auf jeden Fall haufenweise Gestalten, die sich irgendwo dazwischen bewegten. »Wie ist denn das Verhältnis zwischen Ihnen und diesem Horst Keller?«

»Wir kennen uns«, gab Bruno viel zu knapp und so beiläufig wie möglich zurück. »Warum interessiert Sie das? Sie sollten doch wissen ... eine Krähe hackt der anderen kein Auge aus.«

»Und es kann nicht zufällig sein, dass Herr Keller Sie regelmäßig mit Schwarzmarktware versorgt?«

»Sagen wir es mal so: Er ist ein guter Kunde bei uns und wir sind sicherlich auch kein schlechter bei ihm. Aber ich glaube nicht, dass das irgendeine Rolle spielt, wenn es um Ihren Fall geht. Denn wenn ich mich richtig erinnere, wollen Sie noch immer einen Mörder finden ... möglichst den richtigen.«

Die beiden Männer schwiegen eine ganze Weile. Als die Stille zu drücken begann, war es wieder Bruno, der schnaufend fortfuhr: »Ich habe heute noch eine Menge zu tun, Herr Thiesen. Wir sollten langsam ...«

»Ich habe verstanden!« Der Oberkommissar war schon aufgestanden und wollte sich verabschieden, als Bruno ihn mit einer Handbewegung stoppte.

»Ich weiß nicht, ob es richtig ist ...«

»Legen Sie los, danach kann ich es Ihnen vielleicht sagen.« Thiesen saß wieder auf seinem Stuhl und schaute sein

Gegenüber erwartungsfroh an. »Es gibt kaum mehr etwas, das mich aus der Spur werfen könnte, also …«

Bruno zog eine Schreibtischschublade auf und holte eine Mappe daraus hervor. Wortlos schob er sie über den Schreibtisch und wartete geduldig, bis Thiesen danach langte. »Was ist das?«, fragte der Oberkommissar.

»Lesen Sie! Sie können mir glauben, ich habe eine Menge Geld dafür bezahlt.«

Thiesen hatte die Mappe geöffnet und betrachtete nachdenklich das Deckblatt, insbesondere das Foto darauf. Als Erstes entzifferte er den Stempel, der das untere Drittel beherrschte. »Gestapo?«

»Richtig! Vielleicht erinnern Sie sich noch …«

»Wer könnte die Bluthunde vergessen?«, erwiderte Thiesen mit freudlosem Lachen. »Aber wer ist der Mann auf dem Foto?«

»Schauen Sie noch mal genauer«, ermunterte ihn Bruno. »Stellen Sie sich den Kerl mal mit einer anderen Haarfarbe vor und mit einem deutlich schmaleren Gesicht. Dann werden Sie bestimmt …«

Urplötzlich öffnete sich Thiesens Mund. Nicht ein einziger Laut wollte herauskommen. Stattdessen bewegte sich sein Kopf in alle Richtungen.

»Vielleicht ist es ein Fehler und ich hoffe, dass ich es nicht irgendwann bereuen muss, Ihnen diese Akte ausgehändigt zu haben.« Bruno schaute zur Tür, durch die seine Frau hereingeschwebt kam. Die Dame des Hauses blieb neben Thiesen stehen und legte ihm eine Hand auf die Schulter.

»Er hat in Bremen und Hannover ganze Straßenzüge auf den Kopf stellen lassen«, begann Magda Rosner flüsternd. »Seinetwegen sind Hunderte, vielleicht sogar Tausende in den Vernichtungslagern gelandet.« Sie schnaufte geräuschvoll und schaute eine Weile ins Nichts. Ihre Lippen zitterten, als sie fortfuhr: »Rund um Hannover nannten sie ihn lange

Zeit ›Gevatter Tod‹ … ich mag gar nicht darüber nachdenken.«

»Aber woher haben Sie diese Akte?«, flüsterte Thiesen. »Was die Gestapo betraf, haben die Engländer doch selbst alles so schnell wie möglich an sich gerissen. Aus Angst, dass auch im neuen Nest faule Eier liegen könnten.«

»Es war damals nicht anders als heute«, erklärte Bruno. Danach wechselte er einen kurzen Blick mit seiner Frau. »Für Geld kann man alles kaufen. Am Ende hängt es nur vom Preis ab.«

»Und er weiß natürlich nicht, dass wir diese Akte haben«, fügte Frau Rosner leise hinzu. »Ich denke, wenn er's wüsste, dann könnte er keine Nacht mehr ruhig schlafen.«

Thiesen hatte sich erneut hochgestemmt. Er sehnte sich nach Sauerstoff, nach kalter Luft, die seine Lungen und seinen Kopf fluteten und dieses neue Wissen am besten auf Nimmerwiedersehen mit sich davontrug.

»Ich kann verstehen, dass es ein Schock für Sie ist«, sagte Magda Rosner mit unpassendem Lächeln. »Wir haben beschlossen Ihnen diese Akte zu geben, weil wir denken, dass Sie ein guter Mensch sind. Aber was Sie am Ende damit machen, ist Ihnen überlassen. Für uns ist die Sache erledigt.«

Bruno hatte sich ebenfalls erhoben und hielt Thiesen seine Hand entgegen. »Wir hatten Ihnen schließlich unsere Hilfe versprochen – Sie erinnern sich?« Er lächelte geheimnisvoll und deutete auf die Akte. »Damit haben Sie vermutlich nicht den Mörder gefunden, aber jemanden, der zweifelsohne seine Finger im Spiel hat.«

Keine zwanzig Minuten später hielt der Jeep vor Thiesens Haustür. Auf die Militärpolizisten wartete bereits ihre Ablösung, die sich auf eine kalte Nacht einstellen musste. Thiesen bedankte sich bei allen Soldaten und schüttelte ihnen nacheinander die Hände. Auf weichen Beinen stapfte er in Richtung Haustür und blieb davor noch einen kurzen Moment lang stehen.

Er hatte, gerade in Anbetracht der letzten Tage, ganz gewiss mit einigen Überraschungen gerechnet. Aber dass es gleich so dicke kommen würde, hätte er sich nicht mal träumen lassen. Trotzdem wurde es Zeit, diese neuen Informationen vorerst beiseitezuschieben. Der morgige Tag würde früh beginnen und sicherlich erst spät enden. Und danach wäre, so viel war sicher, in Altona nichts mehr so, wie es vorher mal war.

»Ich hab auf dich gewartet«, flüsterte Anna, deren Gesicht im Schein einer Kerze regelrecht leuchtete.

»Wo sind die Jungs?«

»Schlafen, nebenan … Marie liegt zwischen ihren großen Brüdern und genießt es, wenn die beiden ihr Geschichten erzählen. Auch wenn sie wahrscheinlich kein Wort davon versteht.«

Thiesen ließ sich vorsichtig auf das Sofa hinunter und lag einen Atemzug später schon in Annas Arm. Sein heftiges Schnaufen machte klar, dass ihm nach allem, aber nicht nach Reden zumute war. Also war es an seiner Frau, einen Anfang oder auch Abschluss zu finden: »Ich werde nicht wieder als Lehrerin arbeiten«, sagte sie leise. »Zumindest erst mal nicht.«

»Warum nicht? Du hast dich doch so darauf gefreut, und von Eppendorf aus ist es auch nicht weiter als …«

»Das hat damit nichts zu tun«, unterbrach sie ihn. Ihre Finger kraulten mechanisch seine Haare. »Ich bin schwanger, Hermann.«

Thiesens Körper verkrampfte sich von einem Moment zum anderen. Eine heiße Schockwelle schoss von seinem Bauch bis zur Schädeldecke hinauf. Er schob seine Anna sogar ein kleines Stück von sich und schaute sie verwirrt an. »Wie kann das sein – wir haben doch aufgepasst. Und wie sollen wir denn ...?«

»Aufpassen allein hilft manchmal nicht! Das solltest du wissen.« Anna lachte und verunsicherte ihren Mann damit noch mehr. »Es ist, wie es ist ... wir müssen uns auf Nachwuchs einstellen.«

Von einem Moment zum anderen sackte Thiesen völlig auf dem Sofa zusammen. Erneut legte Anna ihren Arm um ihn und drückte ihn an sich. Sie konnte spüren, dass er zitterte. Und auch sein unregelmäßiges Schnaufen bedeutete vermutlich nicht, dass ein Schnupfen im Anmarsch war.

»Ich freu mich von ganzem Herzen«, flüsterte Thiesen eine Ewigkeit später. Genau in diesem Moment verlosch die Kerze auf dem Tisch vor ihm. Der Raum lag in völliger Dunkelheit. »Ich freue mich, ja ... aber ich hab keine Ahnung, wie wir noch ein weiteres hungriges Kind durchbringen sollen.« Nach diesen Worten war Thiesen irgendwann weinend an der Schulter seiner Frau eingeschlafen. Mitten in der Nacht kam der Hund ins Zimmer geschlichen und leckte Annas Hand. Als sie aufwachte, hörte sie ihren Mann im Schlaf reden. Sie konnte kein Wort verstehen, erinnerte sich jedoch daran, dass er das letzte Mal im Schlaf geredet hatte, als die Briten Hamburg tagelang und ohne Pause bombardiert hatten.

32

Es war fünf und fast noch dunkel, als es gegen die Wohnungstür bollerte. Ein paar englische Halbsätze folgten. Nachdem Thiesens Kopf seinen Betrieb widerwillig aufgenommen hatte, war er vom Sofa aufgesprungen und hatte die Tür einen Spalt weit geöffnet. Die beiden Militärpolizisten davor verstanden zwar kein Wort, aber es war klar, dass ihr Weckruf seine Wirkung nicht verfehlt hatte. Trotzdem hielt er einen Finger hoch und rief: »Eine Stunde ... versteht ihr? Eine Stunde ...«

»Es heißt ›One hour‹«, murmelte Anna von hinten. »›One hour‹, Hermann. Dann wissen sie wenigstens, was du meinst.«

»Wann aua«, stammelte Thiesen unbeholfen. »Wann aua ... okay?«

»Unsere Vorräte neigen sich schon wieder dem Ende zu«, flüsterte Anna ein paar Minuten später, während sie vorsichtig heißes Wasser über das Kaffeepulver goss. Der Duft füllte den ganzen Raum und wirkte wie eine biblische Verheißung in diesen schweren Zeiten. »Wenn die Briten uns eine neue Wohnung zuteilen können, dann müssten sie auch in der Lage sein ...«

»Hör bitte auf, Anna! Du weißt, wie ich darüber denke.«

»Ich weiß nur, dass sie ohne deine Informationen ...«

»Anna ... bitte!«

Thiesens Frau rümpfte die Nase, gab allerdings tatsächlich klein bei. Was dieses Thema betraf, war mit ihrem Mann nicht zu scherzen. Und wenn es überhaupt etwas gab, das ihn nachhaltig auf die Palme bringen konnte, dann war das seine Zusammenarbeit mit den Engländern in den letzten Kriegsjahren. »Auf jeden Fall brauchen wir Lebensmittel, Hermann.« Anna lächelte und verpasste ihm einen Kuss, nachdem sie den Becher mit Kaffee vor seiner Nase abgestellt hatte. »Wenn du nichts organisieren kannst, dann nehme ich unsere Bezugsscheine und stelle mich irgendwo an, bis ich etwas bekomme.«

»Das wirst du schön bleiben lassen!«, protestierte Thiesen wütend. »Schließlich bist du schwanger ... und meine schwangere Frau steht nicht den ganzen Tag an und riskiert damit nicht nur ihre Gesundheit.«

»Dann weißt du ja, was du zu tun hast«, stellte Anna in geheimnisvollem Ton fest. »In dieser Stadt greift jeder nach jedem Strohhalm, nur mein Mann weigert sich, selbst dann, wenn da eine ganze Strohmatte hängt.«

Thiesen schwieg lieber. Ihm war klar, dass sie auch dieses Mal auf keinen gemeinsamen Nenner kommen würden. Das Thema war ein unerfreulicher Dauerbrenner und kaum dazu angetan, für freundliche Worte oder gar harmonische Stimmung zu sorgen. Außerdem – aber das konnte er natürlich nicht eingestehen – hatte seine Frau unterm Strich recht.

»Was habt ihr heute eigentlich vor?«, erkundigte sich Anna eine Weile später säuselnd. Auch sie schien eine Gefechtspause einlegen zu wollen und übte sich in Normalität. »Geht es immer noch um die Morde an diesen Frauen?«

Thiesen nickte nur. Dieses Mal, das stand fest, würde er keine Andeutung machen, selbst keine klitzekleine. Denn danach konnte er sich auf eine endlose Moralpredigt einstellen. Anna war alles andere als dumm, und es war klar, dass ihr die Gefahren einer groß angelegten Razzia sofort ins Auge stechen würden. Thiesen wollte sich nicht einmal ausmalen, wie sie ihn, im Falle eines Falles, traktieren würde.

»Es ist eigentlich nichts Besonderes«, flüsterte er, nachdem ein bisschen zu viel Zeit vergangen war.

»Aha!«

»Was soll dieses ›Aha‹ bedeuten?«

»Nichts, Hermann! Einfach nur Aha ...«

»Aha!«

»Ist schon klasse, wenn die Tommys morgens vor der Tür stehen und einen zur Arbeit fahren«, schwärmte Pfeiffer, der seinen Chef ein paar Minuten zuvor abgeholt hatte. Die Kommissare saßen auf der Rückbank eines Jeeps, der auf ihre Anweisung nahe dem Bahnhof Altona anhielt und fast den halben Bürgersteig versperrte. Die beiden Militärpolizisten auf den Vordersitzen zündeten sich zeitgleich eine Zigarette an. Es war völlig windstill, deswegen stieg der Qualm nur ganz langsam in die kalte Morgenluft auf.

»Worauf warten wir eigentlich?«, erkundigte sich Pfeiffer und schaute sich um. Es war noch früh. Vor einigen Läden, die vermutlich erst in einer oder zwei Stunden ihre Türen öffnen würden, standen schon ein paar Frauen. Sie schlugen die Arme um ihre Körper und wedelten dabei mit Bezugsscheinen. Blieb nur zu hoffen, dass die am Ende ein Stück halbwegs genießbare Dauerwurst oder ein Pfund Kartoffeln wert waren.

»Das Problem sind die Sieger«, stellte Pfeiffer mit leiser Stimme fest. Offensichtlich konnte er die Gedanken seines Chefs lesen. »Ich kann es den Leuten in London, Paris oder Washington nicht mal verübeln, dass sie keine Lust mehr haben, uns zu ernähren. Die Russen würden, wenn sie könnten, wahrscheinlich alles niederbrennen und noch Jahre später auf der deutschen Asche tanzen.«

»Vielleicht wäre das gar nicht so falsch«, presste Thiesen widerwillig heraus. Er schaute seinen Kollegen unverwandt an und schüttelte den Kopf.

»Was ist los, Chef? Schlecht geschlafen?«

»Ich könnte kotzen, wenn Sie's genau wissen wollen.« Von einem Moment zum anderen hatte sich Pfeiffers Gesicht dramatisch verändert. Es war klar, dass es sich hier nicht um alltägliche Stimmungsschwankungen handelte. Thiesen wollte sich nicht wie üblich darüber beklagen, dass zu wenig Salz an der Suppe oder das Fleisch zu zäh war. Hier ging es um mehr, um deutlich mehr. Aber der junge Kommissar hielt hartnäckig seinen Mund und wartete lieber darauf, dass sein Chef fortfuhr.

»Ich war gestern Abend noch bei den Rosners«, flüsterte Thiesen eine ganze Weile später. Jetzt informierte er seinen Kollegen in kurzen Sätzen über seine neuesten Erkenntnisse. Ein letztes Detail – zweifellos das wichtigste, versehen mit einem Stempel der einst so gefürchteten Gestapo – hielt er allerdings noch zurück. »Ich will diesen Horst Keller und jeden anderen Schwarzmarkt-Händler, der in dieser Ecke etwas zu melden hat. Außerdem werden wir uns den Pfaffen ein weiteres Mal vorknöpfen, aber auf unserem Spielfeld!«

»Und das ist alles, Chef?« Pfeiffer schüttelte den Kopf und verzog den Mund zu einem vorsichtigen Grinsen. »Das sollte kein Problem sein«, fuhr er fort. »Wo die Typen sich verstecken, ist ein offenes Geheimnis.«

»Mich würde trotzdem interessieren, woher Sie das alles wissen«, erwiderte Thiesen in eiskaltem Ton. »Gibt es da vielleicht etwas, das Sie mir bis jetzt verheimlicht haben?«

»Meinen Sie damit irgendwas Spezielles?« Pfeiffer war ein Stück von seinem Chef weggerückt und betrachtete den für seine Verhältnisse eher misstrauisch. »Was meinen Sie?«

»Überlegen Sie mal ... Sie kommen schon drauf.«

* * *

»Das britische Militärgericht hat unseren lieben Erwin vor einer halben Stunde zum Tode am Strang verurteilt«, begann Konrad Kramer ohne Begrüßung – und so, als handelte es sich bei dieser Nachricht um die Aussichten auf sonniges Wetter in den nächsten Tagen. »Meine Leute sagen, die Verhandlung hat keine zehn Minuten gedauert.«

»Und, haben die Tommys das arme Schwein schon aufgeknüpft?«, erkundigte sich Hans Maler in gelangweiltem Ton. Der Polizeichef saß hinter seinem Schreibtisch und versuchte nicht mal, sein Grinsen zu unterdrücken »Wenn die Sache damit endlich ausgestanden wäre, dann schlage ich drei Kreuze. Wird Zeit, dass wieder ein bisschen Ruhe einkehrt.«

»Auf jeden Fall scheinen die Engländer unseren Köder geschluckt zu haben«, sagte Kramer und ließ sich auf einem der beiden Stühle vor dem Schreibtisch nieder. »Jetzt wird es Zeit, dass du deine Bluthunde zurückpfeifst. Am besten gibst du ihnen einen neuen Fall, an dem sie sich die Zähne ausbeißen können.«

»Ich tue, was ich kann! Mehr kann ich dir nicht versprechen.«

»Dann beeil dich, Hans! Wenn die beiden weitergraben, bleibt uns irgendwann nichts anderes übrig, als ...«

»Nicht hier!« Maler hielt sich sogar einen Finger an die Lippen. »Die Wände haben Ohren, daran hat sich nichts geändert.«

33

Weil Pfeiffer keine Ruhe geben wollte, hatte Thiesen irgendwann seine Ledermappe geöffnet und die Gestapo-Akte hervorgeholt, um sie seinem Kollegen wortlos in den Schoß zu werfen.

»Was ist das, Chef?«

»Lesen Sie!« Thiesens Stimme klang eiskalt. »Und tun Sie mir einen Gefallen – mimen Sie hier nicht den Ahnungslosen, sonst …«

Pfeiffer hatte die Akte längst aufgeschlagen. Er musste sich das Foto ein paar Mal genauer anschauen, bevor ihm die Kinnlade herunterfiel. Eine Reaktion, die der von Thiesen am Vorabend ähnelte. Und es verging auch noch eine ganze Weile, bis der junge Kommissar genug Kraft zum Reden fand: »Was soll das bedeuten? Was heißt, ich soll nicht den Ahnungslosen mimen?« Jetzt war es an Pfeiffer, seinen Chef wütend anzuschauen. »Sie wollen damit doch hoffentlich nicht sagen, dass Sie glauben, ich hätte …«

»Was soll ich denn sonst glauben?«, gab Thiesen grimmig zurück. »Sie kennen doch jeden schrägen Vogel, der in dieser Stadt herumläuft. Warum sollten Sie dann ausgerechnet den nicht kennen?«

Pfeiffer schwieg noch einen kurzen Moment. Seinem Gesicht war anzusehen, dass er an einer belastbaren Widerrede arbeitete. Plötzlich schlug sich der junge Kommissar mit beiden Händen gleichzeitig auf die Schenkel und schaute seinen Chef triumphierend an. »Die Tommys haben Hans Maler zum Chef der Hamburger Kriminalpolizei gemacht«, begann er regelrecht euphorisch, was zum Rest dieser traurigen Geschichte nicht passen wollte. »Wenn nicht mal die von seinem ersten Dasein bei der Gestapo wussten, dann frage ich mich, warum Sie das ausgerechnet von mir erwarten.« Pfeiffer überlegte weiter. »Und außerdem – Maler stammt ursprünglich nicht aus Hamburg, sondern aus …«

»… Hannover, ich weiß!« Thiesen drehte seinen Kopf nach links und schaute zwei Trümmerfrauen hinterher, deren Stoffbündel noch leer unter ihren Armen klemmten. Sie waren auf dem Weg zur Arbeit und hofften, wie an jedem Tag, auf kleine Schätze, die sich in den Ruinen unter Schutt und Asche verbargen. Erst nachdem Pfeiffer sich zweimal geräuspert hatte und tief Luft holte, drehte sich Thiesen zu ihm um und begann mit ruhiger Stimme: »Sie haben recht – das habe ich nicht bedacht.«

»Es ist kein gutes Gefühl, wenn einem der eigene Chef nicht vertraut!«, stellte Pfeiffer kopfschüttelnd fest. »Kein gutes Gefühl … nein, nein.«

»Beruhigen Sie sich!« Thiesen war um ein möglichst freundliches Gesicht bemüht. »Es tut mir leid und ich entschuldige mich dafür. Reicht Ihnen das?«

»Zunächst ja.«

»Was heißt hier zunächst?«

»Nichts, Chef!« Pfeiffer deutete auf zwei Militärjeeps und einen Lkw, dessen Planen an den Seiten hochgeschlagen und verzurrt waren. Auf der Ladefläche hatte man Bänke verschraubt, auf denen zwei Dutzend Soldaten hockten. Die Fahrzeuge blieben neben dem Jeep der Militärpolizei stehen. Ein junger Offizier sprang vom Lkw herunter und stellte sich neben Thiesen auf. »Guten Morgen, Sir! Wir haben Befehl, Ihren Anweisungen zu folgen.«

Pfeiffer hustete geräuschvoll, vermutlich, um seiner Verwunderung ein weiteres Mal Ausdruck zu verleihen.

»Major Freeman hat uns bereits erklärt, worum es geht.« Der Offizier schien munter, trotz der frühen Stunde. Er deutete auf den Lkw und seine Männer, die darauf saßen. »Wir sind einsatzbereit, Sir!«

Bevor Thiesen antworten konnte, gesellte sich ein weiterer Soldat zu ihnen, der auf dem Beifahrersitz eines der Jeeps gesessen hatte. Ohne ein Wort zu verlieren, hielt er dem Oberkommissar ein Blatt Papier entgegen und wartete nicht mal darauf, dass der es entfaltete. Stattdessen stapfte er mit langen Schritten zum Jeep zurück und ließ sich auf den Sitz fallen.

»Was ist das, Chef?« Pfeiffer streckte seine Hand aus und zog sie erst zurück, als Thiesen ihm auf die Finger schlug.

»Wir brauchen noch einen kleinen Moment«, stellte er, an den jungen Offizier gewandt, fest. »Geben Sie uns ein paar Minuten, danach teilen wir unsere Ziele auf und schreiten zur Tat. Es wird Zeit, ein Zeichen zu setzen.«

Thiesen war ausgestiegen. Er wanderte an der Seite des Jeeps entlang und musterte wieder und wieder die zahlreichen Soldaten oder seinen jungen Kollegen, der immer ungeduldiger auf der Rückbank herumhampelte. Auf dem Zettel, der als Papierkugel in seiner verschwitzten Hand klebte, standen nur ein paar Worte. Wenn man so wollte, das unwiderlegbare Resultat eines Irrsinns, der seinesgleichen vermutlich lange suchen müsste. In letzter Konsequenz die vollständige Bankrotterklärung jeder seriösen Polizeiarbeit oder des Bedürfnisses, auch nur ansatzweise Gerechtigkeit herzustellen. Nur eine Sache hatte funktioniert: Erwin Moltkes Hinrichtung war erst für den nächsten Morgen um acht geplant. Schnell eine barbarische Tat hinter sich bringen und danach in aller Ruhe frühstücken. Das passte zu den Engländern!

»Chef!« Pfeiffer lehnte sich ein Stück aus dem Jeep heraus und packte Thiesen vorsichtig am Ärmel seines Mantels. »Ich glaube, wir sollten langsam loslegen. Unsere Armee wird schon ganz unruhig.« Der junge Kommissar deutete lächelnd auf den Lkw, über dem mittlerweile eine fast undurchdringliche Qualmwolke hing.

»Sie machen die Sache hier alleine!«, stellte Thiesen energisch fest. Seine Stimme ließ keinerlei Zweifel daran, dass er es ernst meinte.

»Was soll das bedeuten?«, fragte Pfeiffer. »Was heißt denn alleine, Chef?«

»Alleine heißt alleine! Was denn sonst?« Thiesen lachte und wollte sich kaum wieder einbekommen. »Ich wüsste keinen, der besser dafür infrage kommt als Sie! Sammeln Sie die Schweinehunde ein und verfrachten Sie die ganze Bande ins englische Hauptquartier.«

»Zu den Tommys?« Auf Pfeiffers gerunzelter Stirn hätte man Waschbrett spielen können. »Soll das bedeuten, die Hamburger Polizei ist nur ... wann wollten Sie mir das erzählen, Chef?«

»Eigentlich gar nicht. Aber jetzt wissen Sie's ja.«

»Und was haben Sie vor?«

»Ich fahre los und suche mir einen neuen Partner. Der alte ist mir zu neugierig.«

»Raus mit der Sprache! Sonst müssen Sie sich tatsächlich einen neuen suchen.«

Thiesen atmete schwer. Erneut wanderte sein Blick über die Darsteller in diesem verrückten Schauspiel. Er schaute auf den Lkw und die Soldaten, die sich über einen Witz zu amüsieren schienen, den einer von ihnen zum Besten gegeben hatte. Der britische Offizier stand vor der offenen Heckklappe und zündete sich eine neue Zigarette an der

Kippe der letzten an. Als sich die Blicke der Männer kurz trafen, war das für Thiesen der Initialfunke. Er sah Pfeiffer an und mühte sich zu einem Lächeln: »Ich muss für Gerechtigkeit sorgen – ich kann nicht anders.«

»Wann?« Pfeiffer schien genau zu wissen, worum es ging, selbst ohne weitere Erklärungen. Jetzt war ihm auch klar, was sein Chef vorhatte.

»Morgen früh ... und ich muss es um jeden Preis verhindern. Ansonsten kann ich ebenso meine Dienstmarke abgeben und hinterher in den Trümmern herumschleichen, bis ich mir eine Kugel einfange.«

»Passen Sie bloß auf sich auf!« Pfeiffer war vom Jeep heruntergesprungen und umarmte seinen Chef. Kurz darauf klopfte er gegen die Fahrertür, was den Soldaten dahinter erschrocken aufschauen ließ. »Sie behalten den hier und ich setze mich auf den Lkw.« Der junge Kommissar lachte und schlug sich mit der Faust in die offene Hand. »Machen wir den Kerlen mal ein bisschen Feuer unterm Arsch. Sorgen Sie nur dafür, dass bei den Tommys genug Zellen frei sind ...«

34

Die beiden Militärpolizisten hatten Thiesen direkt vor dem Gefängnis am Holstenglacis abgesetzt, in dessen Keller der zum Tode verurteilte Erwin Moltke seine letzten Stunden verbrachte. Die Wachen am Eingang ließen den Oberkommissar erst passieren, nachdem Major Freeman telefonisch sein Okay gegeben hatte.

Thiesen marschierte einen schmalen Gang entlang, an dessen Ende es nach links und rechts zu den Zellen ging. Bei seinem letzten Besuch in diesen feuchten und unwirtlichen Gemäuern hatte er einen Verdächtigen verhören wollen. Einen windigen Kerl, der einige Jahre lang Falschgeld in Umlauf gebracht hatte und erst verhaftet werden konnte, nachdem sein Steckbrief an fast jedem Laternenmast klebte. Es war im Dezember 44 oder schon im Januar 45 gewesen. Der Zweite Weltkrieg stand damals – zumindest in Europa – unmittelbar vor seinem Ende. Die Alliierten hatten Deutschland von allen Seiten zugleich in die Zange genommen. Und auch wenn Hitler nicht müde wurde, täglich über neue Heldentaten der Wehrmacht zu berichten, war klar, dass der Verlierer längst feststand. Hätte es zu diesem Zeitpunkt endlich jemand geschafft, diesen Wahnsinnigen zu entmachten oder besser noch zu töten, dann wäre dieser Welt vieles an Elend und Tod erspart geblieben.

Der Geldfälscher war seinerzeit übrigens verschwunden. Zuerst dachte Thiesen, man hätte den Kerl – wie viele andere zuvor – willkürlich hingerichtet. Das Nazi-Regime ließ nämlich nichts unversucht, um Macht und Gewaltbereitschaft zu demonstrieren. Tatsächlich aber hatte man Walter Schmidt entlassen und, zusammen mit den meisten anderen Gefangenen, auf einen Lkw in Richtung Berlin verfrachtet. Hier bäumte sich die deutsche Wehrmacht nach wie vor gegen den übermächtigen Feind Russland auf, auch wenn dieser Kampf zu jämmerlichem Scheitern verurteilt war. Mittlerweile waren es nur noch Kinder, Strafgefangene und sogar Frauen, welche die Gewehre abfeuerten oder die Haubitzen nachluden, um dem Gegner auch das letzte bisschen Munition entgegen zu feuern.

Geholfen hatte es nichts. In diesen finsteren Tagen waren Botschaften und Gerüchte in Hamburg angekommen, die man heuer nicht einmal mehr flüsternd von sich geben wollte. Plünderungen, Mord und Vergewaltigungen waren im Berlin jener Tage so etwas wie Alltag. Von Menschen oder Menschlichkeit hatte der Krieg nichts übrig gelassen.

Thiesen war nach rechts abgebogen und marschierte den nächsten Gang entlang. Sämtliche Zellen waren besetzt. Verwahrloste Männer hockten auf ihren Pritschen. Keiner sah auf, um Interesse an einem Besucher zu signalisieren. Hier stank es fürchterlich nach Exkrementen jeglicher Art. Ein Wunder, dass unter den Inhaftierten noch keine Seuche ausgebrochen war. Vor der letzten Zelle blieb Thiesen stehen und schaute hinein. Der Soldat am Eingang hatte ihm mit Händen und Füßen klargemacht, dass Erwin Moltke hier, in diesem gepflegten Einzelzimmer, seinem letzten Stündlein entgegensah. Zumindest glaubte er noch, dass er schon am kommenden Tag seinem Schöpfer gegenübertreten würde.

Aber vor seiner Zelle stand ein Mann, der gekommen war, um genau das zu verhindern. Wobei diese Tat für Thiesen keinen Gnadenakt darstellte. Vielmehr sollte es ein Handel werden. Und wie es bei solchen Geschäften üblich war, mussten beide Seiten etwas zu bieten haben.

* * *

Pfeiffer hatte die Soldaten in Gruppen zu je fünf eingeteilt. Jede Einheit hatte ihr klares Ziel und lediglich den Befehl, an Ort und Stelle sämtliche Personen in Gewahrsam zu nehmen und ins englische Hauptquartier zu verfrachten. Pfeiffer selbst hatte sich – nicht ohne Hintergedanken – zusammen mit einem halben Dutzend britischer Soldaten die Kirche St. Petri vorgenommen. Thiesen und er waren sich schon lange sicher, dass der Gemeindevater Hoffmann deutlich mehr wusste, als er vorgab. Und gerade in solchen Fällen war es zwingend notwendig, ein Exempel zu statuieren. Während die Einsatzgruppen ein Schwarzmarkt-Nest nach dem anderen stürmten, marschierten Pfeiffer und vier seiner Begleiter durch den Haupteingang der Kirche. Die beiden anderen Soldaten sicherten die seitlichen Ausgänge, um jede Fluchtmöglichkeit zu versperren.

Mitten in der Kirche blieb der junge Kommissar dann stehen und hielt seine Polizeimarke in die Luft. Dazu brüllte er: »Das ist eine Razzia! Wer sich keine Kugel einfangen möchte, sollte lieber Hände und Füße stillhalten!« Damit waren die Fronten einigermaßen klar abgesteckt. Wer sich jetzt noch in Widerstand zu üben versuchte, musste damit rechnen, schon im nächsten Moment von einem der Tommys erschossen zu werden.

Pastor Hoffmann eilte den Soldaten mit erhobenen Armen und hochrotem Gesicht entgegen. Als der Gemeindevater vor Pfeiffer angekommen war, begann er stotternd: »Was ist los? Was wollen Sie?«

»In erster Linie Sie«, gab der junge Kommissar grinsend

zurück. Danach ließ er seinen Blick über die gut gefüllten Bänke schweifen. »Aber, wenn ich mich hier so umschaue – dann werden wir gleich noch ein paar Leute mehr mit einpacken, denke ich.«

* * *

»Was wollen Sie von mir«, fragte zur gleichen Zeit auch Erwin Moltke mit dünner Stimme. Er sah zum Fürchten aus. Seine Kleidung, wenn man überhaupt von Kleidung sprechen konnte, hing in Fetzen von seinem spindeldürren Körper herab. Gegen diesen armen Tropf sah selbst Thiesen wie ein wohlgenährter, stattlicher Mann aus. In Erwins zerfurchtem Gesicht deuteten lediglich seine stechenden dunklen Augen darauf hin, dass er überhaupt noch am Leben war.

»Vielleicht Ihnen helfen«, gab Thiesen nach kurzem Überlegen ebenso leise zurück. »Aber das hängt von Ihnen ab – ich habe nichts zu verschenken.«

Erwin hatte sich langsam von seiner Pritsche hochgestemmt und stand jetzt direkt vor den Gitterstäben seiner winzigen Zelle. Als er Thiesen seinen Atem ins Gesicht blies, drehte der sich angeekelt weg und hätte sich fast übergeben. »Wie könnten Sie mir denn helfen? Die Tommys wollen mich hängen sehen, daran werden Sie bestimmt nichts ändern.«

»Was hat man Ihnen versprochen?« Wozu lange um den heißen Brei herumreden, dachte sich Thiesen. Man musste nicht besonders schlau sein, um sich vorzustellen, warum ein Unschuldiger mir nichts, dir nichts drei Morde gestand und bereit war, dafür am Galgen zu enden. Wobei sich die Briten nicht die Mühe machten, ein aufwändiges Gerät für solche Hinrichtungen zu bauen. In der Regel warf man einen stabilen Strick über einen tragenden Balken, fertigte einen halbwegs vernünftigen Knoten, stellte den Delinquenten auf einen Stuhl und ...

Es hatte sich tatsächlich nicht viel verändert. Nur, dass mittlerweile die andere Seite am Hebel saß und ebenso wenig zögerte, ohne Skrupel daran zu ziehen. Und auch in dieser Zeit war es den Henkern völlig egal, ob ihre Opfer schuldig oder unschuldig waren. Auch hier ging es nur darum, Zeichen zu setzen und Macht zu demonstrieren, ohne nach dem Warum zu fragen.

»Sagen Sie schon ... was wollen die Leute tun, wenn Sie den Kopf hinhalten?« Thiesen hatte noch einen weiteren Schritt nach vorne gemacht. Nur ein paar Zentimeter voneinander getrennt musterten sich die Männer gegenseitig, ohne dass dabei einer auch nur mit der Wimper zuckte.

»Ich weiß nicht, warum Sie sich dafür interessieren«, presste Erwin nach gefühlten Ewigkeiten heraus. Danach machte er einen Schritt zurück und schaffte es sogar, ein seltsames Grinsen zu produzieren. »Wenn Sie tatsächlich so schlau sind wie Sie tun, dann brauchen Sie wohl auch keine Antwort auf Ihre Frage.« Einen Atemzug später saß er wieder auf seiner Pritsche und schaute auf ein Loch im Boden, das hier als Ersatz für eine Toilette diente. Wenn Thiesens Augen ihm in diesem Halbdunkel keinen Streich spielten, dann stiegen sogar Dämpfe aus dem Loch hervor, die sich unter der Decke sammelten.

Der Oberkommissar stand mit hängenden Schultern vor den Gitterstäben und spürte, dass ihm schon jetzt die Argumente ausgingen. Was sollte man denn einem Lebensmüden sagen, der einfach nur hoffte, durch seinen Tod zumindest seinen Hinterbliebenen das Fortbestehen zu erleichtern? Einem Mann, dem es bei diesen nüchternen Aussichten vermutlich schon eng im Halsbereich wurde. Welchen Strohhalm wäre solch ein Verzweifelter zu greifen bereit – und wo sollte ausgerechnet Thiesen den herzaubern?

»Mir ist klar, dass man Ihnen eine Menge versprochen hat, wenn Sie sich opfern«, begann er dann mit einem letzten, womöglich alles entscheidenden Vorstoß. »Aber Sie sollten auch wissen, dass sich diese Kerle nur selten an ihr Wort halten.« Thiesen stieß ein verbittertes Lachen heraus. »Niemand kann sagen, ob Ihre Familie nach Ihrem Tod tatsächlich etwas davon hat.«

Erwin hob den Kopf und schaute den Oberkommissar mit gerunzelter Stirn an. »Können Sie das denn?« Er stemmte sich erneut hoch und stand kurze Zeit darauf wieder direkt vor den Gitterstäben. »Können Sie mir vielleicht versprechen, dass meine Familie den nächsten Winter überlebt, falls ich …«

»Falls Sie was?«

»Nichts!« Erwin hatte sich umgedreht und stand jetzt mit dem Rücken zu Thiesen. »Ich denke, es ist besser, wenn Sie gehen.«

»Ich könnte …«

»Lassen Sie's gut sein! Mir kann niemand mehr helfen.«

35

Pfeiffer saß wieder in einem der Jeeps und unterhielt sich mit dem Fahrer, einem jungen Lance Corporal, der unentwegt von seiner neuen Freundin schwärmte, einer rothaarigen Schönheit aus Hamburg-St. Pauli. Am Ende dürften dieser Krieg und die spätere Besetzung durch die Alliierten auch ein paar schöne Konsequenzen haben. Zumindest einige Kinder, die mit Sicherheit zweisprachig aufwachsen würden.

Die Tommys hatten schon kurz nach Beginn der Razzia zwei weitere Lkw angefordert, auf denen man die zahlreichen Verhafteten ins britische Hauptquartier überstellen wollte. Am Sammelpunkt, direkt vor der Kirche St. Petri, hatten sich Dutzende von Soldaten und Männern in Handschellen eingefunden. Es würde vermutlich Tage dauern, um so was wie eine erste Ordnung in diesen Haufen zu bringen und herauszufinden, wen man ebenso gut wieder laufen lassen könnte.

»Wenn Sie meine Uschi sehen, dann springen Ihnen garantiert die Augen aus dem Kopf«, schwärmte der Lance Corporal weiter, während Pfeiffers Aufmerksamkeit vielmehr einem einzelnen Mann galt, der inmitten eines Pulks von Verhafteten stand. Eilig entschuldigte er sich bei dem englischen Soldaten und sprang vom Jeep hinunter. Kurz darauf hatte er die Gruppe erreicht und winkte seine Zielperson zu sich, um etwas abseits ungestört reden zu können.

»Haben wir den ganzen Mist etwa dir zu verdanken?«, erkundigte sich Horst Keller, während er den jungen Kommissar kopfschüttelnd musterte. »Du hast wohl vergessen, wer hier Freund oder Feind ist. Am liebsten würde ich dir deine Polizeimarke in den Arsch schieben, und …« Der Schwarzmarkthändler ruderte mit den Schultern, schließlich waren seine Arme auf dem Rücken mit Handschellen gefesselt.

»Halt's Maul, Horst!«, fauchte Pfeiffer nicht minder giftig zurück. »Du kannst froh sein, dass die Sache so glimpflich abgelaufen ist. Außerdem habe ich Anweisungen von meinem Chef …«

»Was ist mit dem Mann?«, unterbrach ein Soldat die nicht gerade freundliche Unterhaltung. Ein Stück entfernt heulte der Motor eines Lkw auf, der einen weiteren Schwung Verhafteter ins britische Hauptquartier bringen sollte. Der Uniformierte deutete auf Horst Keller und fuchtelte mit seiner Maschinenpistole herum. »Gleich ist Abfahrt!«, stellte er fröhlich fest, als handelte es sich um eine ausgelassene Fahrt auf dem Rummel.

»Der Mann gehört nicht dazu!«, rief Pfeiffer dem Soldaten entgegen. »Nehmen Sie ihm bitte die Handschellen ab.«

»Aber wir haben den Kerl …«

»Das spielt keine Rolle! Die Handschellen …« Pfeiffer unterstrich seine Aufforderung mit ernster Miene.

Noch wirkte der Soldat unentschlossen. Nach einem kurzen Blick zu seinem Vorgesetzten zuckte der junge Kerl mit den Schultern und tat einfach wie befohlen. Gerade erst befreit, fuchtelte Horst Keller mit den Armen herum, um das Blut zum Zirkulieren zu bringen. »Kannst du mir vielleicht mal sagen, was der ganze Mist eigentlich soll? Und warum fressen dir die Tommys aus der Hand?«

»Sag ich dir … aber nicht jetzt und nicht hier!«

Spätestens als sich Erwin Moltke wieder auf seiner Pritsche niedergelassen und ausgestreckt hatte, musste Thiesen sich eingestehen, dass dieser Vorstoß grandios gescheitert war. Er hatte nicht nur seine Zeit vergeudet, sondern darüber hinaus auch noch Pfeiffer mit der Razzia in Altona alleingelassen. Blieb nur zu hoffen, dass der Bursche seine Sache gut machte und am Ende nicht für zusätzliches Chaos sorgte. Zumindest dürfte es – nachdem die Zellen im britischen Hauptquartier gefüllt wären – eine Menge Arbeit geben. Verhöre, Berichte ... am Ende wollte und musste er die Wahrheit zutage fördern.

Bevor er ging, warf Thiesen einen letzten Blick über die Schulter. Erwin lag immer noch ausgestreckt auf seiner Pritsche und hatte die Hände hinterm Kopf verschränkt. Diesem Irren war offensichtlich nicht zu helfen. Außerdem konnte man jemandem ohnehin nur dann helfen, wenn dem auch geholfen werden wollte. Das schien nicht der Fall zu sein. Blieb nur das unbedeutende Detail, dass dieser Narr seine Uneinsichtigkeit schon am nächsten Morgen mit dem Leben bezahlen würde. Weitere Fehler dieser Art dürften ihm also erspart bleiben.

Vor dem Gefängnistrakt wartete der Jeep auf Thiesen. Über Funk stellten die beiden Militärpolizisten sofort eine Verbindung mit ihren Kollegen in Altona her. Kurz darauf brüllte Pfeiffer atemlos ins Funkgerät: »Was ist denn los, Chef? Waren Sie erfolgreich?«

»Brüllen Sie doch nicht so, Pfeiffer! Uns fallen hier die Ohren ab.«

»Was ist denn jetzt?«, fuhr der junge Kommissar etwas leiser fort. »Hat der Kerl Interesse daran, seinen Kopf aus der Schlinge zu ziehen?«

Es rauschte und knisterte im Lautsprecher. Immer wieder gab es Überlappungen durch andere Radio- oder Funksignale. Deshalb ignorierte Thiesen auch die Fragen seines Kollegen und beschränkte sich aufs Wesentliche: »Was ist bei Ihnen los? Soll ich nach Altona rüberkommen oder lieber gleich ins Hauptquartier?«

»Kommen Sie nach Altona, Chef! Wir warten hier auf Sie.«

»Was heißt ›wir‹?«

»Kommen Sie einfach rüber … später mehr. Over!«

Thiesen sah kopfschüttelnd auf das Mikrofon in seiner Hand. Auch die beiden Soldaten konnten sich ein Lachen nicht verkneifen. »Over … der hat sie doch nicht mehr alle.«

* * *

»Das hast du ja hervorragend hinbekommen!« Konrad Kramer stand erneut im Büro von Hans Maler und strafte den mit einem Kopfschütteln. »Deine beiden Bluthunde haben ganz Altona auf den Kopf gestellt. Und während die wilde Sau spielen, sitzt du hier auf deinem fetten Arsch und drehst Däumchen. Uns steht das Wasser bis zum Hals, falls du es noch nicht bemerkt hast!«

Maler wirkte keineswegs überrascht. Solche Neuigkeiten verbreiteten sich wie ein Lauffeuer. Als er zu einer Antwort anhob, wirkte er noch immer relativ gelassen: »Und zeitgleich haben fast hundert britische Soldaten den Schwarzmarkt am Dammtor aufgelöst. Es wird Wochen, wenn nicht sogar Monate dauern, bis alles wieder einigermaßen normal läuft.«

»Das scheint dich ja nicht mal zu stören«, stellte Kramer verbittert fest. »Und was Thiesen angeht, hast du anscheinend immer noch keine Ahnung, mit wem du es zu tun hast. Richtig?«

»Was soll das bedeuten? Weißt du etwa, warum man mir diese Laus in den Pelz gesetzt hat?«

»Der Kerl hat britische Vorfahren. Seine Mutter ist die Nichte von irgendeinem Kriegshelden.«

»Das würde einiges erklären!« Hans Maler zog eine Schublade auf und beförderte eine Flasche Schnaps zutage. Nachdem er zwei Gläser halb gefüllt hatte, schob er eines davon über seinen Schreibtisch. »Kein Wunder, dass mir die Tommys den Kerl untergeschoben haben. Ich hätte es wissen müssen!«

»Genau! Du hättest ...« Kramer leerte sein Glas in einem Zug und schob es über den Tisch zurück, um Nachschub zu verlangen. »Aber du hast nicht, und genau das ist das Problem.«

»Was hast du jetzt vor?« Maler ignorierte die letzte Feststellung schlichtweg und betrachtete sein Gegenüber nachdenklich. Diese Neuigkeiten warfen ein völlig anderes Licht auf die gesamte Situation.

»Was wohl? Ich packe meine Sachen und mache mich aus dem Staub. Mir wird die Luft hier zu dünn. Und wenn du schlau bist, dann solltest du auch lieber ...«

»Wohin denn?«, erkundigte sich Maler mit verbitterter Stimme. »Du kannst deinen Bauchladen notfalls an jeder Straßenecke aufklappen und morgen dort weitermachen, wo du gestern aufgehört hast. Und ich? Soll ich mir etwa neue Papiere fälschen und ab nächstem Ersten das Dezernat Wirtschaft in Stuttgart übernehmen?«

»Ich glaube, das wird dir auch nicht helfen«, stellte Kramer lächelnd fest. »Wenn die es schaffen, dir deine Vergangenheit nachzuweisen, dann muss die Reise schon nach Südamerika oder nach China gehen. Du weißt doch genau, was sie mit Kriegsverbrechern anstellen.«

Hans Maler spürte, wie es um seinen Hals herum eng wurde. Tatsächlich zögerten die selbst ernannten Retter

Deutschlands keine Sekunde, wenn Ihnen eines der Monster aus NS-Tagen ins Netz ging. Am Ende konnte man noch froh sein, wenn es auf einen schnellen Tod durch eine Kugel oder Erhängen hinauslief. Vielerorts kursierten ganz andere Gerüchte über Todeskämpfe, die Stunden oder gar Tage gedauert hatten. Keine schönen Aussichten!

»Was hast du vor?«, fragte Maler, nachdem Kramer aufgestanden war und fast die Tür erreicht hatte. »Wo willst du denn hin?«

»Das habe ich dir gesagt! Ich mach mich aus dem Staub – schnellstmöglich.«

»Kannst du mir vorher noch helfen? Es könnte nicht schaden, wenn meine Reisekasse einigermaßen prall gefüllt wäre.«

»Ich wüsste nicht, warum, Hans. Oder hast du vielleicht vor, mir zu helfen?«

36

Als Thiesen in Altona angekommen war, hatte sich der Pulk vor der Kirche St. Petri längst aufgelöst. Nur eine Handvoll Soldaten war an Ort und Stelle geblieben. In erster Linie, um für die Sicherheit der Kommissare zu garantieren. Diese Razzia würde noch lange für Nachwirkungen sorgen. Thiesen sprang aus dem Jeep und eilte auf Pfeiffer zu, der mit einem weiteren Mann ein kleines Stück abseits stand. Er hatte die beiden nicht mal erreicht, da fing er bereits zu schimpfen an: »Over! Over! … ich werde Ihnen gleich helfen, Sie Overidiot.«

»Beruhigen Sie sich erst mal!« Pfeiffer machte einen langen Schritt und stoppte seinen Chef mit ausgestrecktem Arm. Mit der freien Hand gestikulierte er und versuchte, so schnell wie möglich für Ruhe zu sorgen. »Das ist Horst Keller.« Er deutete auf den Dritten im Bunde. »Ich habe ihn aus der Menge herausgepickt und in Sicherheit gebracht.«

»Warum?« Thiesen musterte den Mann mit geringschätzendem Blick. Und auch der Schwarzmarkthändler bemühte sich nicht, einen Hehl aus seiner offensichtlichen Abneigung zu machen. »Ich habe Ihnen doch gesagt, dass es keine Ausnahmen gibt. Ich will das ganze Pack hinter Gittern sehen. Mindestens, bis uns einer dieser Scheißkerle die Wahrheit vor die Füße kotzt!«

»Jetzt mach mal halblang, Kollege!« Horst Kellers erste

Worte an Thiesen. Es stand zu befürchten, dass sich diese Unterhaltung schon bald zu einer ausgewachsenen Katastrophe entwickeln würde. »Du hast doch nicht mal ne Ahnung, mit wem du's eigentlich zu tun hast.«

Pfeiffer gestikulierte immer noch. Nun jedoch, um Horst Keller zu retten, der im Begriff war, sich um Kopf und Kragen zu reden. Wie befürchtet, machte Thiesen ein paar lange Schritte auf den Schwarzmarkthändler zu und blieb direkt vor ihm stehen. Er musste ein Stück nach oben schauen, weil sein Gegenüber ihn um einen halben Kopf überragte. »Ich will dir mal was sagen.«

Der Oberkommissar erhob sich auf die Zehenspitzen, was der Situation beinahe eine groteske Note verlieh. »Wenn ich den Tommys dahinten ...« Thiesen deutete über seine Schulter, »... jetzt sage, dass sie dir eine Kugel durch den Kopf jagen sollen, dann kräht in fünf Minuten kein Hahn mehr danach.«

»Ist der Kerl völlig bekloppt?«, fragte Keller, an Pfeiffer gerichtet. »Du hast mir einiges über deinen Chef erzählt, aber nicht, dass er größenwahnsinnig ist.«

»Was haben Sie ihm erzählt?« Jetzt schaute auch Thiesen seinen jungen Kollegen unverwandt an. »Raus mit der Sprache! Was weiß der Kerl?«

»Nur, dass wir auf Befehl der Briten handeln«, gab Pfeiffer nach kurzem Zögern mit gequälter Miene zu. »Und dass Sie über gewisse Kontakte verfügen.«

»Schön!«, schwärmte Thiesen künstlich. »Vielleicht sollten Sie es ans Schwarze Brett nageln ... und vergessen Sie nicht, es auch den Straßenjungen mitzuteilen. Vielleicht gibt's da draußen irgendeinen, der es noch nicht weiß.«

»Sag mir lieber, was ihr wollt«, erkundigte sich Horst Keller, dessen Stimme zwischenzeitlich etwas freundlicher klang. »Ihr habt das Viertel doch nicht auf den Kopf gestellt, nur, um für ein bisschen Unruhe auf dem Schwarzmarkt zu sorgen.«

Pfeiffer nickte aufgeregt, während Thiesen wieder auf seinen Hacken stand. Er griff in seine Manteltasche und holte ein Päckchen Zigaretten heraus.

»Den Mist solltest du nicht qualmen«, stellte Keller lachend fest. »Wenn wir die Sache hier einigermaßen zivilisiert über die Bühne bringen, dann bekommst du ab morgen jeden Tag eine Schachtel der besten Zigarillos. Wenn du willst …«, schickte er noch eilig hinterher.

Thiesen schwieg beharrlich und genoss das Knistern in der Luft. Manchmal waren es eben genau die Fragen, die man nicht stellte, deren Antworten einen endlich nach vorne brachten.

»Also wollt ihr wissen, wer die Mädchen auf dem Gewissen hat … richtig?«

Pfeiffer nickte vorsichtig, hielt jedoch abrupt inne, als sein Chef ihm einen strafenden Blick rüberschickte.

»Was ist, wenn ich euch helfe?« Horst Keller schaute die Kommissare abwechselnd an. »Viel weiß ich nicht, aber es reicht vielleicht, um euch auf die richtige Spur zu bringen.« Sein Blick haftete nur noch an Thiesen, denn er hatte offensichtlich verstanden, dass alle wesentlichen Entscheidungen ausschließlich von dem abhingen.

»Dann fangen Sie doch zur Abwechslung mal mit der Wahrheit an«, ermunterte der Oberkommissar den Schwarzmarkthändler und zwang sich zu einem halben Lächeln. »Legen Sie los! Danach kann ich Ihnen sagen, was Ihre Geschichte wert ist.«

Thiesen zog an seiner Zigarette und blies den Rauch Horst Keller direkt ins Gesicht. »Außerdem bleiben wir zwei ab sofort beim Sie! Kann mich nicht erinnern, mit Ihnen einen Sandkasten geteilt zu haben.«

»Und was ist, wenn ich hier munter drauflos plappere

und Sie lassen mich hinterher im Regen stehen? Ich bin doch nicht blöd … von Geschäften müssen beide Seiten etwas haben.«

»Ich kann Ihnen nur versprechen, dass Sie auf jeden Fall am Leben bleiben.« Thiesen deutete erneut über seine Schulter, hinter der zwei Soldaten standen, die Maschinenpistolen im Anschlag. »Falls Sie glauben, dass ich nur spaße, dann werde ich Ihnen gerne das Gegenteil beweisen. Und jetzt fangen Sie gefälligst an – ich hab nicht ewig Zeit.«

* * *

Hans Maler saß in seinem Büro und starrte an die Decke. Er hatte nach Kriegsende monatelang Kopf und Kragen riskiert, um den größten Teil seiner Vergangenheit für immer auszulöschen. Sogar das Gros seiner zu NS-Zeiten erbeuteten Schätze war dafür draufgegangen, seine Gestapo-Akte auf Nimmerwiedersehen verschwinden zu lassen. Und jetzt? Was war diese neue Freiheit denn in diesem Moment noch wert? Vermutlich nichts! Wenn die Leute erst mal damit anfingen im Müll zu graben, dann tauchten daraus garantiert irgendwelche Kerle hervor, die auspackten, um ihren eigenen Hals aus der Schlinge zu ziehen. Das war so und würde auch immer so bleiben. Jeder ist sich selbst der Nächste … ein Gesetz, das seit Jahrtausenden Bestand hatte.

Maler öffnete seine oberste Schreibtischschublade und zog seine Pistole heraus. Manche Dinge konnte man schnell und sogar schmerzlos erledigen. Eine Kugel, die sich ihren Weg quer durch einen Schädel bahnte, hinterließ in der Regel nichts mehr. Aber dafür war es deutlich zu früh. Bis jetzt gab es ja noch nicht mal verlässliche Hinweise darauf, dass diese Razzia etwas Weltbewegendes zutage gefördert hatte. Während Kramer vermutlich schon aufgeregt seine Sachen zusammenpackte, entlud sich anderenorts womöglich nur ein leichtes Sommergewitter. Heiße Luft, die sich ebenso schnell wieder verzog, um für die Sonne Platz zu machen.

Kopfschüttelnd legte Maler die Pistole in seine Schublade zurück. Er warf einen Blick auf das Bild seiner glücklichen Familie, das mitten auf seinem Schreibtisch stand und dort über alles andere herrschte. Zuerst schaute er seine Frau an, danach seine beiden halbwüchsigen Söhne. Tatsächlich hatte er die drei nur ein einziges Mal in seinem Leben zu Gesicht bekommen, selbst da nur flüchtig. Seitdem existierte diese Familie nur noch in seiner Akte und wartete angeblich im nahegelegenen Bremen geduldig auf ihren heiß geliebten Ernährer, der an manchem Wochenende – ebenfalls nur für die Akte – den Weg nach Hause antrat. Und um die traurige Wahrheit zu vervollständigen, sollte man vielleicht nicht unerwähnt lassen, dass es Hans Maler höchstpersönlich gewesen war, der die Frau, ihren Mann und auch die beiden Söhne verraten und damit ihren Abtransport nach Dachau veranlasst hatte.

37

Nachdem die Wogen des Streits etwas geglättet waren, begann Horst Keller damit, den Kommissaren die seltsame Halbwelt rund um Prostitution und Schwarzmarkt zu erklären. Zum größten Teil stimmten seine Beschreibungen mit denen von Bruno Rosner überein, deshalb beschränkte sich Thiesen die meiste Zeit nur auf Nicken oder ein kurzes Grunzen. Erst als es um das wesentliche Thema ging – den gewaltsamen Tod dreier Frauen –, wollte er es genauer wissen: »Was bedeutet das ... die Frauen sind wohl zwischen die Fronten geraten?« Er schaute Horst Keller an und hatte Mühe, seine Wut im Zaum zu halten. »Und da weiß man sich in eurer Branche nicht anders zu helfen, als drei wehrlose Frauen zu erschlagen? Wir können es nicht mit Sicherheit sagen, aber vermutlich waren sie sogar schwanger.«

»Ich habe damit nichts zu tun, sonst würde ich euch wohl kaum ...!«

»Ist gut!«, unterbrach Thiesen sein Gegenüber grob. »Wir brauchen Namen und wenn möglich, sollten wir wissen, wo wir die Schweine finden.«

Selbst Pfeiffer nickte. Er hatte sich bisher zurückgehalten.

»Es gibt ein paar Typen, die den Markt hier in Altona und St. Pauli schon länger an sich reißen wollen«, begann Keller nach kurzem Überlegen von Neuem. »Den Kerlen ist nichts heilig und sie halten sich an keine unserer Regeln.«

»Namen! Ich brauche Namen«, drängelte Thiesen und stieg dabei unruhig von einem Fuß auf den anderen. »Falls Sie wirklich ungeschoren aus der Sache rauskommen wollen, muss ich diese Männer hinter Gitter bringen und möglichst beweisen können, dass die für alles verantwortlich sind. Also …«

Horst Keller atmete hörbar aus. Er schaute Pfeiffer an; bei ihm konnte er wahrscheinlich auch nicht auf Verständnis oder gar Hilfe hoffen. Und es verging noch eine Weile, bis der Schwarzmarkthändler mit deutlich gesenkter Stimme fortfuhr: »Es gibt einen ganzen Haufen schräger Vögel, die ihre Finger ausstrecken und expandieren wollen. Aber es gibt nur einen, auf den sie hören und vor dem sie alle Angst haben.«

»Wollen Sie uns den Namen in einzelnen Buchstaben servieren oder wird das gleich was?« Thiesen stöhnte genervt. »Mein Gott! Da höre ich ja von meinem kleinen Sohn schneller die Wahrheit.«

»Kramer … Konrad Kramer«, zischte Keller und schaute die Kommissare danach abwechselnd an. Gerade so, als sollte allein dieser Name jeden Herumstehenden vor Ehrfurcht erzittern lassen.

»Was ist das für ein Typ?«, fragte Pfeiffer, der von diesem furchteinflößenden Zeitgenossen anscheinend auch noch nie zuvor gehört hatte. »Schwarzmarkt oder Huren?«

»Beides! Das ist ja das Problem. Außerdem betreibt er ein paar illegale Pfandleihen. Das ist heutzutage, als ob man die Lizenz zum Geld drucken hätte.«

»Können Sie uns sagen, wo wir diesen Kramer finden?« Selbst Thiesen hatte unbewusst seine Stimme etwas gesenkt. »Wir müssen den Mann finden, sonst …«

»Wenn ich euch das sagen könnte, dann wäre der Kerl in den letzten Monaten wohl kaum zum heimlichen König

der Unterwelt aufgestiegen. Ich hab keine Ahnung, wo er
sich versteckt.«

Nur ein paar Minuten später trennten sich die Männer.
Während die Kommissare erneut einen der Jeeps bestiegen, konnte sich Horst Keller gar nicht schnell genug in
Richtung Bahnhof Altona davonmachen.

»Wo soll's hingehen, Chef?« Pfeiffers Hand lag auf der
Schulter des Fahrers, der auf das Ziel dieser Fahrt wartete.
»Ins Hauptquartier, oder wohin?«

Thiesen nickte zuerst nur. Erst nachdem sich der Jeep in
Bewegung gesetzt hatte, begann er so leise wie möglich, um
gerade noch den Motorenlärm zu übertönen: »Wir setzen
alles auf eine Karte. Wir müssen!«

»Was soll das bedeuten?« Pfeiffer lachte und schlug sich
auf die Schenkel. »Außerdem hab ich das Gefühl, als ob wir
seit Tagen nichts anderes tun.«

Thiesen lächelte und lehnte sich in seinen Sitz zurück.
Sein junger Kollege würde sich noch wundern und am Ende
die letzten Tage womöglich als Paradies beschreiben.

* * *

Konrad Kramer hatte sich schon seit Monaten immer wieder
vorgenommen, für eventuelle Notfälle – beispielsweise eine
spontane Flucht – gerüstet zu sein. Eine gepackte Tasche,
die nur darauf wartete, gegriffen und weit weggebracht
zu werden. Auch sein Hab und Gut, das er auf verschiedene Verstecke und einige Banken verteilt hatte, hätte er
schon lange zuvor sammeln sollen, um damit so schnell wie
möglich das Weite suchen zu können. Aber all das hatte
er versäumt und sich stattdessen lieber seinen Geschäften
gewidmet, die von Tag zu Tag größere Ausmaße annahmen.
Diese Stadt hatte auf einen wie ihn gewartet. Auf einen, der

wusste, dass Skrupel nicht in diese Welt gehörten. Dass gerade in schweren Zeiten sich jeder nehmen musste, was er konnte, nur um seine eigene Existenz zu sichern. In seinem Inneren fochten zwei mächtige Gegner einen unerbittlichen Kampf aus. Auf der einen Seite die Vernunft, die ihn im Minutentakt dazu aufforderte, so schnell wie möglich die Segel zu streichen. Auf der anderen Seite brachte seine Gier ihre Truppen in Stellung. Es war schließlich monatelang gut gegangen. Und bis jetzt gab es keinen Hinweis darauf, dass die Engländer mehr wussten als zuvor. Womöglich würde sich diese ganze Aufregung – insbesondere, nachdem Erwin Moltke den Rest seines beschissenen Lebens ausgehaucht hätte – einfach in Luft auflösen. Alles würde plötzlich wieder zur Tagesordnung übergehen und weiterstrampeln, statt lästige Fragen zu stellen.

Trotzdem! Er musste endlich Vorkehrungen treffen. Heute war es zu spät, um seine beiden wichtigsten Schließfächer zu leeren, in denen Schweizer Wertpapiere und Gold lagerten. Aber schon morgen früh würde er die meisten seiner Sparschweine schlachten und – vielleicht sofort – mit diesem Reichtum in ein neues Leben aufbrechen. Möglicherweise nach Südafrika. Oder lieber einen Ort, an dem es nicht ganz so heiß wäre? Egal! Hauptsache raus aus Deutschland …

* * *

Vor dem britischen Hauptquartier herrschte, gelinde gesagt, Chaos. Noch immer hatten die englischen Soldaten es nicht geschafft, alle Verhafteten in Zellen unterzubringen. Sie waren dazu übergegangen, einige der Männer gleich ins Gefängnis am Holstenglacis zu überstellen. Die meisten erwartete ohnehin nur ein Schnellverfahren vor einem Militärgericht. Danach ein paar Monate, vielleicht ein Jahr hinter Gittern und anschließend ging es dort weiter, wo man aufgehört hatte. Auch die Razzia am Dammtor schien ein durchschlagender Erfolg gewesen zu sein. Gerade als die Kommissare vom Jeep herunterkletterten, hielt ein Lkw neben ihnen an, der bis unters Dach mit Schwarzmarktware gefüllt war. Am Ende dürfte es allerdings nur einige Tage dauern, bis alles wieder seinen gewohnten Gang nehmen würde. Letztendlich waren Razzien an der Tagesordnung und ebenso normal wie Hunger, Elend und Tod. Das Pack verkroch sich irgendwo und tauchte, nur ein paar Tage später, zwei Straßenecken weiter wieder auf. Daran konnte nichts und niemand auf Dauer etwas ändern.

»Donnerwetter, Chef!« Pfeiffer klopfte lachend gegen die Bordwand des Lkw. »Vielleicht sprechen Sie mit Ihrem großen Gönner und wir können uns was davon abzwacken.«

»Sie haben sie doch nicht mehr alle!« Thiesen marschierte schon mit langen Schritten in Richtung Haupteingang. »Außerdem haben wir andere Sorgen als Dosenfleisch und Seidenstrümpfe. Es wird Zeit, diesen Kerlen die Stirn zu bieten. Ich hab die Schnauze voll, wenn Sie's genau wissen wollen.«

»Dann sollten Sie Ihrem Kollegen vielleicht noch verraten, was Sie vorhaben«, keuchte Pfeiffer, der seinen Chef eingeholt hatte. »Was war eigentlich im Gefängnis? Hat sich dieser Erwin auf einen Handel eingelassen?«

»Sie sind gar nicht so dumm, wie Sie aussehen! Aus Ihnen könnte ein relativ guter Polizist werden.«

»Herzlichen Dank, verehrter Meister! Auf diesen Orden habe ich die ganze Zeit gewartet.«

Bevor Thiesen antworten konnte, kam den Kommissaren Major Freeman auf der Treppe entgegen. Der britische Offizier wirkte zum ersten Mal ein wenig aufgeregt: »Da haben Sie uns ja eine schöne Suppe eingebrockt, Gentlemen! Sogar oben im Archiv hat man einen Teil von Ihrem Pöbel eingepfercht, weil meine Leute nicht mehr wissen, wohin damit.«

»Die Sache wird noch deutlich ungemütlicher«, flüsterte Thiesen, nachdem er sich dem Major ein Stück entgegengebeugt hatte. »Wir müssen sofort miteinander reden!«

Freeman fiel es schwer, seine Verwunderung zu verbergen. Trotzdem setzte der Offizier unverändert energisch von Neuem an: »Zunächst sollten Sie mir zuhören.«

Jetzt war es an Thiesen, erstaunt dreinzuschauen.

»Sie haben diesen Pastor Hoffmann verhaftet ...«

Thiesen nickte vorsichtig, Pfeiffer deutlich entschlossener, denn er selbst war es gewesen, der den Gemeindevater von St. Petri festgenommen hatte. Schließlich stellte der eines der primären Ziele dieser Razzia dar.

»... ich habe Hoffmann vor einer halben Stunde wieder auf freien Fuß gesetzt«, vervollständigte der Major das Desaster. »Und bevor Sie fragen – ich habe meine Gründe dafür!«

Eine Vermutung schwirrte schon länger in Thiesens Kopf herum. Er war bereit, sich mit den Fakten abzufinden; was blieb ihm auch anderes übrig? Trotzdem pochte er auf eine Bestätigung: »Hat das etwas mit den Rosners zu tun?«

Der Major öffnete zuerst den Mund, beschränkte sich nach einem langen Seufzer allerdings nur auf ein Nicken.

»Was soll das?«, empörte sich Pfeiffer flüsternd. Die Kommissare stiefelten mittlerweile hinter Freeman her, der sich durch das Gewühl vor dem britischen Hauptquartier quälte. »Wir ziehen den Pfaffen aus dem Verkehr und Ihr Freund lässt ihn sofort wieder frei. Muss ich das verstehen?«

»Ganz verstehe ich es auch nicht«, gab Thiesen ebenso leise zurück. »Aber wir müssen dem Major vertrauen ...«

»Was soll das heißen?«

»Noch meint er wohl, dass Pastor Hoffmann mehr Gutes

als Schlechtes tut. Und solange das der Fall ist, bleibt der Pfaffe auf freiem Fuß. Basta!«

»Und damit können Sie leben, Chef?«

»Damit muss ich leben, mein Lieber! Ganz egal, ob ich es will oder nicht.«

38

Erwin Moltke wachte auf und spürte, dass auch seine Sinne nach und nach zu neuem Leben erwachten. Er lag lang ausgestreckt auf seiner Pritsche und war erst kurz zuvor eingenickt. Ein Wunder! Zumindest ein seltsames Phänomen, wie schnell sich der Verstand mit Tatsachen anfreunden oder wenigstens arrangieren konnte. Er hatte nicht einmal mehr Angst davor zu sterben. Seine einzige Sorge galt seiner Frau und seinen Söhnen. Der Kommissar hatte es mit seinem verdammten Gelaber geschafft, seinen Traum von einer heilen Welt für seine Lieben ein wenig ins Wanken zu bringen. Was wäre denn, wenn sie ihn aufknüpften und seine Familie hinterher trotzdem in den Ofen schaute, also hungerte und fror?

Erst jetzt bemerkte Erwin, dass er am ganzen Leibe schlotterte. Ob das allein der Kälte in diesem feuchten, eisigen Loch geschuldet war, konnte er nicht sagen. Plötzlich holte ihn eine Gewissheit ein, die sein Verstand bisher anscheinend völlig unterdrückt hatte. Er würde sterben! Schon morgen früh. Und es gab vermutlich nichts und niemanden, der daran etwas ändern konnte. Oder doch? Vielleicht dieser Kommissar, der meinte, alles zu wissen?

Mit einem Mal wurde sich Erwin über die Konsequenzen seines Handelns bewusst. Genauer gesagt, was es wirklich bedeutete zu sterben. Er würde seine Frau und seine Söhne nie wiedersehen. Konnte sich nicht persönlich davon überzeugen, ob es Ihnen gut oder schlecht ginge. Ihnen nicht helfen. Sie nicht beschützen oder zumindest versuchen, sie vor Ungemach zu bewahren, ganz gleich wie. Dieser Möglichkeit hatte er sich selbst beraubt. Ein für alle Mal.

Er war noch immer mit seinen trüben Gedanken beschäftigt, als er Schritte hörte, die über den Gang hallten. Es waren zwei Männer, die vor seiner Zelle stehen geblieben waren und ihn ein wenig mitleidvoll anschauten, zumindest einer davon. Trotzdem dauerte es noch eine ganze Weile, bis der größere der beiden den Mund öffnete: »Stehen Sie auf! Es ist soweit ...«

»Es ist doch noch nicht mal Abend«, protestierte Erwin, der bereits auf seinen Füßen stand. »Ich soll doch erst morgen früh ...«

»Schnauze!«, fauchte der Kleinere. »Mach dich fertig ... wir haben nicht ewig Zeit.«

* * *

Thiesen hatte längst gelernt, dass es manchmal von Vorteil war, einfach Tatsachen sprechen zu lassen. Es gab Momente, in denen Fakten alles viel besser erklärten als ein Haufen überflüssiger Worte.

Major Freeman saß hinter seinem Schreibtisch und hielt noch immer die Gestapo-Akte in seinen Händen. Mittlerweile war er völlig in seinem Stuhl zusammengesunken. Sein Mund stand offen, doch es wollte nichts herauskommen. Erst nachdem Thiesen sich ein paar Mal geräuspert hatte, begann der britische Offizier mit Grabesstimme: »Das ist eine Katastrophe.« Im nächsten Moment langte der Major in eine Schublade und zog eine Flasche empor. »Schottischer Whisky – wenn Sie mich fragen, immer noch der beste.« Er nahm drei kleine Gläser und füllte sie fast bis zum Rand. Er schob sie vorsichtig über seinen Schreibtisch, bis die Kommissare bereitwillig zugriffen.

»Lecker!«, lobte Pfeiffer das bernsteinfarbene Elixier, nachdem es seine Kehle hinuntergelaufen war.

»Die Schotten sind ein seltsames Völkchen«, gab der Major lachend zurück. »Aber wenn sie eines können, dann ist es Whisky brennen.«

»Vielleicht sollten wir zum Thema zurückkehren«, unterbrach Thiesen die Schwärmerei. »Wir müssen beschließen, wie es mit Hans Maler weitergeht.« Er schaute Freeman prüfend an und runzelte am Ende die Stirn. »Wir sind uns doch hoffentlich darüber einig, dass er unter diesen Umständen nicht auf seinem Posten bleiben darf?«

»Wissen Sie eigentlich, wer Maler auf seinen Stuhl gesetzt hat?«, erkundigte sich der Major mit freudlosem Lachen, während er sich einen weiteren Whisky einschenkte. »Ich war es … ich höchstpersönlich, nachdem mir mein Stab versichert hat, dass Mister Malers Akte so weiß wie ein neues Bettlaken wäre. Keine braunen Flecken, nicht mal irgendeine Verbindung zu den Nazis …« Freeman hielt kurz inne, um das zweite Glas Whisky in einem Zug herunterzuschütten. »Ein Musterpolizist mit Familie, einwandfreiem Leumund und sogar ein paar Halbjuden in entfernter Verwandtschaftslinie.«

»Klingt wie der ideale Kandidat«, bestätigte Thiesen, auch, um damit den britischen Offizier ein Stück weit zu entlasten. »Vermutlich hätte keiner von uns anders gehandelt.«

»Bleibt nur ein klitzekleines Problem …« Major Freeman nahm die Gestapo-Akte von Arthur Brunner, alias Hans Maler, und donnerte sie mit aller Kraft auf seinen Schreibtisch. Er sah aus, als würde er sie am liebsten aus dem Fenster werfen oder besser noch verbrennen. »Wir müssen handeln, meine Herren! Was bleibt uns denn anderes übrig?«

Die Männer hatten eine Weile geschwiegen. Mittlerweile schwappte der vierte Whisky im Glas des Majors. Draußen begann es zu dämmern. »Sagen Sie mir, wie es weitergehen soll, Gentlemen.«

Thiesen war mit den Gedanken bei seiner Familie, insbesondere bei Anna, die vermutlich schon eine Kiste auf die andere stapelte. Und das mit nur einem Arm. Ganz gleich, wie diese Geschichte enden würde, er war einer der wenigen Gewinner, vielleicht der einzige. Eine neue Wohnung war für ihn und seine Lieben auch ein neuer Anfang. Endlich raus aus diesem feuchten Rattenloch, das mehr einem Verlies als einer vernünftigen Behausung glich. Raus aus Altona, raus aus seinem alten Leben. Wenn er es richtig anstellte, dann könnten sie sogar …

»Was meinen Sie, Mister Thiesen? Ist das eine gute Idee?«

Thiesen schüttelte verwirrt den Kopf und schaute den Major ratlos an. »Entschuldigung … ich war kurz weg. Meine Schuld!« Er übte sich in versöhnlichem Blick und schaffte es sogar, ein Lächeln zu produzieren. »Vielleicht können Sie noch mal …«

»Ihr Kollege Pfeiffer meint, dass wir Maler so schnell wie möglich aus dem Verkehr ziehen sollten. Je länger wir warten, desto schlimmer könnte die Sache werden, denkt er.«

Bevor Thiesen antworten konnte, klopfte es vorsichtig an die Tür. Der leitende Wachoffizier, ein bereits in die Jahre gekommener Second Lieutenant, steckte seinen Kopf zur Tür herein und begann ohne Aufforderung: »Major … unten steht ein Mann, der einen gewissen Mister Thiesen sprechen will.«

»Wie heißt der Mann, Lieutenant?«

»Horst Keller. Und er sagt, es sei wichtig.«

* * *

Auf zitternden Beinen stand Erwin Moltke mitten in seiner Zelle. Kurz zuvor war ein weiterer Mann im Arbeitsanzug hinzugekommen. Ohne ein Wort zu sprechen, hatte der Kerl ein Maßband aus der Tasche gezogen, um Erwins Größe und seinen Umfang zu ermitteln. Mit zufriedenem Nicken notierte er die Zahlen in einem kleinen Notizbuch und machte sich im nächsten Moment wieder davon. Vermutlich ging es um die Hinrichtung, einen passenden Sarg und insbesondere um die Länge des Seils, mit dem sie ihn aufknüpfen wollten. Es kursierten haufenweise Geschichten, die sich um peinliche Missgeschicke drehten, wenn da einer mit Gewalt vom Leben zum Tode befördert werden sollte. Manch einer, so hieß es zumindest in diesen Horrormärchen, hätte stundenlang am Strick gebaumelt, bis er endlich das Atmen vergessen wollte.

»Warum soll es schon heute Abend passieren?«, fragte Erwin die beiden Männer, die noch immer auf dem Gang vor seiner Zelle standen und ihn aufmerksam musterten. »Ihr Engländer seid doch eigentlich für eure Pünktlichkeit bekannt«, fügte er hinzu, wobei ihm das Lachen in der Kehle stecken blieb. Langsam aber sicher ging ihm der Arsch auf Grundeis, das musste er sich selbst eingestehen. Noch wehrte sich sein Verstand hartnäckig gegen die letzte Konsequenz. Aber es würde vermutlich nicht mehr lange dauern, bis er wie ein Häufchen Elend um sein Leben betteln oder wimmernd und heulend auf seiner Pritsche liegen würde.

»Sie haben Anspruch auf ein letztes Essen«, informierte ihn der Größere der beiden Männer. Im Gegensatz zu seinem deutlich kleineren Kollegen konnte der Kerl wenigstens einen kümmerlichen Rest Mitgefühl sein Eigen nennen. »Sagen Sie schon – was wollen Sie haben?«

»Ist das meine Henkersmahlzeit?«, fragte Erwin mit zitternder Stimme und spürte im selben Moment, wie seine

Beine noch ein gutes Stück weicher wurden. Zwei Atemzüge später saß er auf dem Rand seiner Pritsche und schaute auf seine schmutzigen Finger, die mechanisch aneinander herumkneteten.

»Nenn es, wie du willst!« Erneut der Kleinere, ein fleischgewordener emotionaler Eisberg. »Wenn du dich nicht entscheiden kannst, dann tun wir das für dich.«

»Fleisch wäre schön ... und Kartoffeln.« Mittlerweile liefen Tränen über Erwins zerfurchtes Gesicht. Am Ende tropften sie auf seine einzige Hose, die er bald ohnehin nicht mehr brauchen würde. »Für ein Stück Butter auf den Kartoffeln würde ich glatt sterben ...«

»Das wirst du!«, beruhigte ihn der Kleinere grinsend. »Verlass dich drauf, das wirst du.«

39

»Haben Sie etwas dagegen, wenn wir den Mann hereinbitten, Major?« Thiesen war klar, dass Horst Keller ein derartiges Risiko – einen Besuch in der Höhle des Löwen – nicht ohne triftigen Grund auf sich nahm. Es musste um einiges gehen, vermutlich sogar um Leben oder Tod.

Der Major zuckte nur die Schultern und schenkte sich einen weiteren Whisky ein. Es hatte natürlich niemand mitgezählt, aber bei diesem Glas handelte es sich um sein sechstes.

Als Horst Keller durch die Tür trat, verhieß bereits sein Gesicht nichts Gutes. »Dieser Kramer macht alle verrückt!«, begann er, ohne eine Aufforderung abzuwarten. »Wenn ihr nicht langsam zu Potte kommt, dann bleibt es nicht bei den drei toten Frauen. Der Kerl räumt hinter sich auf …«

»Was soll das bedeuten … und wer sind Sie eigentlich?«, empörte sich der Major. Es war nicht zu überhören, dass der Offizier leicht lallte. Keine guten Voraussetzungen, um Entscheidungen von erheblicher Tragweite zu treffen, die man später womöglich vor Dritten rechtfertigen musste.

Bevor Keller antworten konnte, setzte Thiesen eilig ein: »Der Mann ist einer unserer Informanten«, begann er mit einer Erklärung. Danach stellte er zufrieden fest, dass sich das Gesicht des Majors nachhaltig entspannte. »Wir haben Herrn Keller einige Hinweise zu verdanken, ohne die wir vielleicht noch …«

»Das reicht mir!«, grölte der Freeman, als säße er in einer Kneipe und hätte gerade mit seinen Kumpanen eine Übereinkunft getroffen. »Sagen Sie uns einfach, wo wir diesen Kramer finden können. Wir müssen der Sache ein Ende bereiten.« Der Offizier donnerte mit der Faust auf seinen Schreibtisch. »Endgültig, wenn Sie verstehen …« Erneut wanderte die Hand des Majors zur Whiskyflasche, hielt jedoch abrupt inne, als er Thiesens vorsichtiges Kopfschütteln wahrnahm. »Sie haben recht!«, dröhnte seine Stimme durch den Raum. »Wenn ich so weitermache, dann rauben mir die Schotten am Ende noch den Verstand.« Freeman lachte über seinen eigenen Scherz. »Ich warte! Sagt mir endlich einer, wie wir den Kerlen das Fell über die Ohren ziehen können?«

* * *

Konrad Kramer stand in der Nähe vom Bahnhof Dammtor in einem Hauseingang. Es war stockfinster. Und weil er eine schwarze Hose, einen dunklen Mantel und einen dunklen Hut trug, den er tief ins Gesicht gezogen hatte, konnte ihn niemand auf die Schnelle erkennen. Die beiden Männer, mit denen er hier verabredet war, liefen gar ein gutes Stück an ihm vorbei und wurden erst auf ihn aufmerksam, als er ihnen hinterherrief.

»Was hast du vor? Willst du uns zu Tode erschrecken?«, erkundigte sich ein hochgewachsener Kerl, dessen ungepflegter Bart ihm fast bis zu seiner Brust hinunterreichte.

»Und was sollen wir hier eigentlich?«, wollte sein Kompagnon wissen, der noch einen halben Kopf größer, dafür aber deutlich schmaler war. »Hätten wir die Sache nicht auch morgen regeln können, bei Tageslicht?«

Kramer atmete hörbar ein und ignorierte die Proteste einfach. »Ich muss euch wohl nicht daran erinnern, dass ihr mir einiges schuldig seid«, begann er mit eisiger Stimme. »Ohne mich würdet ihr immer noch mit einzelnen Zigaretten vor dem Bahnhof herumstehen und den ganzen Tag lang auf einen lächerlichen Tauschhandel hoffen.« Er machte zwei Schritte nach vorne und stellte sich direkt in den Lichtkegel einer Laterne. »Also haltet die Schnauze und hört zu!«

Die beiden Männer wichen ein Stück zurück und wechselten angsterfüllte Blicke. »Was sollen wir für dich tun?«, fragte der Bartträger, nachdem noch ein paar wortlose Momente verstrichen waren. »Sag schon … was brauchst du?«

»Als Erstes ein Auto. Ein vernünftiges!«

»Bis wann?«, erkundigte sich der Dünne in geschäftsmäßigem Ton.

»Spätestens bis morgen Mittag. Ich muss mich für eine Weile unsichtbar machen …«

»Warum?«, fragten die beiden Männer wie aus einem Munde.

»Das spielt keine Rolle«, gab Kramer kopfschüttelnd zurück. »Sorgt ihr nur dafür, dass die Geschäfte ungestört weiterlaufen, bis ich …«

»Heißt das, du willst, dass wir …?« Der Bartträger stand mit offenem Mund da und schaute seinen Kompagnon mit großen Augen an.

»Wir sollen für dich weitermachen?«, vergewisserte sich der andere. Sein Gesicht sprach Bände.

»Natürlich! Was soll es denn sonst heißen?«

»Und was brauchst du noch – also, außer dem Auto?«

»Eine Adresse!«

»Von wem?«

Anstelle einer Antwort zog Kramer einen Zettel aus der Tasche und hielt ihn dem Bartträger entgegen. Der griff nur widerwillig danach und entfaltete das kleine Papier.

»Das ist doch der Polizist, oder nicht?«

»Ich brauche die Adresse!«

»Kann dir dein Kumpel bei den Bullen nicht helfen? Dieser Maler?«

Kramer schnaufte ein weiteres Mal. »Er könnte sicherlich, aber er will nicht ...«

»... weil er Schiss hat«, fügte der Bartträger hinzu, von röhrendem Lachen untermalt.

»Das reicht! Bekommt ihr's hin, oder muss ich mir etwa ein paar andere suchen?« Kramer räusperte sich viel zu laut. »In dem Fall müsste ich mir allerdings auch überlegen, wer besser infrage kommt, um meine Geschäfte hier in Hamburg fortzuführen.«

Die beiden anderen Männer tauschten kurz Blicke. Am Ende war es ein gemeinsames Nicken, das als Antwort vermutlich schon ausgereicht hätte. »Gib uns eine Stunde, vielleicht zwei ...«

»Das passt! Ich hab sowieso noch was vor. Aber nicht länger! Sonst ...«

* * *

Thiesen rutschte ungeduldig auf seinem Stuhl herum. Der Major hatte für alle Essen kommen lassen, und es hatte Ewigkeiten gedauert, bis der letzte Bissen in seinem Mund verschwunden war. Wenigstens hatte er auf weiteren Alkohol verzichtet und schien wieder einigermaßen Herr seiner Sinne zu sein.

»Seien Sie mir nicht böse, Major ... wir sollten endlich eine Entscheidung finden.« Thiesens Gesicht spiegelte Ungeduld, jedoch auch Vorsicht wider. Einen britischen Offizier – nicht zu vergessen, es handelte sich um den Oberbefehlshaber der Hamburger Besatzungstruppen – derart vor den Kopf zu stoßen, stand vermutlich nicht mal einem seiner

Landsleute zu. Aber was blieb ihm denn anderes übrig, als den Druck zu erhöhen, um eine für alle Seiten tragbare Lösung herbeizuführen?

»Legen Sie los, Gentlemen!« Der Major lehnte sich zurück und versuchte nicht einmal seinen Rülpser auf Zimmerlautstärke zu reduzieren. »Ich bin ganz Ohr ... wie wollen wir die Sache angehen?«

»Zunächst sollten wir nicht vergessen, dass morgen früh ein Unschuldiger gehängt wird, dessen Tod höchstens zur Beruhigung der Bevölkerung beitragen würde.« Thiesens Gesicht hatte eine gesunde Farbe angenommen. »Mit der Tat hat das arme Schwein nichts zu tun. Dafür lege ich meine Hand ins Feuer.«

»Shit!« Der Major donnerte mit der Faust auf den Tisch und ließ damit das Geschirr scheppern. »Das habe ich ganz vergessen ...«

»Was haben Sie vergessen?«

»Der Mann wird schon heute hingerichtet. Pünktlich um Mitternacht.« Freeman versuchte, sämtlichen Blicken gleichzeitig auszuweichen. »Ich kann es nicht verhindern. Das Militärgericht hat seine eigenen Regeln und gegen die kann selbst ich mich nicht auflehnen.«

»Das ist in nicht mal dreieinhalb Stunden«, stellte Pfeiffer nach einem Blick auf seine Armbanduhr fest. »Warum hat man die Hinrichtung vorverlegt?«

Zuerst lachte der Major nur, was kaum zu diesem Anlass passen wollte. »Sie werden es nicht glauben, aber wir haben zu wenig Henker.« Noch immer wurde sein röhrendes Lachen von den Wänden reflektiert. »Unser Hamburger Sensenmann muss morgen früh in Bremen gleich fünf Männer auf einmal ins Jenseits schicken. Alles KZ-Aufseher, die man in Belgien mit falschen Papieren hopsgenommen hat. Seit ein paar Tagen sind die Kerle zurück in Deutschland, um ihnen hier einen ...«

»... kurzen Prozess zu machen!«, vervollständigte Thiesen mit wütender Stimme.

»Haben Sie etwa ein Problem damit?«, erkundigte sich der Major. Zum ersten Mal flammte Misstrauen im Gesicht des Offiziers auf. »Was sollten wir Ihrer Meinung denn sonst mit diesen Monstern anfangen?«

»Nein! Ich habe kein Problem damit«, knurrte Thiesen zurück. »Und wenn Sie mich fragen, dann sollte man diese Kerle in kleine Häppchen schneiden und die von mir aus den Schweinen zum Fraß vorwerfen.« Der Oberkommissar ballte seine Hände zu Fäusten und hätte am liebsten auf dem Tisch herumgetrommelt. »Aber nicht morgen, verdammt!« Er gestikulierte aufgeregt und starrte die Männer rundherum abwechselnd an. »Von mir aus Dutzende auf einmal und gerne an jedem anderen Tag. Aber nicht morgen!« Thiesen wollte noch etwas sagen, als Horst Keller – der bisher kaum ein Wort gesagt hatte – ihn mit einer Handbewegung ausbremste.

»Mir ist grad was eingefallen«, murmelte der Schwarzmarkthändler und sah sich gleich drei neugierigen Gesichtern gegenüber. »Ich könnte mir vorstellen, wo Kramer vermutlich auftauchen wird ... auftauchen muss, wenn er sich tatsächlich aus dem Staub machen will.«

Es war Pfeiffer, der als Erster aus seiner Starre erwachte und die unausweichliche Frage stellte: »Wo?«

Bevor Horst Keller antwortete, warf er dem Major einen vorsichtigen Blick zu. Und weil der gar nicht reagieren wollte, begann der Schwarzmarkthändler einfach in geschäftsmäßigem Ton: »Wenn Kramer tatsächlich vorhat zu fliehen, dann braucht er Passierscheine, gefälschte«, fügte Keller leise hinzu. »Sonst schafft er es nicht mal aus der britischen Besatzungszone heraus.« Der Schwarzmarkthändler lächelte vielsagend. »Und wenn ihr mich fragt, dann sollte er besser einen ganzen Haufen davon

bei sich tragen, falls einer seiner falschen Namen auf-
fliegt.«

»Und jetzt sagen Sie uns doch bitte nur noch, wie uns
diese sagenhafte Neuigkeit auf seine Spur bringen soll«,
moserte Thiesen, der nach den letzten Hiobsbotschaften
immer griesgrämiger dreinschaute. Erwin Moltkes Überle-
benschancen schmolzen von Minute zu Minute dahin.

»Es gibt nur einen Mann in ganz Hamburg, der vernünftige Dokumente fälscht.« Weil Major Freeman sich laut räusperte, machte Horst Keller eine kurze Pause und fuhr erst
fort, als anscheinend keiner ernsthaft protestieren wollte.
»Ich weiß, wo der Kerl sitzt und auch, wie wir reinkom-
men.«

»Dann sind wir uns wohl einig, Gentlemen!«, entfuhr es
dem Major begeistert. »Bleibt nur die Frage, wie wir mit
Herrn Maler verfahren. Es wird Zeit, dass wir die Laus in
unserem Pelz zerquetschen.«

Thiesen stand auf. Er machte allerdings nicht den Eindruck, als wollte er aufbrechen. Stattdessen gestikulierte er
aufgeregt, um Pfeiffer und Keller zu verdeutlichen, dass die
zwei so schnell wie möglich den Raum verlassen sollten.

»Wollen Sie noch etwas unter vier Augen mit mir besprechen?«, fragte der Major, an Thiesen gerichtet. Dabei wirkte
er eher belustigt. Jetzt deutete er auf die beiden Männer,
deren Augenpaare nicht dazu gehörten. »Lassen Sie uns
bitte alleine, Gentlemen. Sofort!«

40

Noch zermürbender als schlechte Nachrichten konnte nur eine Sache sein: keine Nachrichten. Hans Maler saß an diesem Abend in seinem Wohnzimmer und blätterte in einem Buch, das er – damals noch als junger Mann – von seiner Mutter geschenkt bekommen hatte. Er hatte es nie angerührt, um darin zu lesen. Vielmehr hatte er die wenigen Fotografien seiner Familie zwischen verschiedene Seiten gesteckt, um sie dort sicher zu verwahren. Weshalb er sich ausgerechnet in diesem Moment daran erinnerte, konnte er nicht sagen. Ebenso wenig hätte er erklären können, warum ihm zum ersten Mal Tränen hinunterliefen, als er sich das Hochzeitsbild seiner Eltern anschaute. Ein Schwarz-Weiß-Foto, das an den Rändern sogar noch die typischen Zacken aufwies. ›November 1897‹, war auf der Rückseite mit einem Füllfederhalter vermerkt und nur noch schemenhaft zu erkennen.

Bettelarm waren sie seinerzeit gewesen. Sein Vater trug einen dunklen Anzug, dessen Jacke ihm mindestens zwei Nummern zu groß war. Seine Mutter trotzte der vermutlichen November-Kälte nur in einem dünnen, hellen Kleid, das sie sich am Abend vor der Hochzeit von ihrer besten Freundin geliehen hatte. So hatte sie es ihrem Sohn zumindest oft genug verraten. Jedes Mal, als ob es das erste Mal wäre.

Glücklich sahen die beiden aus. Überglücklich! Und das,

obwohl sie damals nichts hatten. Wahrscheinlich noch weniger als nichts, wenn man den abenteuerlichen Geschichten seines Vaters Glauben schenken durfte. Als einziger Sohn hatte er das Glück seiner Eltern bereits zehn Monate nach der Blitztrauung perfekt gemacht. Niemand konnte es eindeutig sagen, aber vermutlich war er ausgerechnet im Moment innigster Liebe in genau dieser Hochzeitsnacht entstanden.

Hans Maler stemmte sich hoch, um kurz darauf ein Stofftaschentuch aus der Kommode unter dem Fenster zu ziehen. Seine Augen brannten, aber wenigstens waren die Tränen zwischenzeitlich versiegt. Was hatte er nur aus dem Leben gemacht, das ihm seine Eltern geschenkt hatten? Damals, als die beiden Männer von der Gestapo ihn rekrutieren wollten, hätte er ebenso gut auch Nein sagen können. Natürlich wäre damit auch seine Karriere bei der Polizei zwar nicht angeschoben worden, aber all die schrecklichen Dinge, die der Krieg mit sich gebracht hatte, wären ihm mit Sicherheit erspart geblieben. Was hatte diese Zeit nur mit ihm gemacht, dass er überhaupt in der Lage gewesen war, solche Gräueltaten zu vollbringen? Zuletzt blieb nur die Frage, ob er wenigstens die Verantwortung für sein Handeln hätte übernehmen sollen. Andere hatten es doch auch getan!

Maler musste lachen.

Diese Helden hatten ihren Mut fast alle mit einem Kopfschuss oder mit einem Strick um den Hals bezahlt. Gerechtigkeit nannte man das. Fragte sich nur, wem diese Gerechtigkeit heute noch helfen sollte.

* * *

»Major!« Thiesens Züge wirkten wie versteinert. Seit ein paar Minuten redete er auf den britischen Offizier ein, als ginge es um sein eigenes Leben oder seinen eigenen Tod. »Wir müssen Gerechtigkeit üben, sonst sind wir nicht besser als ...«

»Als wer?«, polterte Freeman dazwischen.

»Das wissen Sie ganz genau!« In diesem Stadium spielte Thiesen nicht nur mit seiner Karriere, sondern womöglich auch mit seiner Freiheit. Aber was half es? Er spürte, dass sein Streben nach Gerechtigkeit sogar seinen Selbsterhaltungstrieb mühelos in die Knie zwang. »Ich habe jahrelang solche Hinrichtungen mit ansehen müssen. Und glauben Sie mir, Major ... es wird nicht leichter, selbst wenn es am Ende Hunderte oder Tausende sind.«

Freeman nippte schon wieder an einem Whiskyglas. Vermutlich musste er seine Stimme ölen, bevor er leise zu einer Antwort ausholte: »Dann sagen Sie mir, was wir tun sollen«, zischte er grinsend. »Haben Sie denn eine Idee, wie wir aus dieser ...«, er zögerte einen kurzen Moment lang, »... Ungerechtigkeit das Gegenteil machen?«

»Vielleicht!« Thiesen langte unaufgefordert zur Whiskyflasche und schenkte sein eigenes Glas halb voll. »Aber wenn wir mit der Sache Erfolg haben wollen, dann brauchen wir mindestens einen Verbündeten im Gefängnis.«

Der Major überlegte kurz, leerte sein Glas mit einem Zug und hielt es danach Thiesen entgegen. »Haben wir! Sogar zwei oder drei ...«

* * *

Nach der Henkersmahlzeit hatte es eine ganze Weile gedauert, bis erneut etwas geschah. Erwin Moltke lag wieder auf seiner Pritsche und war – nach dem reichlichen Essen und sogar einem Krug Bier – tatsächlich eingenickt.

»Ich bin gekommen, um dich von deinen Sünden freizusprechen.« Ein Pfaffe stand vor den Gitterstäben. Seine

Stimme war gerade mal ein Hauch und nur bei genauem Hinhören zu verstehen.

Erwin richtete sich auf und entließ einen dröhnenden Rülpser. Jetzt wurde auch klar, was die Schmerzen in seinem Bauch verursacht hatte. Er schaute den jungen Geistlichen einen Moment lang an und brachte sogar ein Lächeln zustande. »Ich habe nicht mehr gesündigt als alle anderen da draußen«, flüsterte er fast ebenso leise. »Ist Dummheit eine Sünde, Pater?«

»Ich denke nicht«, stammelte der junge Mann. »Aber ich bin kein Pater, dafür müsste ich …«

»Egal!« Erwin hob die Hand und vollführte ein Halbkreis. Er hatte sich von der Pritsche hochgestemmt und stand direkt vor den Gitterstäben. »Ich brauche niemanden, der mich von meinen Sünden freispricht.«

»Dann willst du dich also ohne den Segen Gottes auf deine letzte Reise machen?«

Erwins Lachen hallte von den Wänden zurück; er wollte gar nicht wieder aufhören.

»Darf ich fragen, was daran so witzig ist?« Der Geistliche hatte sogar einen Schritt nach vorne gemacht. Damit war er in Reichweite von Erwins Armen angekommen, aber das schien ihn nicht zu stören.

»Wenn Sie mir wirklich helfen wollen …«

»Will ich!«

»… dann wäre es nett, wenn Sie meiner Familie etwas sagen.«

»Und was?« Der Geistliche verzog das Gesicht, weil ausgerechnet in diesem Moment ein fürchterlicher Gestank aus den Abflussrohren nach oben schwappte. Kurz darauf übte er sich wieder in versöhnlicher Miene. »Was soll ich deiner Familie sagen, mein Sohn?« Diese Bezeichnung wirkte besonders lächerlich, bei einem Altersunterschied von mindestens zwanzig Jahren und dem Umstand, dass es sich um eine biologische Unmöglichkeit handelte. »Womit soll ich deine Familie trösten? Sag schon.«

»Sagen Sie ihnen nur, dass es mir leid tut.«

* * *

»Ihr Plan ist verrückt, Thiesen! Völlig verrückt, wenn Sie mich fragen.«

»Falls Sie es schaffen, die Hinrichtung hinauszuzögern, dann könnten wir …«

Der Major lachte röhrend. »Dazu gehört weit mehr, als den Henker vorübergehend von seiner Arbeit abzuhalten.« Eine kurze Pause entstand, die Freeman nutzte, um immer heftiger mit dem Kopf zu schütteln. »Wie gesagt: Was Sie vorhaben, ist purer Wahnsinn!«

»Nur, dass dieser Wahnsinn zumindest ein Stück weit für Gerechtigkeit sorgen könnte.« Thiesen lächelte geheimnisvoll. »Und Sie, Major, dürften damit gleich zwei Fliegen mit einer Klappe schlagen.«

Erneut langes Schweigen. Die Situation stand auf der Kippe, daran bestand kein Zweifel. Sollte die Sache nach hinten losgehen, dann würde sich selbst der britische Offizier mit unbequemen Fragen auseinandersetzen müssen. »Ich habe ein paar alte Freunde, die im Gefängnis ihren Dienst schieben«, dachte Freeman laut nach. »Ich könnte vielleicht …«

»Das klingt doch perfekt!« Thiesen hatte längst verstanden, dass sein Gegenüber von Zeit zu Zeit einen Schubser in die richtige Richtung brauchte. »Ich benötige nur vier Männer von der Militärpolizei. Pfeiffer und ich regeln alles so leise und so diskret, wie möglich.«

»Und danach?« Die Zweifel im Gesicht des Majors spiegelten naturgetreu wider, was er von diesem geplanten Husarenritt hielt. »Was soll danach passieren, Mister Thiesen?«

»... könnte unser Plan aufgehen! Vorausgesetzt, Sie bekommen die Geschichte im Gefängnis hin?«

Kurzes Schweigen. Irgendwann huschte Freeman ein Lächeln übers Gesicht. »Ich habe schon ganz andere Sachen hinbekommen.«

41

Der junge Pfaffe hatte sich gerade verabschiedet, da betrat schon der nächste Darsteller in diesem verrückten Schauspiel die Bildfläche. »Hock dir of deine Pritsche«, dröhnte eine viel zu fröhliche Stimme zwischen den Mauern der Zelle hin und her.

Das dürfte kaum der Henker sein, schoss es Erwin durch den Kopf.

Und da der Kerl keinen Strick, sondern Rasierzeug in der einen und eine Wasserschüssel in der anderen Hand hielt, war davon auszugehen, dass es sich nur um einen Barbier handelte. »Ik will deine Pfoten sehn, Jungchen, sonst kann ik dir och ...« Die Klinge des Rasiermessers blitzte auf und damit war über eventuelle Konsequenzen alles gesagt.

Erwin zog sich das kratzige Leinenhemd – ein Teil der Hinrichtungs-Uniform, die er kurz zuvor bekommen hatte – über den Kopf und reckte demonstrativ seine Hände empor. Das letzte Mal, als ihn jemand frisiert hatte, war zu Beginn des Krieges gewesen.

Warmes Essen, Bier und dazu eine anständige Rasur – so ein Todesurteil hatte auch seine Vorteile, die jedoch nur kurzfristig währten.

»Wat hast'n anjestellt?«, wollte der Wohltäter wissen, während er schon die Seife mit dem Rasierpinsel zum Schäumen brachte.

»Nichts!«

»Dat sajen se alle ...«

* * *

»Ich will die Sache nicht mit Ihnen diskutieren, Pfeiffer!« Thiesen, sein junger Kollege und auch Horst Keller standen vor dem englischen Hauptquartier. Ein Stück weiter ratterten die Motoren einiger Jeeps. »Sie nehmen zwei Soldaten der MP und sehen zu, dass Sie diesen Konrad Kramer hopsnehmen.«

»Und Sie, Chef? Können Sie mir vielleicht verraten, was Sie vorhaben?« Pfeiffer schien nicht viel von Thiesens Alleingängen zu halten. »Lassen Sie uns die Sache zusammen erledigen«, protestierte er aufs Neue. »Wenn Sie nicht aufpassen, dann ...«

»Richtig! Müssen Sie sich bald nach einem neuen Job umsehen.« Thiesen lächelte, was nicht zu seiner Androhung passte. »Wir haben zwei Männer, die wir gleichzeitig aus dem Verkehr ziehen wollen – müssen! Vielleicht erklären Sie mir, wie das funktionieren soll, wenn wir uns nicht trennen?«

Pfeiffer überlegte tatsächlich eine Weile und stand danach nur noch mit betretener Miene vor seinem Chef.

»Sehen Sie – ich hab's doch gesagt.« Thiesen klopfte seinem jungen Kollegen auf die Schulter und sogar Horst Keller bekam einen aufmunternden Blick ab. »Kümmert ihr euch um Kramer, ich erledige den Rest.«

»Mit Rest meinen Sie Maler, richtig?« Pfeiffer zögerte kurz, fuhr dann aber doch fort. »Den Chef der Hamburger Kriminalpolizei verhaftet man auch nicht jeden Tag.«

»Ich will ihn nicht verhaften!«, sagte Thiesen und schaute danach in zwei erstaunte Gesichter, die ihm nur eine Frage entgegenbrüllten. Deshalb schob der Oberkommissar noch eilig etwas hinterher, das jedoch auch nicht als Antwort dienen wollte: »Lassen Sie das meine Sorge sein und kümmern Sie sich lieber vernünftig um Ihren Teil.«

Nachdem der Jeep mit Pfeiffer und Keller davongerumpelt war, hörte Thiesen die Stimme von Major Freeman hinter sich. Der Offizier flüsterte nur, was darauf hindeutete, dass diese Information nicht für alle Ohren gedacht war. »Im Hinrichtungstrakt gab es einen Rohrbruch«, zischte der Major. Deutlich war zu erkennen, dass er ein Lachen unterdrücken musste. Der Whisky schien seine Hemmungen auf ein Mindestmaß reduziert zu haben.

»Was glauben Sie, wie lange wir noch haben?«

Freeman zog eine Taschenuhr heraus. Die wenigen Laternen rundherum tauchten alles in Zwielicht. Deshalb war Thiesen sich sicher, dass der Offizier ohnehin nichts darauf erkennen konnte. »Eine Stunde ... vielleicht zwei, wenn wir Glück haben.«

»Dann sollte ich mich wohl lieber auf den Weg machen.« Thiesen hatte bereits einen Schritt nach vorne gemacht, als er eine Hand auf seiner Schulter spürte. Kurz darauf sah er das Gesicht des Majors und ihm wurde klar, dass er nicht mit aufmunternden Worten zu rechnen hatte.

»Wenn die Sache schiefgeht, dann schiebe ich Ihren Arsch ins Scheinwerferlicht!« Zum ersten Mal, seitdem Thiesen den britischen Offizier kannte, wirkte der knallhart und erbarmungslos. »Es ist Ihre Idee! Und sollte es um einen Schuldigen für diesen Wahnsinn gehen ...« Freeman zeigte ein künstliches Grinsen. »... dann steht der Glückliche gerade vor mir.«

Thiesen nickte nur vorsichtig, aber das schien dem Major nicht zu reichen.

»Haben wir uns verstanden?«

»Haben wir!«

Pfeiffer und Keller waren erst ein paar Minuten unterwegs, als der Jeep vor einem roten Backsteinbau anhielt. Im vorderen Teil des Gebäudes hatte ein Krämer Quartier bezogen. Selbst im Dunkeln waren die leeren Regale deutlich zu erkennen. Man glaubte fast, deren verzweifeltes Schreien nach Waren hören zu können.

Horst Keller umrundete mit langen Schritten das Haus auf seiner rechten Seite und deutete Pfeiffer und den MPs, dass sie ein Stück hinter ihm warten sollten. Der Schwarzmarkthändler klopfte an eine Tür und wartete geduldig. Als eine ganze Weile nichts passierte, wiederholte er den Vorgang etwas heftiger und damit auch lauter.

»Er ist da, das weiß ich«, flüsterte Keller, nachdem Pfeiffer an seiner Seite angekommen war und ihn fragend anschaute. »Wahrscheinlich hofft er noch, dass wir von alleine aufgeben.«

»Dann klopf noch mal, wir haben keine Zeit zu verlieren!«

»Machst du dir Sorgen um deinen Chef?«, erkundigte sich Keller grinsend. Bevor er fortfahren konnte, war ein schabendes Geräusch zu hören. Danach ein metallisches Klicken, das von einem mächtigen Riegel stammte. Zentimeter für Zentimeter öffnete sich die Tür vor den beiden Männern und gab irgendwann den Blick auf ein winziges Männchen frei, das dahinter im dunklen Flur stand. Und es dauerte eine ganze Weile, bis der seltsame Zwerg – schneeweißes, lockiges Haar langte bis zu seinen schmalen Schultern hinunter – wenigstens Horst Keller erkannte und sich seine Miene ein Stück weit aufhellte. Trotzdem begann er nicht gerade freundlich: »Was willst du hier?«

Bevor eine Antwort möglich gewesen wäre, traten die beiden Soldaten der MP nach vorne und hoben ihre Maschinenpistolen, um Feuerbereitschaft zu signalisieren. Damit war klar, dass es keineswegs um ein gemütliches Pläuschchen ging.

* * *

Thiesens Jeep raste den Alsterdamm in Richtung Hohenfelde hinunter. Vom Schwanenwik ging es in die Schöne Aussicht, das Ziel dieser Reise. Ausgerechnet an diesem, geradezu paradiesischen Ort – die zahllosen Bomben hatten ein paar unversehrte Gebäude mit Blick auf die Außenalster übrig gelassen – brachten die Engländer seit Kriegsende auch ranghohe deutsche Beamte und Entscheidungsträger unter. Der Fahrer des Jeeps, ein blutjunger Private First Class, legte eine regelrechte Vollbremsung hin. Thiesen wurde ein Stück nach vorne geworfen und hätte mit dem Kopf fast den Beifahrer von hinten getroffen. Auch der zweite Jeep stoppte mit rauchenden Bremsen. Kurz darauf standen vier Soldaten und Thiesen selbst Schulter an Schulter auf dem Bürgersteig.

»Sieht nice aus.« Einer der MPs kommentierte die schöne Aussicht, die dieser Straße letztendlich sogar zu ihrem Namen verholfen hatte. Rund um die Außenalster markierten zahllose Laternen das riesige Gewässer mitten im Zentrum. Schon in wenigen Jahren, da war sich Thiesen sicher, dürften die Grundstücke hier unbezahlbar und damit nur den Reichen und Schönen vorbehalten sein. Als einfacher Polizist, das stand wohl außer Frage, würde er vermutlich nicht dazu gehören. Aber warum auch – es gab schließlich wichtigere Dinge.

Eine ganze Weile verging, bis Thiesen endlich merkte, dass ihn alle Soldaten durchdringend anschauten. Die Männer warteten auf eine Entscheidung, einen Marschbefehl oder was auch immer. Zwei der beiden sprachen ein paar

Brocken Deutsch, das würde es etwas leichter machen. Der Kommissar schaute die Fassade des mehrstöckigen Gebäudes empor und zeigte auf zwei Fenster im dritten Stockwerk. Hinter einem davon brannte sogar noch Licht.

»Wir marschieren hoch, verzichten aufs Klopfen und nehmen den Kerl mit.« Thiesen musterte seine Helfer nacheinander mit kritischer Miene. »Es wird nicht geschossen, dass das klar ist!«

Die Uniformierten nickten eifrig. Trotzdem klammerten sich ihre Hände, für Thiesens Geschmack etwas zu intensiv, um die Läufe ihrer Waffen.

Die Eingangstür stellte kein Hindernis dar. Danach marschierten die Männer, einer nach dem anderen, das dunkle Treppenhaus empor, bis sie vor der richtigen Wohnungstür angekommen waren. Dahinter war nichts zu hören. Thiesen überlegte noch einen Moment lang. Für genauere Instruktionen reichten die gegenseitigen Sprachkenntnisse ohnehin nicht aus. Somit schien rohe Gewalt die einzige und gleichzeitig beste Option darzustellen. Er deutete einem der Soldaten – einem Kleiderschrank mit eckigem Gesicht und passendem Haarschnitt –, dass der auf Kommando die Tür eintreten sollte. Er ging davon aus, dass sie den Hausherrn überraschen würden und wohl kaum mit heftiger Gegenwehr rechnen mussten. Deshalb folgte jetzt nur noch ein gemeinschaftliches Nicken. Zwei Atemzüge später schoss Thiesens Arm empor, um damit den Einsatzbefehl auszulösen.

Nachdem sich die Wohnungstür fast in ihre Einzelteile aufgelöst hatte, war der Anblick dahinter die mit Abstand größte Überraschung an diesem Tag, besser gesagt: Abend.

42

»Du glaubst doch nicht allen Ernstes, dass ich meine Kunden ans Messer liefere?« Walter Bonsel, Hamburgs talentiertester Fälscher, schenkte Horst Keller ein schräges Grinsen. Im Zwielicht zweier Öllampen wirkte seine weiße Lockenpracht dabei fast wie ein Heiligenschein.

Seit ein paar Minuten standen die Männer im Hinterzimmer des Fälschers. Auf verschiedenen Tischen türmten sich Werkzeuge, deren Verwendungszweck eindeutig war. Riesige Lupen, unterschiedliche Tintenfässer und ein Bottich mit Wachs, in dem es träge köchelte, gaben letzten Aufschluss über das, was hier passierte.

»Wenn ich damit anfange, kann ich meinen Laden lieber gleich zumachen. Du solltest doch am besten wissen, wie es in unserem Geschäft läuft.« Bonsel lachte, ohne dabei Freude zu versprühen. »Wenn die Leute dir nicht mehr vertrauen, dann darfst du dich nicht wundern, wenn du morgen an einem Telegrafenmast baumelst.«

»Soll das eine Drohung sein?« Pfeiffer deutete auf die beiden Soldaten, deren Mienen angespannt wirkten. Vermutlich verstanden sie kaum etwas von dieser Unterhaltung, aber dass es um einiges ging, wurde auch ohne umfangreiche Sprachkenntnisse klar. »Wir machen Ihnen noch heute den Laden dicht, wenn Sie uns nicht verraten, ob er hier gewesen ist.«

»Ich zittere vor Angst!« Walter Bonsel schaute die Männer nacheinander an, dann blieb sein Blick wieder an Pfeiffer kleben. »Du kleiner Scheißer hast doch selbst jahrelang hier in Altona gelebt. Ich erinnere mich sogar an deinen Vater ... hab mal was für ihn erledigt.« Der Fälscher schnaufte verächtlich. »Und ausgerechnet du stehst vor meiner Tür und willst mir Angst einjagen – scher dich doch zum Teufel mit deiner billigen Visage und deiner Polizeimarke!«

Horst Keller hob die Hand, um die Kontrolle über dieses Gespräch zu erlangen. »Wir wollen dir nichts Böses, Walter ... warum verstehst du das nicht?«

»Nichts Böses?« Der Fälscher lachte zum ersten Mal aus voller Brust. »Aber ihr erwartet von mir, dass ich ausgerechnet Konrad Kramer ans Messer liefere. Da kann ich mir ebenso gut eine Pistole an den Schädel halten und abdrücken, solange ich es noch selbst bestimme.«

»Ist Ihnen klar, dass es sich bei Kramer um einen der schlimmsten Kriegsverbrecher handelt?« Pfeiffers Gesicht wirkte bedrückt, als er abermals einen Vorstoß wagte. »Ich habe keine Ahnung, ob Sie auch Teil der Sache waren, aber ...« Der junge Kommissar verstummte abrupt, als Walter Bonsel seinen linken Hemdsärmel hochzog. Darunter tat sich eine Tätowierung auf. Besser gesagt: eine sechsstellige Nummer.

»Sie haben mich Ende 44 erwischt und nach Neuengamme verfrachtet ... hab nur überlebt, weil ich für die KZ-Wärter Urlaubsscheine und Bezugskarten gefälscht habe. Ansonsten hätten sie mich wahrscheinlich ...« Der Fälscher nahm einen seiner knochigen Finger und tat so, als würde er sich selbst die Kehle aufschlitzen. Damit war alles gesagt.

»Und dann überlegst du noch, ob du das Schwein ans Messer lieferst?« Horst Keller war zu neuem Leben erwacht. »Der Kerl hat vermutlich Tausende von euch auf dem Gewissen. Da würde ich an deiner Stelle kein langes Federlesen machen.«

»Er war hier«, presste Walter Bonsel nach gefühlten Ewigkeiten leise heraus. »Aber es ist sicher schon 'ne gute Stunde her.«

»Und wo wollte er von hier aus hin?«, bohrte Pfeiffer in nervösem Ton.

»Keine Ahnung! Warum sollte der Typ mir irgendwas über seine Pläne erzählen?« Der Fälscher garnierte seine Worte ein letztes Mal mit einem heiseren Lachen. »Ihr solltet Konrad Kramer nicht unterschätzen. Der Kerl hat's faustdick hinter den Ohren, dicker, als wir alle zusammen.«

* * *

Weder die Soldaten, noch Thiesen hatten damit gerechnet, sofort in die Mündung einer Pistole zu blicken. Vermutlich hatte Hans Maler aus dem Fenster geschaut oder einen Hinweis erhalten, dass Gefahr im Anmarsch war. Aber welche Rolle spielte das jetzt noch?

»Da ist ja die Laus, die mir die Tommys in den Pelz gesetzt haben.« Der Kripochef fuchtelte mit der Waffe in seiner Hand herum. Dass ihn banale Skrupel vom Abfeuern der Pistole abhalten würden, war eher unwahrscheinlich. »Ich hatte früher mit euch gerechnet!«

Thiesen deutete mit Blicken über seine Schulter. Sein Kopf bewegte sich vorsichtig, wie in Zeitlupe. »Ihnen ist hoffentlich klar, dass Sie die Geschichte hier nicht überleben, falls Sie abdrücken?«

»Kein Problem!«, sagte Maler und lächelte. »Und Ihnen ist hoffentlich klar, dass Sie dieses Schicksal mit mir teilen werden? So viel Zeit muss sein!«

Ein Schuss zerriss die Stille und ließ alle Männer gleichzeitig zusammenzucken. Einer davon sackte zu Boden. Hände umklammerten einen Hals. Zwischen den Fingern quoll

Blut heraus. Jede Hilfe dürfte zu spät kommen – viel zu
spät!

* * *

»Kannst du mir mal sagen, was wir jetzt tun sollen?« Pfeiffer
hatte Horst Keller an den Schultern gepackt und schüttelte
den. »Kramer war hier ... du hattest also mit deiner Vermutung recht. Aber wo sollen wir das Schwein jetzt noch
finden?«

Keller schaute auf die englischen Soldaten, die ein Stück
entfernt standen und rauchten. Von Zeit zu Zeit lachten
sie und machten damit klar, dass sie dieses Problem nicht
zu ihrem eigenen machen wollten. »Sei mir nicht böse –
aber ich hätte von Anfang an lieber die Finger aus dieser
Geschichte herauslassen sollen.«

»Was meinst du damit?«

»Falls Walter sein Maul nicht halten kann und hier in
Altona rumerzählt, dass ich gemeinsame Sache mit den
Bullen mache, dann ...«

»Was dann?«

»... kann ich mich nach Winterhude verkrümeln und
im Stadtpark gestopfte Socken gegen einzelne Zigaretten
tauschen.« Keller schüttelte sich, um Pfeiffers eisernem
Griff zu entkommen. »Ich hab 'ne Menge riskiert und es
wäre nett, wenn du mich dafür nicht im Regen stehen lässt.«

»Hab ich nicht vor!«

»Und was dann? Willst du mich an deiner Weisheit teilhaben lassen?«

Pfeiffer schaute jetzt auch zu den Soldaten rüber und
schüttelte nachdenklich den Kopf. »Ich hab keine Ahnung,
wo wir den Kerl auftun sollen.«

»Dann bleibt uns wohl nichts anderes übrig, als den
nächsten – noch verrückteren – Schritt zu tun.«

»Was meinst du damit?« Pfeiffer holte einige Male tief Luft. Er hatte tatsächlich nicht mal einen Schimmer, was sein behelfsmäßiger Partner im Schilde führte.

»Jeder weiß, mit wem Kramer zusammenarbeitet. Ich kenne ein paar der Typen und kann mir vorstellen, dass die ziemlich empfindlich reagieren, wenn ihnen ein Tommy den Lauf seiner Maschinenpistole in den Hals steckt.«

»Du redest von einem Frontalangriff?«

Horst Keller zuckte mit den Schultern. »Was bleibt uns denn anderes übrig, wenn du bei deinem Chef mal richtig Eindruck schinden willst?«

43

»Habe ich nicht gesagt: Es wird nicht geschossen?« Thiesen war außer sich vor Wut. Der englische Soldat vor ihm schien jedoch kein Wort zu verstehen. Am wenigsten, warum ein Mann seinen Lebensretter derart anfuhr, statt ihm auf Knien zu danken.

»War Notfall«, rechtfertigte ein anderer Militärpolizist das Verhalten seines Kameraden.

»Notfall«, wiederholte Thiesen unverändert mürrisch. Er deutete auf den zuckenden, blutüberströmten Körper vor sich – ehemals Hans Maler, Chef der Hamburger Kriminalpolizei. »Ihr Notfall liegt hier vor uns und segnet jede Sekunde das Zeitliche.«

»Warum ist das eine Problem?«, erkundigte sich der nächste Soldat mit starkem Akzent.

»Weil ich den Mann eigentlich noch brauche«, flüsterte Thiesen und schaute wütend in die Runde.

Ein anderer holte eilig Verbandsmaterial heraus und kniete sich neben den Sterbenden. Unter dem Hemdkragen von Hans Maler tat sich ein Loch auf, aus dem in regelmäßigen Stößen Blut herausschwappte. Viel Zeit würde dem Kripochef nicht mehr bleiben.

»Was sollen wir mit die Mann machen?«, wollte einer der Soldaten – der älteste, ein Sergeant – von Thiesen wissen.

»Wir müssen versuchen, ihn am Leben zu halten.« Der Oberkommissar schüttelte mit verzweifelter Miene den

Kopf. Seine Augen flogen panisch durch den Wohnungsflur auf der Suche nach weiterem Verbandsmaterial. »Außerdem müssen wir so schnell wie möglich zum Holstenglacis.«

»Da ist doch das Gefängnis«, stellte einer der Soldaten in nüchternem Ton fest.

»Richtig!« Thiesen warf mit besorgtem Gesicht einen Blick auf seine Uhr; ein Geschenk seiner Eltern, zum bestandenen Abitur. »Aber wir müssen nicht ins Gefängnis, sondern in den Hinrichtungstrakt.«

* * *

Seit einer halben Stunde wanderten Pfeiffer, Keller und ihre beiden Bewacher von der MP rund um den Bahnhof am Dammtor herum. Bislang ohne jeden Erfolg. Entweder niemand wusste etwas oder – das war noch wahrscheinlicher – keiner wollte etwas verraten und sich damit womöglich in die Nesseln setzen.

»Ich hab langsam die Schnauze voll und Magenschmerzen vor Kohldampf.« Horst Keller zog mit angeekeltem Gesicht an seinem Glimmstängel und warf den nach dem dritten Zug einem der beiden englischen Soldaten vor die Füße. Der trat lachend auf die Kippe, beließ es aber auch dabei »Wir klappern noch ein paar Ecken in ›Planten und Blomen‹ ab und machen ansonsten Feierabend. Es ist kurz vor Mitternacht!«

»Dann werden die Engländer wohl jeden Moment unseren lieben Erwin aufknüpfen … glaube nicht, dass Thiesen die Sache noch stoppen kann.« Pfeiffer schnaufte, während die vier Männer schon wieder die Tiergartenstraße entlangstapften. »Ich hab sowieso keine Ahnung, wie der sich das vorstellt.«

»Aber vielleicht kannst du mir mal flüstern, warum ihm die Engländer aus der Hand fressen.« Auch Keller wirkte mittlerweile atemlos. »Da muss doch mehr dahinter stecken, als nur eine alte Freundschaft.«

»Ich weiß auch nicht viel« keuchte Pfeiffer. »Aber selbst wenn, würde ich es dir vermutlich als Letztem verraten.«

»Damit wäre wohl alles gesagt.«

»Das sehe ich auch so!«

Die vier Männer hatten den großen Park in Alsternähe betreten, als sie auf eine Gruppe von ungefähr zehn Männern trafen, die selbst um diese Zeit noch recht munter erschien. Einer der Kerle erkannte Horst Keller sofort und hob die Hand zum Gruß. Erst als er die beiden englischen Soldaten im Schlepptau des Schwarzmarkthändlers sah, blieb ihm jedes Wort im Halse stecken.

»Keine Angst, Männer«, begann Horst Keller etwas zu laut. »Wir sind nicht hier, um Ärger zu machen.«

»Was treibst du dann hier – so weit entfernt von Altona?« Der Mutigste – ein junger Kerl, vermutlich keine zwanzig – wollte es genauer wissen. Seine Kameraden lachten vorsichtig, es war aber auch zu erkennen, dass sie sich allesamt in Habachtstellung befanden. Zu fortgeschrittener Stunde war genauso viel Polizei wie Gesindel unterwegs. Englische Soldaten allerdings – insbesondere in Uniformen der Militärpolizei – traf man nur selten nach Einbruch der Dunkelheit.

»Habt ihr schon von Kramer gehört?« Keller schien keine Zeit verschwenden zu wollen. Und auch, dass Pfeiffer ihn erstaunt musterte, störte ihn anscheinend wenig.

»Was meinst du mit ›gehört‹?«

»Der Typ macht sich vom Acker – wahrscheinlich ist er sogar schon weg.«

Zwei der Männer zuckten unwillkürlich zusammen. Entweder war es vor Freude, weil sie Konrad Kramer womöglich noch Geld schuldeten. Oder aus Angst, weil genau dieser Kramer das Fundament ihrer krummen Geschäfte bildete und es ohne ihn schwerer werden könnte.

»Woher willst denn ausgerechnet du das wissen?«, erkundigte sich ein schlaksiger Riese mit ungepflegtem Bart, der Pfeiffer und Keller schon seit ihrer Ankunft misstrauisch musterte.

»Wer sind Sie?«, fuhr Pfeiffer dazwischen, der den Braten gerochen hatte. Als jetzt die Hand des Riesen unter seinem Mantel verschwand, hatte der Kerl gleich die mit Abstand schlechteste Option gewählt.

»Hands up!«, brüllte einer der Soldaten. Und man musste nicht hinsehen, um zu wissen, dass sich die Mündung seiner Maschinenpistole längst auf den Lebensmüden richtete.

Zwei Atemzüge herrschte totale Stille. Als dann die Hand des Riesen mit einer Pistole zurückkehrte, war es beim dritten Atemzug bereits um den Kerl geschehen. Die Maschinenpistole spuckte eine ganze Salve aus und durchlöcherte seinen Körper. Der zweite Soldat brüllte unaufhörlich herum. Ihm war anzumerken, dass er keinen Wert auf Probleme legte und deren Aufkeimen sofort mit seiner eigenen Thompson ersticken würde.

»On your knees! On your knees!« Die Worte echoten durch den halben Park und kehrten als Kauderwelsch zurück.

»Ich würde lieber tun, was er sagt.« Auch Pfeiffer hatte seine Pistole gezogen und zwang den letzten Mann, der noch nicht auf die Knie gegangen war, zum sofortigen Handeln. »Und jetzt, Freunde, wird es Zeit zum Plaudern.«

44

Der Wachsoldat vor dem Gefängnis am Holstenglacis ließ sich zur Sicherheit die Ausweise der Militärpolizisten zeigen. Ein solcher Besuch, gerade zu dieser späten Stunde, war zweifellos ungewöhnlich. Nachdem seine Skepsis gewichen war, unterhielten sich die Soldaten eine Weile. Jetzt scherzten sie und lachten. Als sich der Fahrer dann auch noch eine Zigarette anzünden wollte – vermutlich um dieses gemütliche Schwätzchen entsprechend genießen zu können –, ging Thiesen auf dem Rücksitz der Hut hoch: »Vielleicht haben Sie es nicht verstanden – ich hab's eilig!«

Die Uniformierten schauten ihn nacheinander an und schüttelten die Köpfe. Trotzdem hatten Thiesens Worte ihre Wirkung nicht verfehlt, denn der Schlagbaum ging hoch und der Fahrer schob krachend einen Gang hinein. Auf dem Kopfsteinpflaster im Innenhof hüpfte der Jeep wie ein bockiges Pferd. Der Kommissar hatte alle Mühe damit, Hans Maler festzuhalten, dessen Körper wie leblos hin und her geworfen wurde. Es war zu befürchten, dass der frühere Kripochef längst seinen letzten Atemzug getan hatte oder unmittelbar davor stand. Und erst als der Fahrer vor dem Hinrichtungstrakt hart in die Bremsen trat, war das Abenteuer vorerst beendet.

Thiesen ließ Malers Körper vorsichtig zur Seite sinken und sprang aus dem Jeep. Danach schaute er sich um. Der Hof lag fast in völliger Dunkelheit. Hier und dort hing eine

Lampe, die bestenfalls trübes Licht auf das Pflaster warf. Thiesen hatte nicht mal den Schimmer einer Ahnung, wie es von hier aus weitergehen sollte. Blieb nur zu hoffen, dass Major Freeman etwas erreicht hatte und sich – hoffentlich bald! – irgendwo ein Verbündeter zu erkennen geben würde. Schon nahmen die wildesten Befürchtungen in Thiesens Kopf Gestalt an. Vielleicht war der Major betrunken an seinem Schreibtisch eingeschlafen – gut möglich, bei seinem Whiskykonsum. Oder er hatte die Sache schlichtweg vergessen oder vielleicht auch verdrängt, denn allzu großes Interesse an Gerechtigkeit schien den Offizier nicht zu plagen.

Die Szenarien wurden immer abstrakter, als der Oberkommissar plötzlich Schritte hinter sich hörte. Es waren mehrere Paar Stiefel, die abrupt stillzustehen schienen. Das nächste Geräusch war Thiesen bestens vertraut. Denn so klang nur eine Thompson-Maschinenpistole, wenn man die durchlud.

* * *

»Falls ihr das Maul nicht freiwillig aufmachen wollt, verbringt ihr alle die Nacht in einer Zelle.« Pfeiffer wanderte vor einer Reihe von Männern auf und ab. Ein Stück dahinter lag die Leiche eines ihrer Kameraden, aber das schien keinen der Kerle zu interessieren. Und es machte auch nicht den Eindruck, als wollte einer von ihnen auf Anhieb sein Gewissen erleichtern. Die letzten Minuten hatten sich alle in hartnäckigem Schweigen geübt, statt mit einem Hinweis auf Kramers Verbleib herauszurücken.

»Woher sollen wir denn wissen, wo Konrad geblieben ist?« Wieder war es der junge Bursche, der augenscheinlich keine besondere Angst vor einer Nacht hinter Gittern hatte. »Aber wenn du wirklich wissen willst, wo er steckt, dann würde ich an deiner Stelle …«

»Halt die Fresse!«, zischte ein anderer und fing sich damit gleich einen kräftigen Tritt ein.

»Was würdest du an meiner Stelle?«, hakte Pfeiffer nach und holte schon zum nächsten Tritt aus.

Der junge Kerl schaute zur Seite, direkt auf seinen Kameraden, dem die unerwartete Attacke ordentlich zugesetzt hatte. Dieser Blick reichte schon, um zu wissen, wer vielleicht des Rätsels Lösung zurückhielt. Pfeiffer machte einen Schritt nach vorne und stoppte unmittelbar vor dem schlaksigen Riesen, der selbst auf Knien manch eine kleinere Frau überragt hätte.

»Du weißt also, wo wir Kramer finden können, ja?«

Der Kerl schüttelte den Kopf, allerdings nicht besonders überzeugend.

Pfeiffer warf den Militärpolizisten einen vielsagenden Blick zu. Die beiden Soldaten zögerten nicht lange. Sie packten den vermeintlichen Tippgeber grob unter den Armen, um ihn danach ein gutes Stück beiseite zu ziehen. Derweil nahmen gleich zwei der anderen Banditen Reißaus und verschwanden in der Dunkelheit.

»Die lassen wir laufen«, quetschte Pfeiffer gelangweilt heraus. »Wir knöpfen uns unseren Freund hier vor, bis der uns ein Lied singt.«

»Die anderen wollen wissen, wie es weitergehen soll.« Horst Keller war an Pfeiffers Seite angekommen. »Wenn du mich fragst, dann sind das ohnehin alles nur kleine Fische, sonst wären die längst getürmt.« Der Schwarzmarkthändler deutete auf den Riesen, den die beiden Soldaten immer noch mit eisernem Griff festhielten. »Das ist übrigens Bodo ... Bodo Bruse. Hat mir unser junger Freund verraten.«

Pfeiffer beschränkte sich auf ein Nicken und brummte kurz, was schon ausreichte. Keller stapfte wieder davon und entließ auch die anderen Männer in die Nacht. Als er zurückkehrte, hatte Pfeiffer bereits mit seiner vorschriftsmäßigen Ermittlungsarbeit begonnen. »Mach endlich das Maul auf!« Er deutete über seine Schulter auf die Leiche, deren Umrisse sich in der Dunkelheit kaum abzeichneten. »Ich kann für dich nur hoffen, dass du mich nicht auf die Probe stellst. Ein falsches Wort und wir packen dich neben deinen lebensmüden Freund.« Pfeiffer lachte und holte sich eine Bestätigung bei Keller ab. »Aber natürlich erst, nachdem du deinen letzten Atemzug getan hast.«

Noch schien Bodos Widerstand allerdings nicht restlos gebrochen zu sein. Als Pfeiffer dann jedoch ein paar englische Sätze mit den Soldaten wechselte und immer klarer wurde, dass es sich um einen Schießbefehl handeln könnte, kam Bewegung in die Sache.

»Ich hab keine Ahnung, wo Kramer ist.«

»Dann solltest du dich schon mal mit deinen letzten Gedanken befassen.« Pfeiffer hob den Kopf und wollte noch etwas sagen, da kam ihm der Riese zuvor.

»Wir haben ihn heute Abend getroffen, ja.«

»Wer ist denn wir?«

»Ralle und ich ... Konrad will sich tatsächlich davonmachen.«

»Und woher weißt du das?«

»Na, weil er es uns erzählt hat!« Der Riese schüttelte den Kopf und schaute verwirrt.

Mittlerweile kam sich Pfeiffer selten blöd vor. »Wenn er sich aus dem Staub machen will, was hat er dann von euch gewollt?«

»In erster Linie ein Auto«, presste Bodo heraus. Aber sein gequältes Gesicht deutete darauf hin, dass es sich dabei nur um einen Teil der Wahrheit handelte. »Wir haben für ihn ...«

»Was habt ihr?«, brüllte Pfeiffer. Er holte aus, um Bodo mit einem Faustschlag den Rest zu entlocken.

»Eine Adresse«, keuchte der Tunichtgut und hing danach völlig kraftlos in den Armen der beiden englischen Soldaten.

Nach und nach fügten sich die Puzzleteile in Pfeiffers Kopf zusammen. Eine dunkle Befürchtung stieg in ihm empor und wartete nur noch auf ihre finale Bestätigung. »Wessen Adresse?«, stammelte der junge Kommissar.

Anstelle einer Antwort schüttelte Bodo Bruse zuerst nur mit dem Kopf. Als Pfeiffer wieder tief Luft holte, folgten doch ein paar Worte: »Ich hab keine Ahnung … Ralle hat den Zettel.«

»Wer bitte ist Ralle … und wo verdammt finden wir den Kerl?«

Bruse deutete mit Blicken zur Leiche hinüber. »Den haste schon gefunden, Kollege.«

45

»Ich hatte nicht erwartet, Sie persönlich hier zu treffen.« Thiesen saß in einem behelfsmäßigen Büro, das direkt an den Hinrichtungstrakt grenzte. Ein paar Minuten zuvor – Auge in Auge mit den Läufen zweier Maschinenpistolen – glaubte er schon, es sei um ihn geschehen. Zumindest, dass sein Plan gründlich gescheitert wäre. Als dann jedoch Major Freeman höchstpersönlich hinter den beiden Soldaten auftauchte, wendete sich das Blatt überraschend. Hoffentlich zum Guten!

»Ich habe mir Rückendeckung aus London geholt«, gab der Offizier in möglichst beiläufigem Ton zurück. »Ihre Freunde im Vereinigten Königreich haben offensichtlich nicht vergessen, welche Dienste Sie meinem Vaterland erwiesen haben.«

»Und was bedeutet das konkret?« Thiesen war genervt, wie immer, wenn dieses Thema auf den Tisch kam. Es gelang ihm auch nicht, seine Anspannung zu verbergen. »Ist die Hinrichtung damit vom Tisch, selbst ohne, dass wir ...?«

»Sind Sie noch ganz bei Trost?« Der Major wirkte regelrecht schockiert. »Jesus – das sind zwei Paar Schuhe, die nichts miteinander zu tun haben.«

Thiesen schaute mit besorgter Miene zu den beiden Militärpolizisten hinüber, die einen Stuhl, auf dem Maler kauerte, in ihre Mitte genommen hatten. Von Zeit zu Zeit gab der Kripochef a. D. ein leises Stöhnen von sich. Der Druckverband an seinem Hals hatte die Blutung gestoppt. Trotzdem! – das aschfahle Gesicht und die tief liegenden dunklen Augen deuteten darauf hin, dass es nicht mehr lange dauern würde.

Direkt nach ihrer Ankunft hatten die Soldaten Hans Maler die vorschriftsmäßige Hinrichtungs-Uniform übergestülpt: eine Hose und ein Hemd aus grobem Leinen, dessen Farbe nicht einmal eindeutig zu benennen war. Fehlte nur noch ein letztes Detail: eine Kapuze, die um den Hals herum verschnürt wurde. Sämtliche Vorbereitungen waren getroffen, jetzt galt es abzuwarten und in erster Linie Ruhe zu bewahren.

»Wir haben nur eine Chance für den Austausch«, stellte der Major unverändert nüchtern fest und riss Thiesen damit aus seinen Gedanken. »Wir müssen die beiden auf dem Weg vom Zellenblock zur Hinrichtung austauschen. Wenn Ihr unschuldiger Musterknabe erst mal seinem Henker gegenübersteht, dann kann nur noch Gott ihn retten.«

»Auf dessen Hilfe würde ich nicht vertrauen«, flüsterte Thiesen und ließ ein heiseres Lachen folgen. »Was ist mit Ihren Männern auf dem Hof – wissen die Bescheid?«

»Ansatzweise! Je weniger die von der Sache wissen, desto leichter wird es uns fallen, hinterher alles zu vertuschen.«

Thiesen deutete mit Blicken auf die beiden Militärpolizisten, die mit teilnahmslosen Gesichtern an der Wand lehnten und jeweils mit einer Hand Hans Maler stabilisierten.

»Die zwei sind mir vom Strand der Normandie bis nach Hamburg gefolgt. Schätze, die würden notfalls weit mehr für ihren alten Kommandanten tun.« Jetzt lachte der Major und die Situation entspannte sich etwas. »Glauben Sie vielleicht, ich hab Ihnen die Männer blindlings zugeteilt?«

Zum ersten Mal spürte Thiesen, dass auch Freeman

ein ehrliches Interesse am Erfolg dieser – zweifellos – verrückten Aktion hatte. Wobei das vermutlich eher mit den Konsequenzen für Hans Maler, als mit der Befreiung von Erwin Moltke zu tun hatte. Aber im Endeffekt sah doch genau so ein vernünftiger Handel aus. Am Ende hatte jeder etwas davon und wusste, wofür sich der Aufwand lohnte.

»Wann geht's los?« Thiesen spürte Nervosität in sich aufsteigen. Das Zeitfenster für den Austausch – vielleicht eine Minute für nicht mehr als hundert Meter über den offenen Gefängnishof – konnte knapper kaum sein. Wenn sie es versauten, und auch diese Möglichkeit musste man leider in Betracht ziehen, dann wäre der ganze Plan für die Katz gewesen.

Bevor der Major antworten konnte, klopfte es energisch an die Tür. Das signalisierte gleichermaßen eine Antwort wie auch einen Startschuss.

»Kommen Sie!« Freeman ruderte mit den Armen, um auch die beiden Militärpolizisten zum Aufbruch anzuspornen. Eilig stülpten die Soldaten Hans Maler den Leinensack über und verschnürten ihn am Hals.

»Nicht so fest!«, mahnte Thiesen. »Sonst können wir das Schwein auch gleich hierlassen.«

Der Major grinste und langte zur Türklinke. »Wie gesagt: Nur einen Versuch, nicht mehr!«

* * *

Erst in der letzten Tasche von Ralles ausgebeulter Hose fand Pfeiffer einen Zettel. Seine Finger zitterten, als er ihn und kurz darauf entfaltete. Um überhaupt etwas lesen zu können, musste Horst Keller, der direkt hinter dem Kommissar stand, ein Streichholz entfachen.

»Verdammter Mist!«, entfuhr es Pfeiffer.

»Du glaubst doch nicht etwa, dass Kramer …?« Auch Keller hatte den Namen gelesen und konnte es kaum fassen.

»Was hat der Kerl denn noch zu verlieren?«, fragte Pfeiffer aufgebracht.

»Seine Freiheit – vielleicht sein Leben.« Der Schwarzmarkthändler schaute über die Schulter. Er und Pfeiffer hatten Bodo Bruse mit Handschellen an einem Laternenmast befestigt. Links und rechts davon standen die beiden Soldaten und pusteten in regelmäßigen Abständen Qualmwolken in die kalte Nachtluft. »Glaubst du, der Kerl weiß wirklich nicht mehr?«

»Du meinst, ob es ihnen gelungen ist, Thiesens Adresse herauszufinden?«

»Beispielsweise!«

Pfeiffer stemmte sich hoch und marschierte mit langen Schritten auf Bodo Bruse zu. Bevor er sich dem Übeltäter widmete, wechselte er ein paar Sätze mit den Militärpolizisten, die sich kurz darauf eilig verkrümelten, um einige Meter weiter mit dem Nichtstun fortzufahren.

»Kannst du mir sagen, was du vorhast?« Keller war erneut an Pfeiffers Seite angekommen und entließ geräuschvoll die Luft aus seinen Lungen. »Willst du dem Kerl die Daumenschrauben anlegen?«

»Definitiv! Und wenn es sein muss, auch weit mehr als das.«

* * *

Als Thiesen den Gefängnishof erreichte, hatte sich etwas verändert. Rundherum war es stockfinster. Keine einzige der Laternen brannte; nicht mal aus dem Wachgebäude gegenüber fiel Licht auf das Pflaster.

»Was ist passiert?«, flüsterte er dem Major zu, der sich direkt neben ihm Schritt für Schritt nach vorne tastete. Hinter den Männern folgte eine Dreiergruppe, bestehend aus den beiden Militärpolizisten und Hans Maler, der zwischen ihnen wie ein lebloser Sack hing.

»Ein alter Freund arbeitet hier im Gefängnis als Hausmeister.« Freeman lachte vorsichtig. »Der liebe Howard hat offensichtlich verstanden, dass wir mit neugierigen Augen nichts anfangen können.«

Ein Stück weiter, vielleicht fünfzig Meter entfernt, sprang eine breite Tür auf. Die Umrisse einiger Männer zeichneten sich ab, verschwanden jedoch schnell wieder, nachdem sich die Tür hinter ihnen geschlossen hatte. Leise Schritte waren zu hören, mehr nicht.

»Können Sie mir sagen, wie es jetzt weitergehen soll?«, flüsterte Thiesen.

Für weitere Worte blieb ihm keine Zeit, denn er wurde von einem lauten Schrei unterbrochen: »Who's there?«, dröhnte es über den Gefängnishof. Die wütende, aber auch ein wenig ängstliche Stimme eines Mannes wurde von den Mauern wieder und wieder reflektiert.

»Ich kläre das.« Der Major versuchte, die Situation zu entspannen. Danach marschierte er schon mit langen Schritten nach vorne. »It's me ... Matthew Freeman«, hörte Thiesen ihn noch sagen, bevor er vollständig in der Dunkelheit verschwunden war.

Es folgten ein paar Flüche, kurz darauf sogar Gelächter und einige Kommentare, bei denen Thiesen froh war, dass er sie nicht verstand. Es verging noch eine ganze Weile, dann waren wieder Schritte zu hören. Irgendwann zeichneten sich die Umrisse von gut einem Dutzend Männern ab. Thiesen ruderte mit den Armen, um den Militärpolizisten klarzumachen, dass sie die Gruppe am besten umrunden und von hinten zuschlagen sollten. Der Austausch des Delinquenten sollte schnell, unbemerkt und möglichst reibungslos vonstatten gehen.

Thiesen hatte gerade erst ein paar Schritte nach vorne gemacht, als urplötzlich sämtliche Lichter rundherum aufflammten. Sogar die mächtigen Scheinwerfer auf den Mauern erwachten knisternd zu neuem Leben. Er blieb wie angewurzelt stehen und wirkte in diesem Moment wie ein begossener Pudel. Sein Plan war gescheitert – grandios gescheitert, um es genauer zu sagen!

46

Pfeiffers Nase berührte beinahe die von Bodo Bruse. Hätte der Kerl es drauf angelegt, dann wäre es ihm vermutlich gelungen, dem jungen Kommissar eine herzhafte Kopfnuss zu verpassen. »Habt ihr die Adresse herausgefunden?« Pfeiffer stellte diese Frage nicht zum ersten Mal. Und wieder bestand die Antwort nur aus eisigem Schweigen, dieses Mal jedoch von einem verächtlichen Blick garniert. Der Kerl wusste ganz genau, was ihm im Falle eines Falles blühte, also beschränkte er sich aufs Nichtssagen. »Habt ihr Thiesens Adresse ausfindig gemacht und sie an Kramer weitergegeben? Rede, verdammt!«

Totenstille.

»Das wird so nichts!«, moserte Horst Keller. »Wenn du es mit solchen Typen zu tun hast, dann helfen keine Worte, sondern nur …« Der Schwarzmarkthändler verstummte abrupt, denn Pfeiffer hatte seine Pistole aus dem Holster gezogen und richtete sie auf Bodo Bruse.

»Zum letzten Mal: Hat Kramer die Adresse?«

Wieder keine Antwort.

Pfeiffer lud seine Pistole durch und entsicherte sie. Zuerst visierte er einen Unterschenkel von Bruse an, hob dann aber doch die Waffe doch ein Stück. Nur einen Atemzug später hallte ein Schuss durch die Nacht. Den Knall dürften selbst noch die Obdachlosen am hintersten Ende von ›Planten und Blomen‹ gehört haben. Ein Stück weiter klatschte einer der beiden Militärpolizisten in die Hände. Auf derartige Unterhaltung mussten die Besatzer – im ansonsten tristen Dienstalltag – vermutlich verzichten.

Bruse jaulte kurz auf, aber diese Reaktion war bei Weitem nicht das, was Pfeiffer erwartet, vielmehr erhofft hatte. Deshalb legte er gleich auf den nächsten Oberschenkel an und drückte ab. Dieses Mal war der Schrei viel lauter und übertönte sogar den Nachhall des Schusses.

»Ich würde ihm lieber sagen, was du weißt!«, empfahl Horst Keller in bösem Ton. »Hab das Gefühl, er wird langsam richtig böse.«

Pfeiffer hob schon wieder die Waffe, dieses Mal wurde er jedoch von Bruses Stöhnen unterbrochen.

»Warte, er will was sagen.« Selbst Horst Keller schien mittlerweile ein persönliches Interesse am Ausgang dieser Geschichte zu haben. Ein Schwarzmarkthändler mit Herz; so was kam nur selten vor.

»Ja.«

Ein Wort, nur zwei Buchstaben, die Bruse an seinen Schmerzen vorbeipressen konnte.

»Was heißt das, Ja?« Pfeiffers Stimme klang panisch. Keller packte den Kommissar am Arm und schüttelte ihn sogar.

»Ist doch klar, was das bedeutet.«

»Du meinst, der Kerl will sich Thiesen oder seine Familie vorknöpfen?«

»Was denn sonst?« Der Schwarzmarkthändler deutete mit Blicken zu den beiden Soldaten hinüber. »Und ich hab das Gefühl, wir sollten besser die Beine in die Hand nehmen.«

* * *

Wahrscheinlich hätte man eine Stecknadel auf den Boden fallen hören. Keiner der Männer, die sich im Gefängnishof gegenüberstanden, sprach ein Wort. Vielleicht auch, weil sich die Situation fast von alleine erklärte. Zwei Gestalten im typischen Hinrichtungs-Leinen, beide festgehalten von jeweils zwei anderen in Uniform. Dazu der plötzliche Stromausfall und über ein Dutzend betretener Gesichter. Vermutlich hatte jeder seine eigene Erklärung, aber allzu große Unterschiede dürfte es zwischen denen wohl kaum geben.

Thiesen vernahm nur seinen eigenen Atem, der, seitdem das Licht wieder angesprungen war, nur noch stoßweise ging. Hinter sich hörte er die beiden Soldaten flüstern, die Hans Maler in die Zange genommen hatten. Mit jedem Atemzug nahm die Anspannung zu. Es war klar, dass eine Seite einen entschlossenen Vorstoß wagen musste, ansonsten könnte eine derart brenzlige Situation sogar mit einem Schusswechsel enden.

Thiesen sah Major Freeman an, der ihm zum ersten Mal ein wenig unsicher vorkam. Plötzlich – aus heiterem Himmel sozusagen – hellte sich die Miene des Offiziers nachhaltig auf. »Jerry ... bullshit, man. What are you doing here?«

Thiesen verstand zwar kaum ein Wort, aber es war klar, dass sich hier zwei Männer wiedertrafen, die sich lange Zeit nicht gesehen hatten. Hinzu kam, dass die beiden offensichtlich gute Freunde waren. Freeman umarmte den Soldaten, der die Spitze der Gruppe angeführt hatte, und klopfte ihm mehrfach auf die Schulter. »Jerry ... Jerry, what the hell ...« Der Rest ging im Gemurmel der anderen Männer unter.

Zum ersten Mal seit gefühlten Ewigkeiten – tatsächlich waren es höchstens zwei Minuten – schien sich die Situation wieder zu entspannen. Und es dauerte auch nicht lange, bis Major Freeman auf dem Absatz seiner Stiefel kehrtmachte und danach regelrecht auf Thiesen und seine eigenen Männer zustürmte. Er ließ den Oberkommissar jedoch links liegen und flüsterte den beiden Militärpolizisten ein paar Halbsätze zu. Einen Moment später hob der Offizier den Arm, um damit dem Hinrichtungszug seinen erneuten Marschbefehl zu erteilen.

Thiesen war zur Seite gesprungen, sonst hätten ihn die zahlreichen Männer womöglich noch überrannt. Die Gruppe hatte ihn gerade erst passiert, da ließen sich die zwei Soldaten am Ende – die beiden hatten Erwin Moltke fest in der Zange – ein Stück zurückfallen. Im selben Moment nahmen die Militärpolizisten Fahrt auf. Zwischen ihnen hing ein Sack. Man konnte es auch als eine leblose Puppe bezeichnen, die früher mal auf den Namen Hans Maler gehört hatte. Sollte sich tatsächlich noch Leben in Malers Körper befinden, so würde der britische Henker diesen Umstand schon bald ins Gegenteil umkehren.

* * *

»Noch nicht!«, fauchte Pfeiffer Horst Keller rüde an. »Wir gehen erst, wenn ich alles weiß.« Der Kommissar hatte sich wieder voll auf Bodo Bruse fixiert. »Hat Kramer euch gesagt, was er vorhat?«

Die Antwort bestand zunächst nur aus erneutem Zögern. Erst als Pfeiffer seine Pistole hob und Bruses Hort für eventuelle Familienplanung anvisierte, kam Bewegung in die Sache. »Er wollte noch was erledigen und dann …« Die Stimme des Mannes versagte für einen Moment. Kein Wunder, schließlich steckten gleich in beiden seiner Oberschenkel Kugeln, die mit Sicherheit höllische Schmerzen verursachten. »Er wollte hin – seine letzte Tat, hat er gesagt.«

»Wo ist Thiesen eigentlich?«, flüsterte Horst Keller. Selbst dem Schwarzmarkthändler war anzusehen, dass er gehörigen Schiss vor der falschen Antwort hatte, die auch sofort folgte.

»Keine Ahnung!« Pfeiffers Verstand rotierte, auf der Suche nach einer halbwegs vernünftigen Lösung. »Aber eins steht fest: Zuhause ist der garantiert nicht.«

»Das würde ja bedeuten, Kramer knöpft sich seine Familie vor. Und die hat ...«

»... vermutlich keine Chance, sich zu wehren.«

47

Anna hatte fast bis Mitternacht auf dem Sofa gesessen und gewartet. Nachdem ihre Kinder im Bett lagen, war sie wieder und wieder aufgestanden, um das kümmerliche Hab und Gut der Familie Thiesen in Kartons und Taschen zu verpacken. Sie wusste nicht, was ihr Mann vorhatte. Und die wenigen Andeutungen hatten alles noch schlimmer, statt besser gemacht. Sie kannte ihren Hermann nur zu gut. Wusste, dass der – auch wenn er an normalen Tagen als braver Ehemann und pflichtbewusster Polizist daherkam – auch ganz andere Seiten hatte. Nie zuvor war sie einem Menschen begegnet, der sich so hartnäckig in seine Ziele verbeißen und ihnen geradezu blindlings hinterhereifern konnte. Das hatte genauso positive wie negative Auswirkungen. Hermann Thiesen war zweifelsohne der beste Ehemann, der beste Vater und – hoffentlich! – auch der beste Polizist. Zumindest einer, der nach getaner Arbeit lebendig nach Hause zurückkehrte. Nur darum ging es ihr im Moment. Um nichts anderes!

Anna war erneut aufgestanden. Auf dem wackeligen Küchenbuffet türmte sich nur noch das Frühstücksgeschirr der Familie. Wenn sie es jetzt schon wegpacken würde, dann könnte sie es in ein paar Stunden wieder hervorholen. Welchen Sinn machte das also? Trotzdem! Sie musste irgendwas tun, um sich abzulenken. Nur rumsitzen und warten, das schmeckte ihr am allerwenigsten. Zum wahrscheinlich hundertsten Mal wanderte sie zum Fenster hinüber und schaute hinaus. Noch immer stand ein Jeep mit zwei Soldaten vor der Tür. Je später es wurde, desto träger erschienen ihr die Männer in Uniform. Wenn Sie es richtig erkannte, dann war der Kerl hinter dem Steuer sogar eingeschlafen. Und sein Kamerad daneben wirkte auch nicht viel munterer.

Sie zog die Vorhänge wieder zu. Die alten Dinger würden keinesfalls mit umziehen. Sollte sich doch ein anderer die Frage stellen, ob die von Motten zerfressen Stoffbahnen überhaupt noch für irgendetwas anderes als Brandmaterial taugten. Im richtigen Moment würde sie ihrem Hermann anständig auf die Finger klopfen und ihm klarmachen, dass die Engländer ihnen weit mehr als eine Wohnung und zwei Dosen Büchsenfleisch in der Woche schuldig waren. Ihr Mann war es schließlich gewesen, der den Alliierten die meisten, kriegswichtigen Ziele in den Vororten Hamburgs verraten hatte. Monatelang hatten sich die Verteidiger gewundert, warum die englischen Bomber genau wussten, auf welcher Route sie mit dem wenigsten Feindfeuer zu rechnen hätten. Und auch, dass die Bomben immer zielsicherer Werften, Raffinerien und Munitionsfabriken trafen, blieb den Deutschen bis zum Kriegsende ein Rätsel.

Dann kam der Abend, an dem Anna die Hälfte ihrer Arme einbüßen musste. Die Engländer hatten es versäumt, ihren Verbündeten in Hamburg über den bevorstehenden Angriff hier in Altona zu informieren. In anderen Bombennächten – alles stürmte in Panik in die Luftschutzkeller – waren Thiesen und seine Familie in aller Seelenruhe zu Hause geblieben. So willkürlich, wie solche Flächenbombardements auf manch einen wirkten, waren sie gar nicht. Ihr Hermann wusste ganz genau, wann es Sinn machte, vor einem Angriff in einen der Bunker zu fliehen und wann nicht.

Bis zu diesem einen Abend! Dieser einen Bombe, die alles verändert hatte. Alles!

* * *

Thiesen saß wieder in einem Jeep. Kurz zuvor hatten sie das Gefängnistor passiert und waren in rasender Fahrt Richtung Norden unterwegs. Irgendwo in einem der Vororte – möglichst unbemerkt, also still und leise – würden sie Erwin Moltke die unverhoffte Freiheit schenken.

Der begann damit, unter dem Sack, den man ihm über den Kopf gezogen hatte, wütend zu protestieren. Kurzerhand löste Thiesen den Knoten und befreite den Mann von seiner Last. Danach musste der Oberkommissar feststellen, dass Moltke darunter auch noch geknebelt war. Vermutlich, um lautstarkem Gejammer und eventuellen Schreien aus dem Weg zu gehen. Wer konnte schon einen tauben Henker gebrauchen?

Als auch der Knebel entfernt war, folgte die erwartete Frage: »Was ist passiert?« Erst jetzt schien Erwin Moltke seinen Retter zu erkennen. »Sie?«

Thiesen nickte nur. Was sollte er auch sagen?

Am Rande des Stadtparks, in einer besonders dunklen Ecke, hielt der Jeep unvermittelt an. Zum ersten Mal wirkten die zwei Militärpolizisten nervös. Offensichtlich wollten sie ihre brisante Fracht so schnell wie möglich loswerden. Einer der beiden gestikulierte wild mit den Armen, bis die Männer auf der Rückbank sich endlich in Bewegung setzten und den Jeep mit langen Schritten hinter sich ließen.

»Keine Ahnung, wie ich mich bedanken soll.« Die nächste Laterne war weit entfernt. Erwin Moltkes Gesicht war nur schemenhaft zu erkennen. Trotzdem war ihm anzusehen, dass er mit Tränen kämpfte. »Danke!«

Thiesen schüttelte nur den Kopf und zog einen Zettel heraus. Er schob ihn Moltke in die Tasche und wollte eigentlich keine Erklärung hinzufügen.

»Was ist das?« Erwin wollte schon danach greifen, wurde jedoch von einem entschlossenen Kopfschütteln davon abgehalten.

»Die Adresse einer Wohnung, an der Alster.« Thiesen flüsterte nur. »Sie sollten da so schnell wie möglich mal vorbeischauen ... könnte sein, dass der frühere Bewohner ein paar ganz nützliche Dinge hinterlassen hat.« Thiesen wusste, dass Hans Maler zu Hause vermutlich Reichtümer hortete. Und selbst wenn nicht ... alles, was Erwin dort finden würde, könnte sein eigenes und das Fortbestehen seiner Familie zumindest für eine gewisse Zeit sichern.

»Ich würde Ihnen gerne ... also, als Dankeschön –«

»Vergessen Sie's!« Thiesen machte sogar schon ein paar Schritte rückwärts. »Wir werden uns nie wiedersehen. Und wenn, dann haben Sie ein noch größeres Problem als das heute.«

Erwin hatte verstanden. Er nickte vorsichtig und wand sich zum Gehen, als Thiesen ihn am Leinenhemd packte und festhielt. »Kein Wort! Kein einziges, sonst ...«

»Ist klar!« Das Licht der Laterne schaffte es für einen kurzen Moment, Erwins Gesicht zum Leuchten zu bringen. »Ich bin vielleicht blöd, aber so blöd bin ich auch nicht.«

Nur ein paar Atemzüge später saß Thiesen wieder im Jeep. Der Fahrer schien es eilig zu haben und raste mit Vollgas in die entgegengesetzte Richtung davon. Der Oberkommissar hatte noch eine letzte Verabredung. Major Freeman wartete vermutlich schon im britischen Hauptquartier, um die Ergebnisse dieser irrwitzigen Aktion abschließend zu besprechen. Jetzt ging es in erster Linie darum, die Sache zu vertuschen und ein möglichst glaubhaftes Märchen zu erfinden, wo Hans Maler – offiziell immerhin noch Chef der Hamburger Kriminalpolizei – geblieben wäre. Aber Thiesen machte sich darüber keinerlei Sorgen. Der Major hatte weit mehr zu verlieren als er selbst. Und als Oberbefehlshaber der britischen Besatzungstruppen dürfte es kein Problem werden, hier oder dort einen Zeugen zu finden und einen falschen Beweis zu hinterlegen.

Zum ersten Mal seit Tagen lehnte sich Thiesen ganz entspannt in den Sitz zurück. Er holte eine Zigarettenschachtel aus seiner Manteltasche und steckte sich eine an. Der Rauch füllte seine Lungen und sofort wurde ihm schwindelig. Diese Geschichte hatte viele Verlierer zurückgelassen. Angefangen mit drei jungen Frauen – toten Frauen. Der eine oder andere Schwarzmarkthändler dürfte Monate, vielleicht Jahre brauchen, um wieder richtig auf die Beine zu kommen. Aber eines stand fest: Er, Hermann Thiesen, war der Gewinner. Und zugegeben, er hatte hoch gepokert. Nur, dass er dieses Mal als Sieger aus der Partie hervorging. Eine Rolle, die er selten in seinem Leben gespielt hatte und an die er sich wohl erst mal gewöhnen müsste. Hermann Thiesen, der Gewinner! Das klang gut. Viel zu gut!

48

Irgendwann war Anna doch auf dem Sofa eingeschlafen. Zuerst noch im Traum, dann in einer Zwischenwelt – halb schlafend, halb wach – hörte sie seit einer ganzen Weile ein Schaben Das wurde schließlich von einem Knacken, wie von berstendem Holz, abgelöst . Endlich wieder halbwegs bei Bewusstsein glaubte sie, dass ihr Hermann nach Hause gekommen war. Tatsächlich knarrte schon im nächsten Moment die Wohnungstür. Im Raum war es stockfinster, die Kerze auf dem Tisch hatte anscheinend ihren verzweifelten Kampf gegen die Dunkelheit aufgegeben.

»Hermann?«

»Mhm ...«

»Was ist denn los, Hermann? Ist irgendwas?«

»Pssst.«

Eine seltsame und zweifellos ungewohnte Art der Unterhaltung, schoss es Anna durch den Kopf. Schon siegte ihre aufbrausende Mentalität und spornte sie zu einer Offensive an: »Kannst du mir bitte sagen, was los ist! Ich sitze hier die ganze Nacht und warte auf dich – und du ... du kommst hier rein und kriegst deinen Mund nicht mal auf.«

Die nächsten Ereignisse brauchten nicht mal einen Atemzug. Anna sah einen Schatten auf sich zurasen. Im nächsten Moment spürte sie eine Hand – nein, eine Klaue! –, die ihren Hals mit eiserner Kraft umklammerte. Sie versuchte sich sogar noch zu wehren. Aber wie, mit nur einem Arm, in dem

– jahrelangem Hunger und Entbehrungen geschuldet – viel zu wenig Kraft steckte. Schnell spürte sie ihr Bewusstsein schwinden. Ihr Arm sackte aufs Sofa hinunter, jeden Augenblick würde sie das Tor zu einer neuen Welt durchschreiten. Ein Tor, hinter dem es kein Zurück mehr gab.

* * *

Thiesen hatte das britische Hauptquartier erreicht. Der Jeep war noch nicht mal völlig zum Stillstand gekommen, da stürmte ihm ausgerechnet Horst Keller entgegen und blieb atemlos stehen. Thiesen wollte aussteigen, wurde jedoch vom Schwarzmarkthändler grob in seinen Sitz zurückgeschoben. Keller gab dem Fahrer ein hektisches Zeichen, aber der dachte gar nicht daran, wieder loszufahren. Tatsächlich wirkte der Soldat eher so, als wäre er im Begriff, seine Waffe zu ziehen, um dem Störenfried eine gründliche Lektion zu erteilen.

Und vermutlich wäre es sogar dazu gekommen, wenn in diesem Moment nicht auch noch Major Freeman hinzugekommen wäre. Er bölkte seinen Untergebenen ein paar kurze Sätze entgegen, packte dann allerdings Thiesens Arm.

»Meine Männer sind schon auf dem Weg!«, zischte der Offizier mit ungewohnt hektischer Stimme.

»Wohin auf dem Weg?«, fragte Thiesen, der bis hierhin noch kein Wort verstand.

Anstelle einer Antwort gab nun der Major dem Fahrer ein unmissverständliches Zeichen. Kurz darauf raste der Jeep erneut in die Nacht davon.

»Wissen Sie, was los ist?« Thiesen hatte sich zu Horst Keller umgedreht, dessen betretene Miene Bände sprach. Langsam schwante dem Oberkommissar Böses. Er packte den Schwarzmarkthändler sogar am Jackenaufschlag und schüttelte ihn. »Sagen Sie mir, was los ist. Sofort!«

»Dieser Kramer ... er hat Ihre Adresse und will offensichtlich Ihrer Familie ans Leder.«

Thiesen war von einer Sekunde zur anderen völlig erstarrt. Solche Momente konnte man nur beschreiben, wenn man sie selbst erlebt hatte. Vor seinem inneren Auge nahmen Szenarien Gestalt an, die er nicht in Worte hätte fassen können. »Wo ist Pfeiffer?« Mehr als ein Flüstern brachte er nicht zustande.

»Der ist mit dem ersten Jeep weg ... war ganz außer sich.«

»Kann es sein, dass ihr euch täuscht? Vielleicht ist Kramer ja doch schon ...«

Keller schüttelte zuerst nur den Kopf. Als Thiesen erneut handgreiflich werden wollte, presste der Schwarzmarkthändler mühevoll zwei Worte heraus: »Glaube nicht.«

* * *

Karl konnte nicht sagen, wovon er wach geworden war. Seine Sinne kehrten nur zögerlich in die Realität zurück. Er glaubte, einen Schrei gehört zu haben. Aber nicht etwa einen, der von außen durch seine Ohren in seinen Kopf gedrungen wäre. Nein! Vielmehr war es ein Hilferuf gewesen, der wie eine Bombe im Inneren seines Schädels explodiert war und ihn mit brutaler Gewalt ins Hier und Jetzt katapultiert hatte.

Er langte nach rechts, spürte Johanns Körper, der regungslos und warm neben ihm lag. Zu seiner Linken schlief Marie, zum größten Teil auf seinem Arm, der vermutlich vor Stunden eingeschlafen und deshalb völlig gefühllos war.

Karl wollte schon wieder die Augen schließen, um weiter zu schlafen, da ertönte von irgendwoher ein kurzer, gedämpfter Schrei. Zuerst glaubte er noch daran, dass seine Eltern sich liebten. Sie meinten noch immer, dass er nicht wüsste, was sie taten, wenn er und sein Bruder früh ins Bett mussten. Und er beließ sie auch gerne in diesem Glauben, denn sie hatten es verdient, sich nahe zu sein. Am Anfang war er sogar ein bisschen böse auf seinen Vater gewesen, wenn seine Mutter nebenan stöhnte und klang, als wäre sie in Not. Karl hatte eine Weile geglaubt, sein Vater würde ihr Schmerzen zufügen. Aber am Morgen danach, wenn er das glückliche Gesicht seiner Mutter sah und ihre fröhliche und ausgelassene Art erlebte, dann wusste er, dass es gut war. Er wollte sich gerne noch ein bisschen Zeit mit eigenen Erfahrungen in dieser Richtung lassen. Aber wenn es soweit wäre, dann hoffte er inständig, eine andere Frau – eine wie seine Mutter – genauso glücklich machen zu können.

Jetzt war es ein Poltern, das von nebenan erklang. In Karls Kopf schrillten die Alarmglocken. Auch Hasso, der vor der Tür lag, knurrte leise. Also drehte der Junge seine Schwester behutsam auf die Seite und schob sich langsam unter der Bettdecke heraus. Zwei Schritte weiter, an der Tür, lauschte er. Nein! Dieses Poltern klang nicht wie sonst. Ein weiterer erstickter Laut, viel leiser als die letzten, ertönte. Karl griff nach der Klinke und zog die Tür ganz langsam und vorsichtig auf. Hasso stand längst auf seinen Füßen und steckte seinen Kopf durch den Spalt. Im nächsten Moment – Karl hätte es niemals verhindern können – schoss der Hund nach vorne und knurrte, als ginge es um Leben oder Tod.

* * *

Thiesen trommelte wütend mit den Fäusten auf den Sitzlehnen vor sich herum. Es konnte ihm gar nicht schnell genug gehen. Kurz zuvor wäre der Jeep in einer Kurve fast mit einem entgegenkommenden Lkw zusammengestoßen. Nur mit Mühe und Not war es dem Fahrer gelungen, das Lenkrad herumzureißen. Glück gehabt!

Sollte dieser Kramer es tatsächlich auf seine Familie abgesehen haben und hätte er es geschafft, sich an den englischen Bewachern vorbeizuschieben, dann würden sie vermutlich ohnehin viel zu spät kommen. Thiesens einzige Hoffnung ruhte auf Pfeiffers Schultern. Der hatte immerhin ein paar Minuten Vorsprung und dürfte kaum zögern, wenn er Anna oder die Kinder in Not vorfände. Auf der einen Seite ein junger, unerfahrener Polizist und eine Horde von – so stand es zu befürchten – schießwütigen Engländern. Auf der anderen ein Kerl, der nichts mehr zu verlieren hatte und vermutlich nur auf eines aus war: Rache!

49

Als Pfeiffers Jeep vor Thiesens Haus eine Vollbremsung hinlegte, erwachten auch die beiden englischen Soldaten im anderen Fahrzeug aus ihren Träumen. Pfeiffer wollte zuerst noch etwas sagen – Besatzer hin, Besatzer her, ihnen einen gründlichen Anschiss verpassen –, doch er erkannte schon von Weitem die offene Haustür. Es ging um Sekunden. Wut, Verzweiflung und Hoffnung gaben ihm neue Kraft und ließen ihn regelrecht nach vorne preschen. Er stürmte durch die offene Tür und fand auch die zu Thiesens Wohnung ein Stück weit geöffnet vor. Dahinter ertönten Schreie, nur unterbrochen von wütendem Knurren, das wie das eines Wolfes klang. Pfeiffer hatte seine Pistole längst im Anschlag.

Im Wohnzimmer der Familie war es beinahe stockfinster, nur durch eines der Fenster fiel das Scheinwerferlicht von einem der Jeeps. Plötzlich spürte Pfeiffer eine Hand auf seiner Schulter. Neben ihm hatte ein Tommy Stellung bezogen und sofort seine Taschenlampe gezückt. Die Szenerie im Lichtkegel der Lampe glich einem Horrorfilm, wie sie vor dem Krieg mitunter über die Leinwände der Kinos geflimmert waren. Ein Mann lag am Boden. Er versuchte, sich mit Händen und Füßen immer verzweifelter gegen ein dunkelgraues Monstrum, das tatsächlich wie ein Wolf aussah, zur Wehr zu setzen. Im Licht schimmerten nadelspitze Eckzähne, dazu ein Maul, dessen Lefzen blutverschmiert waren.

Von einem Moment zum anderen erwachte Pfeiffer aus seiner Starre und stürmte nach vorne. Er packte Anna, die bewusstlos – hoffentlich nicht tot! – auf dem Sofa lag und zog sie ein Stück beiseite. Aus dem Augenwinkel erkannte er den englischen Soldaten, der bereits auf den Hund anlegte. »Stop it! Don't shoot!«, brüllte er den Uniformierten an, der sofort seine Pistole sinken ließ. Ein Stück weiter konnte Pfeiffer die Köpfe von Karl und Johann erkennen. Während der Kleine verschlafen aussah, machte der Große einen hellwachen Eindruck. Pfeiffer hob nur den Arm und deutete den beiden, dass sie sich in den Nebenraum verziehen und die Tür schließen sollten.

Die Schreie von Konrad Kramer nahmen ohrenbetäubende Ausmaße an. Der Hund schien nicht von ihm lassen zu wollen, bis er auch den letzten Funken Leben mit seinen Zähnen aus dem Mann herausgerissen hätte. Pfeiffer hatte Anna auf dem Arm und stemmte sich hoch. Jeden Moment müsste auch ein Ambulanz-Jeep eintreffen. Wenn es überhaupt eine Rettung für Thiesens Frau gab, dann würde der Arzt wissen, wie die aussah – und sofort handeln. Der junge Kommissar merkte gar nicht, dass ihm die Tränen in Bächen herunterliefen. Als er die zwei Soldaten an der Tür passieren wollte, stoppte ihn einer davon mit einer Handbewegung: »What should we do about him?« Der junge Sergeant deutete auf Konrad Kramer, dessen Schreie plötzlich verstummt waren. Seine Gliedmaßen zuckten in unregelmäßigen Abständen. Vermutlich lag es daran, dass der Hund Kramers Kehle als endgültiges Ziel anvisiert hatte.

Pfeiffer schaute zurück und schüttelte zuerst nur den Kopf. Auf eine weitere, stumme Nachfrage und ein gemeinsames Achselzucken folgte dann auch die ebenso kurze Antwort: »Nothing!«

* * *

Thiesens Jeep hatte fast die Kleine Mühlenstraße erreicht. Seit einer Weile raste vor ihnen ein Ambulanz-Jeep in genauso halsbrecherischem Tempo dahin. Vor seinem Haus brauchte der Oberkommissar sogar Hilfe beim Aussteigen. Er spürte seine Beine kaum mehr und wenn überhaupt, dann fühlten die sich bestenfalls wie Pudding an. Mehrere Scheinwerferpaare richteten sich auf das Haus und tauchten es in grelles, unwirkliches Licht. Thiesen wollte gerade den Schotterweg zur Eingangstür hinaufstürmen, als ihm Pfeiffer entgegenkam, Anna im Arm – leblos!

»Was ist passiert?« Thiesen fiel auf die Knie. Es gab nichts, das ihm in diesem Moment Kraft spenden konnte, und sei es nur, um auf den Beinen zu bleiben. »Was ist passiert, verdammt?«, schluchzte er ein weiteres Mal. Danach sackte auch sein Gesicht in den Schotter hinunter. Er landete auf der Seite und blieb dort regungslos liegen.

Gewinner sahen wohl anders aus.

50

**Zweieinhalb Tage später,
vor dem englischen Militär-Hospital**

»Eines will ich Ihnen sagen: Wenn Sie den ersten Kuss bekommen, dann lasse ich mich wirklich scheiden und Sie können mit meiner Anna machen, was Sie wollen.«

Pfeiffer lachte. Er wusste ganz genau, dass sein Chef diesen Drohungen keine Taten folgen lassen würde. »Ihre Frau wird schön gucken, wenn es von hier aus schnurstracks in die neue Wohnung geht. Damit rechnet sie bestimmt nicht.«

Thiesen schaute zur Seite, seinem jungen Kollegen direkt ins Gesicht. »Ich weiß, ich hab's schon ein paar Mal gesagt – aber noch mal: Danke! Von ganzem Herzen danke.«

»Kein Problem, Chef ... ist doch Ehrensache.« Pfeiffer musste lachen. »Im Nordwestdeutschen Rundfunk haben sie sogar kurz darüber berichtet, dass die Tommys gestern einen Umzug gefahren haben. Da hat wohl irgendjemand geplaudert.«

»Die Dummköpfe haben auf der Treppe Annas Küchenbuffet ruiniert. Wenn sie wieder einigermaßen bei Kräften ist und das sieht, dann kann ich mich auf eine mittelgroße Abreibung gefasst machen – war immerhin ein Erbstück ihrer Großmutter.«

»Wenn Sie wollen, setze ich mich für Sie ein.« Pfeiffer tätschelte seinem Chef die Schulter. »Sie wissen doch: Ihre Frau und ich, das ist ...«

»Schnauze! Sie kommt gerade raus.«

Tatsächlich öffnete sich ein Stück weiter die Tür des Haupteingangs. Eine Krankenschwester schob einen Rollstuhl heraus, in dem Anna saß. Daneben lief ein junger, übereifriger Arzt, der ihre Hand hielt. Was Beziehungen in einer ansonsten so verrückten Welt doch ausmachen konnten.

»Da sind ja meine beiden Helden.« Anna sah nicht nur glücklich, sondern auch zutiefst erleichtert aus. Plötzlich verfinsterte sich ihr Gesicht allerdings. »Wo sind unsere Jungs, Hermann, und wo ist ...?«

»Hasso ist beim Bürgermeister und bekommt einen Orden«, unterbrach Thiesen sie lachend. Er schüttelte den Kopf. »Die Jungs, Marie und der Hund sind zu Hause. Sie planen eine Überraschung für dich, von der nicht mal ich etwas wissen durfte.«

Thiesen beugte sich zu seiner Frau hinunter und drückte ihr einen Kuss auf den Mund. Danach deutete er über seine Schulter. »Pfeiffer hat irgendeinen Ausschlag im Gesicht. Vielleicht kannst du dieses Mal ...«

Zu spät! Auch der junge Kommissar holte sich seinen Kuss ab. Kurz darauf noch einen und noch einen.

Thiesen klimperte mit einem Schlüsselbund in der Hand. »Der hier gehört zu eurem neuen Liebesnest. Wer will ihn haben?«

»Hör mit dem Unfug auf, Hermann!« Anna funkelte ihren Mann an, lachte aber dabei. »Ohne diesen Helden hätte die Sache auch ganz anders ausgehen können.« Sie drückte Pfeiffer noch einen Kuss auf und schob ihn dann von sich, bevor Ungemach drohte.

»Und was ist mit Hasso?« Thiesen kniff die Augen zusammen, als ob von der Antwort das Überleben der Menschheit abhinge. »Immerhin war ich es, der den Hund ...«

»Beruhige dich, Hermann!« Anna hatte ihren Mann am Jackenärmel gepackt und zog ihn schon wieder zu sich hinunter. Jetzt flüsterte sie nur noch: »Du bist und bleibst der Beste ...« Sie machte eine Pause. Tränen sammelten sich in ihren Augen. »Und der Einzige, für immer!«

Erst als der Arzt und die Krankenschwester sich abwechselnd räusperten, kam neue Bewegung in die Sache. Thiesen schüttelte viel zu lange die Hände der beiden und sprach zur Abwechslung mal Englisch: »Tank ju!«

»Es heißt ›Thank you‹, Chef ... aber die zwei wissen sicher, was Sie meinen.«

Anna hatte sich mittlerweile aus ihrem Rollstuhl erhoben und stand auf wackeligen Beinen davor. Pfeiffer wollte ihr schon zur Hilfe kommen, als Thiesens Arm nach vorne schoss. »Das mache ich, Finger weg!«

»Bringst du mich jetzt nach Hause?« Anna hatte sich ein wenig beruhigt und Pfeiffers Taschentuch benutzt, um sich die Tränen zu trocknen. »Ich möchte einfach nur heim und die Füße hochlegen.«

Thiesen setzte eine traurige Miene auf. Er deutete auf seinen jungen Kollegen und begann haspelnd: »Pfeiffer und ich müssen zu Freeman. Der Major hat ausgerechnet für heute Mittag eine Abschlussbesprechung angesetzt. Da dürfen wir natürlich nicht fehlen.«

Anna schaute auf die beiden Jeeps, die am Straßenrand abfahrbereit warteten. »Ist einer davon mein Taxi?« Sie lachte und erwärmte damit auch Thiesens Herz, brachte es beinahe zum Glühen.

»Mit Chauffeur und Wachmann«, vermeldete er stolzerfüllt und hielt seiner Anna die Tür auf. »Ich komme so schnell wie möglich nach, mein Schatz.« Ein halbes

Dutzend Küsse folgte. Danach rauschte der Jeep davon und verschwand an der nächsten Kreuzung schon im Gewühl.

Pfeiffer stand derweil vor dem zweiten Transportmittel und wartete geduldig auf seinen Chef. Bis zum britischen Hauptquartier würde es eine Weile dauern. Die Kommissare saßen kaum, da schien Pfeiffer nicht mehr an sich halten zu können: »Erklären Sie mir doch bitte mal, wie Sie den Tommys von Nutzen sein konnten.« Er lachte und schlug sich auf die Schenkel. »Sie sprechen kein einziges Wort Englisch. Wie ...?«

Thiesen hob die Hand und schaffte es, seinem Kollegen Einhalt zu gebieten. »Sie haben mir sehr geholfen und das Wertvollste in meinem Leben gerettet.« Er nickte eifrig, um diese Aussage noch zu unterstreichen. Seine Stimme klang jedoch wie die eines Nachrichtensprechers. »Und ich habe mich für Ihre Hilfe bedankt, mehrfach ... das kommt von Herzen, glauben Sie mir.«

»Aber?«

»Ganz einfach: Wenn es um den Krieg geht und um das, was ich getan habe, dann werden Sie von mir kein einziges Wort erfahren. Niemals!«

Pfeiffer wollte noch nachhaken, besann sich jedoch eines Besseren. »Heute Morgen hat man Kurt Rosenbaum zum neuen Chef der Kripo ernannt. Ging schnell, finde ich.«

»Trotzdem ... der Kerl ist die beste Wahl. Außerdem wird er als Jude wohl kaum eine Gestapo-Vergangenheit mitbringen.« Thiesen lachte aus vollem Halse, was in diesem Augenblick etwas unpassend wirkte. »Die Tommys wollen auf Nummer sicher gehen, ich kann's ihnen nicht verdenken.«

»Und ich frage mich, warum man Ihnen den Posten nicht angeboten hat.«

»Hat man!«

Pfeiffer war von einem Moment zum anderen völlig erstarrt. »Darf ich erfahren, warum sie nicht zugeschlagen haben?«

»Klar, dürfen Sie!«

»Aber ich bekomme keine Antwort, richtig?«

»Doch, natürlich!« Thiesen grinste. Es verging noch eine ganze Weile, bis er mit leiser Stimme fortfuhr: »Auch wenn ich nach außen hin nicht den Anschein mache – in meinem Herzen bin ich 'ne richtige Frontsau. Ich gehöre nicht an einen Schreibtisch und ich hasse Akten.«

»Oooh ... davon habe ich noch gar nichts gemerkt.« Pfeiffer lachte verbittert. »Aber langsam verstehe ich, warum immer ich alle Berichte schreiben muss.«

»Glauben Sie denn, dass Sie es noch 'ne Weile mit Ihrem Chef aushalten ... auch wenn Sie es so schwer haben, Sie Armer?«

Pfeiffer nickte. Der Jeep war vor dem englischen Hauptquartier angekommen, also Zeit auszusteigen. »Haben Sie eine Ahnung, was uns da drinnen erwartet?«

Thiesen schaute die Fassade empor. »Von all den Kerlen, die wir verhaftet haben, ist die Hälfte längst wieder auf freiem Fuß. Alle beschuldigen sich gegenseitig und keiner will etwas gesehen haben.« Der Oberkommissar lachte voller Verbitterung. »Was denken Sie denn, was uns erwartet?«

»Wir haben zwei großen Nummern das Handwerk gelegt.« Pfeiffer lächelte und nickte dabei. Wahrscheinlich, um diese Leistung selbst zu würdigen. »Ganz ehrlich – ich hab nie daran geglaubt, dass wir den oder die Mörder der Frauen finden können.«

»Dann frage ich mich, was Sie bei der Polizei oder in der Mordkommission wollen?«

»Gutes tun, Chef! Was sonst?«

»Aber wenn sich am Ende keiner für den wirklichen Täter interessiert, wo bleibt dann die Gerechtigkeit?« Thiesen grüßte einen jungen Soldaten, der an ihnen vorbeieilte. Er hätte dem Gesicht keinen Namen geben können, aber er glaubte, einen der Uniformierten aus dem Gefängnishof wiederzuerkennen. »Wir haben so viel riskiert und der Lohn dafür ist nichts als …«

»Sagen Sie es nicht, Chef! Ersparen Sie es uns beiden, bitte.«

»… ein beschissener Handschlag und vielleicht ein Teller warme Suppe obendrauf.«

Pfeiffer atmete schwer. Die Kommissare waren vor dem Eingang zum Hauptquartier stehen geblieben. Die Sonne stand ein Stück höher als noch ein paar Tage zuvor und schaffte es um die Mittagszeit bereits, für angenehme Wärme zu sorgen.

»Wir haben immerhin zwei Kriegsverbrechern das Handwerk gelegt und beide sind tot!« Pfeiffer hatte zu einem neuen Vorstoß angesetzt. »Man wird uns vielleicht keinen Orden verpassen, aber sowohl die Engländer als auch manch ein Gangsterboss dürften ab jetzt wissen, dass mit uns nicht zu spaßen ist.«

Thiesen lachte, was auch immer das in diesem Moment bedeuten sollte. »Und hier kommt der erste Preis: eine Waschmaschine mit Kurbel.«

»Haben Sie doch schon, Chef! Aber vielleicht können Sie das Ding ja gegen einen vernünftigen Wäscheständer tauschen.«

»Oder ich bekomme auf dem Schwarzmarkt zwei Stangen Zigaretten dafür. Die kann ich gegen warme Stiefel für meine Söhne tauschen.«

»Wenn Sie so weitermachen, dann wird aus Ihnen noch ein schönes Schlitzohr.« Pfeiffer bekam kaum mehr Luft vor Lachen. »Ich weiß noch, wie Sie am Anfang …«

»Lassen Sie's gut sein, Kollege.« Jetzt lachte auch Thiesen wieder. »Eine Sache hat dieser Fall tatsächlich verändert ...«

»Und die wäre?«

»Neuerdings weiß ich, wie der Hase läuft.«

51

»Nehmen Sie Platz, Gentlemen!« Major Freeman stand mitten in seinem Büro und wirkte dabei wie ein Feldherr, der den nächsten Überfall auf ein ahnungsloses Land plante. »Wie geht es meinen beiden Helden?«, dröhnte seine Stimme ein weiteres Mal durch den Raum.

Pfeiffer lachte und schüttelte dem Major eifrig die Hand. Thiesen hingegen hatte sich einen Stuhl unter dem langen Besprechungstisch herausgezogen und ließ sich wie in Zeitlupe darauf nieder.

Nachdem auch der britische Offizier und Pfeiffer am Tisch saßen, war es erwartungsgemäß Thiesen, der das Wort mit ungnädiger Stimme ergriff: »Ich kann nicht sagen, dass ich mich wie ein Held fühle.«

»Damit habe ich schon gerechnet!«, quittierte der Major lachend seine Worte. »Und das liegt sicher daran, dass Sie sich Ihre Ziele zu hoch gesteckt haben.«

Pfeiffer schnaufte, während Thiesen auf jegliche Antwort verzichtete.

»Als wir am D-Day den Strand der Normandie erreicht hatten, hätte ich niemals damit gerechnet, Deutschland auch nur zu Gesicht zu bekommen.« Freemans Augen sahen plötzlich todtraurig aus. Vermutlich dachte er in diesem Moment an all seine Kameraden, die ihr Leben zwischen Panzersperren, Stacheldraht und explodierenden Artillerie-Granaten gelassen hatten.

»Ich verstehe, was sie uns damit sagen wollen.« Thiesen übte sich in einem Lächeln, scheiterte jedoch daran. »Nur, dass Sie es geschafft haben, auch wenn der Weg wahrscheinlich schwerer war, als wir uns das vorstellen können.«

»Haben Sie denn das Gefühl, sie wären vollständig gescheitert?« Der Major wich Thiesens Blick aus und schaute stattdessen Pfeiffer aufmunternd an. »Ich werte den Ausgang dieser Geschichte als durchschlagenden Erfolg.« Er zögerte kurz. »Und ich kann Ihnen nur empfehlen, das ähnlich zu betrachten, sonst ...«

»Erfolg?« Thiesen schüttelte den Kopf und musterte die beiden anderen Männer am Tisch abwechselnd. »Wir haben drei tote Frauen und keinen Mörder. Wir haben einen Pfaffen, der offensichtlich einiges weiß und den wir nicht mal fragen dürfen. Und außerdem wären da noch die Rosners, die ...«

»Das reicht!« Der Major hob die Hand und schaffte es, Thiesens Verlesen der Klageschrift zu stoppen. »Wir haben aber auch zwei tote Kriegsverbrecher, die kein Unheil mehr anrichten können. Ferner haben wir es geschafft, dem organisierten Verbrechen in Hamburg einen ordentlichen Schuss vor den Bug zu verpassen.« Selbst das Gesicht des britischen Offiziers hatte zwischenzeitlich eine sehr gesunde Farbe angenommen. Bevor er fortfuhr, stemmte er sich hoch und donnerte mit der Faust auf den Tisch. »Fakt ist und bleibt: Wer in dieser Stadt mehr Gutes als Schlechtes tut, der sollte unseren Schutz genießen.«

»Und das gilt auch, wenn dabei drei Frauen zu Tode kommen?« Thiesens Frage vermochte es, den letzten Rest der bis dahin relativ entspannten Stimmung zunichtezumachen. Selbst er stand mittlerweile, sein Stuhl war sogar nach hinten umgekippt. Fast sah es so aus, als wollten die Männer weitere Argumente mithilfe von Fäusten austauschen.

Tatsächlich war es dann der Major, der sich auf seinen Stuhl zurückfallen ließ und damit einigen Druck aus dieser hitzigen Diskussion nahm. »Liefern Sie mir einen Beweis dafür, dass Pastor Hoffmann, Rosner oder Gott weiß wer für die Morde verantwortlich ist, dann ...«

»Das habe ich nicht gesagt!«

»Trotzdem! Sollte das der Fall sein, dann werde ich nicht zögern.« Freeman lächelte in diesem Moment ein wenig und brachte Thiesen damit ebenfalls auf den Boden der Tatsachen zurück. Der Oberkommissar drehte sich um, richtete seinen Stuhl wieder auf und ließ sich darauf nieder. Auch seine Miene deutete auf Frieden hin.

Nach einer weiteren ausgiebigen Mahlzeit wollten sich die Männer voneinander verabschieden. Am Ende war es Thiesen, dem eine letzte Frage unter den Nägeln brannte: »Wie haben Sie die Geschichte auf dem Gefängnishof hinbekommen?«

»Wundert mich, dass Sie erst jetzt danach fragen.« Das Lachen des Majors dröhnte durchs Büro. Er verpasste Thiesen einen heftigen Schlag auf die Schulter, der den schmächtigen Oberkommissar fast ins Taumeln brachte. »Erinnern Sie sich an meinen Freund Jerry? Das war ...«

»... der Mann, den ich eine ganze Weile für meinen eigenen Scharfrichter gehalten habe«, vervollständigte Thiesen kopfschüttelnd. »Wie könnte ich den vergessen?« Er machte eine kurze Pause und konfrontierte den Major dann erneut mit der ultimativen Frage: »Wie haben Sie Ihren Freund überredet, dass er mitspielt und hinterher seinen Mund hält?«

Freeman schaute kurz zu Pfeiffer hinüber, der vor dem Fenster stand und so tat, als würde er nicht zuhören. »Jerry und ich haben sogar zusammen die Schulbank gedrückt ...«

»Und das allein reicht aus, um ein solches Risiko einzugehen?« Thiesen schüttelte den Kopf, hielt jetzt jedoch inne, weil er den Major unterbrochen hatte.

»Vielleicht sollte man noch erwähnen, dass Jerrys Frau und meine beste Freundinnen sind.« Der Major lächelte geheimnisvoll. Langsam schwante Thiesen, welches Druckmittel sein Verbündeter eingesetzt hatte. »Und als letztes Argument hat mir eine gewisse Christel Schmidt gedient. Kommt, glaube ich, aus Uhlenhorst«, fügte der Offizier nachdenklich hinzu.

Thiesen hatte lange Zeit versucht, ein Grinsen zu unterdrücken. Von einem Moment zum anderen brachen die Dämme in ihm und er schaffte es, nur prustend zu antworten: »Das spielt keine Rolle, auch wenn sie aus Altona oder St. Pauli käme.«

»Ich hab einiges aufs Spiel gesetzt, Thiesen!« Der Major legte seinen Arm um den Oberkommissar und drückte ihn an sich. »Vielleicht lassen Sie es einfach gut sein und sorgen dafür, dass ein bisschen mehr Gerechtigkeit in den Straßen vorherrscht.« Freeman ließ abrupt los und atmete tief ein, um einen letzten Satz herauszupressen: »Stecken Sie sich Ihre Ziele nicht zu hoch, dann können Sie an manchem Abend auch zufrieden ins Bett gehen. Und ...«

»Ja?«

»Tun Sie mir bitte einen Gefallen ...«

»Und der wäre?«

»Bleiben Sie am Leben!«

Epilog

»Und? Wie war's bei den Engländern?« Anna wirkte an diesem Abend völlig aufgekratzt. Natürlich hatte sie Stunden damit verbracht, ihr neues Heim ausführlich zu inspizieren. Thiesen hatte ein paar Schränke und Sitzmöbel ergattern können. Und selbst ein neues Bett mit richtigen Matratzen war vermutlich von einem britischen Lkw gefallen, um ab sofort das Zentrum im Schlafzimmer der Familie Thiesen zu bilden. »Sag schon, wie war's?« Anna wollte sich offensichtlich nicht mit dem Schweigen ihres Mannes zufriedengeben. »Hat der Major dich auch für verrückt erklärt?«

»Wieso sollte er?« Thiesen war gerade erst nach Hause gekommen. Er saß mit hängenden Schultern am neuen Küchentisch und schnaufte. Sein Gesicht machte klar, dass er keinerlei Lust auf Erklärungen oder gar Streit hatte. »Du meinst, weil …«

»Richtig, Hermann!« Anna lachte. Nur blitzte dabei deutlich mehr Hohn als Fröhlichkeit durch. »Selbst dieser Freeman muss wahrscheinlich lange suchen, um einen zu finden, der einen Chefposten leichtfertig ablehnt und lieber auf der Straße sein Leben riskiert.«

»Ich dachte, das hätten wir geklärt.« Natürlich hatte Thiesen in den letzten zwei Tagen jede freie Minute im englischen Militärhospital vor Annas Bett verbracht. Selten zuvor hatten die beiden so viel Zeit, sich über alle Dinge derart ausführlich zu unterhalten.

»Erklärt hast du's mir – aber ich verstehe es immer noch nicht.« Anna platzierte zwei Tassen Bohnenkaffee auf dem Tisch und setzte sich jetzt ebenfalls hin. Nach einem schweren Seufzer fuhr sie fort: »Obwohl das vielleicht gelogen ist.« Sie schüttelte den Kopf und stellte damit alle vorangegangenen Aussagen infrage. »Mir ist schon klar, was in dir vorgeht.« Wieder ein Schnaufen, noch lauter als zuvor. »Aber ich kann nicht verstehen, warum du dein Leben auf der Straße riskieren willst, statt ...« Sie verstummte abrupt, weil ihr Mann sich gerademachte und den Mund öffnete.

»Ich möchte, dass ihr glücklich seid.« Auch Thiesen atmete immer schwerer. »Du, Karl, Johann, unsere kleine Marie und ...« Er deutete auf Annas Bauch. »Mir ist nichts wichtiger, als dass ihr glücklich seid und halbwegs sorgenfrei leben könnt.«

Anna packte seine Hand und zerquetschte sie fast. »Das will ich doch auch! Aber es ist genauso wichtig, dass auch du glücklich bist, Hermann.« Wie erwartet, schimmerten erste Tränen in ihren Augen. »Du bist der Motor von allem hier – alles hängt von dir ab.«

»Dann solltest du meine Entscheidung akzeptieren«, flüsterte Thiesen. »In einem Büro gehe ich zugrunde. Du weißt, tief in meinem Herzen bin ich immer noch 'ne ...«

»... Frontsau!« Anna lachte. Die Tränen in ihren Augen glänzten, jetzt allerdings vor Freude. »Ich weiß, Hermann! Und ich kann und werde damit leben lernen.«

»Wo sind die Kinder eigentlich?« Thiesen schaute auf Hasso, der seinen neuen Platz – eine Kiste mit einer riesigen Wolldecke – augenscheinlich sofort angenommen hatte.

»Bei den Nachbarn«, flötete Anna, die am Spülbecken stand und einen alten Blumentopf schrubbte.

»Wie verständigen die sich denn?«, fragte Thiesen kopfschüttelnd. »Mit Händen und Füßen?«

Anna drehte sich um und musterte ihren Mann mit schrägem Grinsen. »Das sind Kinder, Hermann! Die haben nie ein Problem damit …« Sie musste innehalten, weil es vor der Tür polterte. Im nächsten Moment stand eine ganze Meute in der Küche.

Karl, der seine Schwester auf dem Arm hielt, begrüßte seinen Vater als erster: »Hello, Dad! How are you?«

Bevor Thiesen etwas sagen konnte, setzte auch Johann ein, der seine Arme um zwei Jungen – zweifellos englische Lausbuben – gelegt hatte: »Nice to see you, Dad!«

Zuerst noch ohne ein Wort zu sprechen, erhob sich Thiesen und wankte kurz darauf kopfschüttelnd durch die Küche. Anna stoppte ihn und musste sich sogar den Bauch vor Lachen halten.

»Wo willst du denn hin, Hermann Thiesen?«

»Ich geh ins Bett.«

»Good night, Dad«, rief ihm Karl lachend hinterher.

»Sleep well!« Das war wohl Johanns Stimme, die er nur noch durch die geschlossene Tür hörte.

Thiesen hatte sich tatsächlich ins Bett gelegt. Aber nicht wegen seiner Kinder und deren ersten Gehversuchen in einer fremden Sprache, sondern weil ein anstrengender Tag irgendwann zwangsläufig seinen Tribut einforderte.

Draußen war es stockfinster, als Thiesen wieder erwachte und sich neben ihm etwas bewegte. Anna hatte sich unter seine Decke geschoben und lag schon in seinem Arm.

»Bist du immer noch böse?«, fragte er und drückte sie fest an sich.

»Ich war nie böse«, flüsterte sie zurück. »Ich verstehe dich, aber du musst auch mich verstehen, wenn ich mir Sorgen um dich mache.«

Thiesen nickte anfänglich nur und strich seiner Frau ganz sanft mit den Fingern durchs Haar. »Hast du den Karton gefunden?«

»Hab ich!« Selbst im Stockdunkeln war klar, dass Anna vor Freude strahlte. »Das reicht für 'ne Woche, vielleicht sogar für zwei.« Sie gab ein komisches Glucksen von sich. »Die Jungs hatten zum Abendessen richtiges Fleisch und Kartoffeln dazu. Da ist auch noch was für dich, falls du Hunger hast.«

»Hast du die ...?«

»Hab ich!«

»Und gefallen sie dir?«

Anstelle einer Antwort nahm Anna Thiesens Hand und führte die behutsam an ihrem Körper entlang, bis sie an den Beinen angekommen war.

»Du hast sie sogar schon an!«

»Natürlich!« Anna kicherte. »Und jetzt red nicht lange, sonst frag ich Pfeiffer, ob er ...«

Das Leben konnte so schön sein, dachte Thiesen eine gute Stunde später. Seine Frau schlief längst in seinem Arm und wärmte ihn wie ein Ofen. In den Jahren zuvor hatte es Tage gegeben, da hätte er keinen müden Pfennig darauf gewettet, dass er und seine Familie diesen Wahnsinn überstehen würden. Der Krieg, die Armut und dazu der beißende Hunger hatten ihn sogar manches Mal überlegen lassen, ob es nicht besser wäre, seine Lieben von all diesem Elend für alle Zeit zu erlösen. Nur ein paar Schüsse – die letzte Kugel hätte seinen eigenen Schädel zum Ziel gehabt.

In diesem Moment jedoch wurde ihm klar, wofür sich das Kämpfen gelohnt hatte. Seine Familie war in Sicherheit. Er selbst zukünftig bereit, auch mal ein Auge zuzudrücken, wenn es um das Wohl seiner Lieben ginge. Die Zeichen standen unerwartet gut. Zum ersten Mal seit vielen

Jahren erlaubte er sich, mit Hoffnung und Optimismus in die Zukunft zu blicken.

Rundherum Schutt und Asche, nicht nur in den Straßen, sondern auch in den Herzen. Vor den Menschen lagen große Aufgaben, schwere Jahre, Herausforderungen, an denen manch einer zerbrechen würde. Aber Deutschland, Hamburg, seine Familie … schlussendlich sogar er selbst konnten wieder mit Zuversicht, vielleicht sogar Freude an morgen denken. Gut so!

Kurz bevor er wieder einschlief, schoss ihm ein Gedanke durch den Kopf: Morgen früh würde er seine Söhne als Erstes fragen, was ›Alles wird gut‹ eigentlich auf Englisch heißt.

– Ende –

Danke

Zu guter Letzt möchte ich noch einigen Personen besonders danken:

- Michael Lohmann (Lektorat, Korrektorat: wortta-ten.de)
- Birgit aus dem Elsass (meine sehr engagierte Testleserin)
- Covergestaltung: Chris Gilcher – http://buchcover-design.de

Wer in Zukunft nichts versäumen möchte, der kann gerne auf eine der folgenden Möglichkeiten zurückgreifen:

- Auf meiner Homepage (ThomasHerzberg.de) findet ihr einen Newsletter-Service
- Ihr könnt mir also auch gerne eine Mail an thomas-herzberg@online.de schicken, dann füge ich euch manuell hinzu. Und keine Angst: Ihr bekommt nur eine Nachricht, wenn ich wirklich etwas zu erzählen habe (so … alle 2 Monate)

Hinweis: Wem dieser Kriminalroman Spaß gebracht hat, den möchte ich herzlich einladen, mal in meine »Wegner«-Reihe (aktuell 29 Folgen) und meine »Hannah Lambert ermittelt«-Reihe (derzeit 3 Bände) reinzuschnuppern …

Das war's auch schon von mir. Ich bedanke mich ganz herzlich für eure Zeit und hoffe, dass ich euch ein bisschen unterhalten konnte. Vielleicht auf ein Wiederlesen …

Euer Thomas